大智 49

紅樓夢

白話本

下

原著◎曹雪芹、高鶚
改寫◎金凡平

高寶書版集團

大智系列49

白話本紅樓夢【下】

原　　著：（清）曹雪芹、高鶚
改　　寫：金凡平
總 編 輯：林秀禎
編　　輯：李慧敏
插　　圖：趙成偉　等
出 版 者：英屬維京群島商高寶國際有限公司台灣分公司
Global Group Holdings, Ltd.
地　　址：台北市內湖區洲子街88號3樓
網　　址：gobooks.com.tw
電　　話：(02) 27992788
E-mail：readers@gobooks.com.tw（讀者服務部）
pr@gobooks.com.tw（公關諮詢部）
電　　傳：出版部 (02) 27990909　行銷部（02）27993088
郵政劃撥：19394552
戶　　名：英屬維京群島商高寶國際有限公司台灣分公司
發　　行：希代多媒體書版股份有限公司/Printed in Taiwan
初版日期：2007 年 12 月
原出版人：中國少年兒童新聞出版總社(中國少年兒童出版社)

國家圖書館出版品預行編目資料

白話本紅樓夢　【下】／（清）曹雪芹、高鶚原著；金凡平改寫. --初版. -- 臺北市：高寶國際出版；希代多媒體發行，2007. 12
冊；公分.　--（大智系列；BI049）

ISBN 978-986-185-112-9(下冊；平裝)

857. 49　　96019583

目錄【下】

目錄【下】

柳葉渚邊，鶯兒笑採嫩柳胡編花籃。

湘雲醉臥，只恐「石涼」花睡去。

尤三姊情冷歸幻境。

迎春懦弱，不敢問金絲鳳歸處。

妙玉屏息跏趺，恍惚終日。

黛玉心冷，雪雁驚疑救詩稿。

司棋、潘又安暗通款曲。

揭頭蓋，寶釵換黛玉。

鴛鴦女殉主登太虛。

寶玉應試，了卻紅塵緣。

寶玉與一僧一道，三人飄然登岸而去。

奈何天，傷懷日，紅樓人遠，痴夢猶續。

第三十一回　辱親女愚妾爭閒氣　欺幼主刁奴蓄險心

轉眼又是大年，榮寧二府自是忙碌。賈珍正在廳上看著小廝們擺設幾案供器，忽人回：「黑山村烏莊頭來了。」一時，烏進孝進來叩頭請安，將年例單子呈上。只見各色野味禽魚、柴炭粱米倒也齊全，賈珍看完便說：「你這老貨又來打擂臺了，我算定你至少五千兩銀子來，誰知竟這些。這夠做什麼？真真又叫別過年了。」烏進孝忙進前兩步，躬身回道：「回爺說，今年收成實在不好。爺的地方還算好的，西府裡現七八處莊地，比爺這邊多出幾倍，今年也只這些東西。」賈珍笑道：「正是呢，如今出得多，入得少，不找你們要，找誰去！」便吩咐將單上各物各取了些，命賈蓉送過榮府去不提。

至十五日之夕，賈母便命在大花廳上設了家宴，帶了眾人看戲。

此時唱的《西樓會》正一齣將完，于叔夜賭氣去了，那文豹便插科打諢道：「你賭氣去了，恰好今日正月十五，榮國府裡老祖宗家宴，待我騎了這馬，趕進去討些果子吃是要緊的。」引得賈母等都笑了。薛姨媽等都說：「好個鬼頭孩子，可憐見的。」鳳姐便說：「這孩子才九歲呢。」賈母笑說：「難為他說得巧。」便說了一個「賞」字，早有三個媳婦每人撮了簸籮，走出來向戲臺說：「老祖宗、姨太太、親家太太賞文豹買果子吃的！」向臺上便一撒。賈珍、賈璉也忙命小廝們快撒錢，只聽豁啷啷滿臺錢響，賈母大悅。

一時賈母便說：「珍哥兒帶著你兄弟們去吧，留我們娘兒們幾個說說話。」賈珍等答應著退出。

賈母便道：「把咱們的女孩子們叫了來，就唱兩齣趁趁興。」

一時梨香院文官等十二個女孩子進來。賈母道：「咱們不如聽幾齣清淡的，妳瞧瞧，薛姨太太、這李親家太太都是有戲的人家，不知聽過多少好戲的。這些姑娘都比咱們家姑娘見過好戲，聽過好曲子。咱們少不得弄個新樣兒的。叫芳官唱一齣《尋夢》，只須用簫和笙笛，餘者一概不用。」

文官笑道：「我們的戲自然不能入姨太太和親家太太、姑娘們的眼，不過聽我們小孩子一個發聲吐字，再聽一個喉嚨罷了。」賈母笑道：「正是這話了。」李嬸娘、薛姨媽喜得都笑道：「好個靈透孩子，妳也跟著老太太打趣我們。」賈母笑道：「我們這原是隨便的玩意兒，在家裡聽個有趣罷了。」又吩咐吹一套《燈月圓》。

鳳姐見賈母十分高興，便笑道：「趁著女先兒們在這裡，不如叫她們擊鼓，咱們傳梅，行一個『春喜上眉梢』的令如何？」賈母笑道：「這是個好令，正對時對景兒。」又道：「若到誰手裡停了，喝一杯，也要說個什麼才好。」鳳姐笑道：「依我說，誰像老祖宗要什麼有什麼呢。我們這不會的，不是沒意思嗎？怎麼能雅俗共賞才好，不如誰輸了誰說個笑話吧。」

眾人都知道她平日善說笑話，不但在席的諸人喜歡，連地下服侍的老小人等也無不歡喜。小丫頭們都忙出去，說：「快來聽，二奶奶又說笑話兒了。」眾丫頭們擠了一屋子。

賈母便命響鼓，那梅剛至賈母手中，鼓聲忽住。大家忙笑著上來斟了一杯：「自然老太太先喜了，我們才托賴些喜。」賈母笑道：「這酒也罷了，只是這笑話倒有些個難說。」眾人都說：「老太太的比鳳姐的還好還多，賞一個我們也笑一笑兒。」賈母笑道：「並沒有新鮮招笑兒的，少不得老臉皮子厚的說一個吧。一家子養了十個兒子，娶了十房媳婦。只有第十個媳婦心巧嘴乖，公婆最疼，成日家說那九個不孝順。這九個媳婦委屈，便商議說：『咱們九個心裡孝順，只是不像那小蹄子嘴巧，所以公公婆婆只說她好，這委屈向誰訴去？』大媳婦便說道：『咱們明兒到閻王廟去燒香，和閻王爺說去，問他一問，叫我們托生為人，為什麼單單就給那小蹄子一張乖嘴，我們都是笨的？』那八個聽了都喜歡，說這主意不錯。第二日便都到閻王廟裡來燒了香，九個人都在供桌底下睡著了。專等閻王駕到，左等不來，右等也不到。正著急，只見孫行者駕著觔斗雲來了，看見便要拿金箍棒打來，嚇得她們忙跪下央求。見孫行者問緣故，便細細地告訴了他。孫行者聽了，把腳一跺，歎了一口氣道：『這緣故幸虧遇見我，等著閻王來了，他也不得知道的。』九個人聽了，就求說：『大聖發個慈悲。』孫行者笑道：『這卻不難。那日妳們妯娌十個托生時，可巧我到閻王那裡去的，因為撒了一泡尿在地下，妳那小嬸子便吃了。妳們如今要伶俐嘴乖，有的是尿，再撒泡妳們吃了就是了。』」說畢，大家都笑起來。鳳姐笑道：「幸而我們都笨嘴笨腮的，不然也就吃了猴兒尿了。」尤氏笑向李紈道：「咱們這裡誰是吃過猴兒尿的，別裝沒事人兒。」薛姨媽笑道：「笑話兒在對景就發笑。」

說著又擊起鼓來。小丫頭們只要聽鳳姐的笑話，便悄悄地和女先兒說明，以咳嗽為記。須臾傳至兩遍，果然到了鳳姐手中便停了。眾人齊笑道：「這可拿住她了。快喝了酒說一個好的，別太逗人笑得腸子疼。」鳳姐想了一想，笑道：「一家子也是過正月節，闔家賞燈吃酒，真真地熱鬧非常，祖婆婆、太婆、婆婆、媳婦、孫子媳婦、重孫子媳婦、親孫子、侄孫子、重孫子、灰孫子、滴滴答答的孫子、孫女兒、外孫女兒、姨表孫女兒、姑表孫女兒——噯喲喲，真好熱鬧！」眾人聽她說著，已經笑了，都說：「聽數貧嘴，又不知編派哪一個呢？」尤氏笑道：「妳要招我，我可撕妳的嘴。」鳳姐起身拍手笑道：「人家費力說，妳們混，我就不說了。」賈母笑道：「妳說妳說，底下怎麼樣？」鳳姐想了一想，笑道：「底下就團團地坐了一屋子，喝了一夜酒就散了。」

眾人見她正言厲色地說了，都怔怔地還等她往下說，只覺她冰涼無味地就停了。史湘雲看了她半日，鳳姐笑道：「再說一個過正月半的。幾個人抬著個房子大的炮仗[1]往城外放去，引了上萬的人跟著瞧去。有一個性急的等不得，便偷著拿香點著了。只聽『噗嗤』一聲，眾人哄然一笑都散了。這抬炮仗的人抱怨賣炮仗的做得不結實，沒等放就散了。」湘雲道：「難道他本人沒聽見響？」鳳姐道：「本人原是個聾子。」眾人一回想，不覺失聲大笑起來。又想著先前那一個沒說完的，問她：「前一個怎麼樣？也該說完。」鳳姐將桌子一拍，道：「好囉嗦，到了第二日是十六日，年也完了，節也完了，我看著人忙著收東西還鬧不清，哪裡還知道底下的事了。」眾人聽說，復又笑起來。鳳姐笑道：「外頭已經四更了，依我看，老祖宗也乏了，咱們也該『聾子放炮仗——散了』吧。」尤氏等笑得前仰後合，指著她道：「這東西更加貧嘴了。」賈母笑道：「她提起炮仗來，咱們也把煙火放了解解酒。」

不想鳳姐因年內年外操勞，不小心小產了，府中之事王夫人便命探春協助李紈暫為代理，又特請了寶釵來各處照應。

眾人先是心中暗喜，以為李紈原就厚道，自然比鳳姐好搪塞。便添了一個探春，也不過是個未出閣的年輕小姐，且平常平和恬淡。因此都不在意，比以前鳳姐理家更懈怠了許多。只是三四日後，漸覺探春精細處不讓鳳姐，只不過是言語安靜、性情和順而已。李紈等不僅每天清晨到園門口小花廳上會齊辦事，又於每日臨睡前，帶領園中上夜人等各處巡察一次。因此都暗中抱怨說：「剛倒了一個『巡海夜叉』，又添了三個『鎮山太歲』，現在連夜裡偷著喝酒玩的工夫都沒了。」

那日，李紈和探春在議事廳，剛喝茶時，只見吳新登的媳婦進來回說：「趙姨娘的兄弟趙國基昨日死了。回過太太，叫回姑娘、奶奶來。」說畢，便垂手旁侍，再不言語。

探春便問李紈。李紈想了一想，便道：「前兒襲人的媽死了，聽見說賞銀四十兩。這也賞她四十兩罷了。」吳新登家的忙答應了是，接了對牌就走。探春道：「妳且回來。我問妳：那幾年老太太屋裡的幾位老姨奶奶，也有家裡的和外頭的分別。家裡的若死了人是賞多少，外頭的死了人是賞多少，妳且說兩個我們聽聽。」一問，吳新登家的便都忘了，忙賠笑回說：「這也不是什麼大事，賞多賞少誰還敢爭不成？」探春笑道：「這話胡鬧。依妳說，賞一百倒好。若不按例，別說妳們笑話，明兒也難見妳二奶奶。」

吳新登家的笑道：「既這麼說，我查舊帳去，此時卻記不得。」探春笑道：「妳辦事辦老了的，還記不得，倒來難我們。妳素日回妳二奶奶也說現查去？若有這道理，鳳姐姐還不算厲害！還不快找了來我瞧。再遲一日，不說妳們粗心，反說我們沒主意了！」吳新登家的滿面通紅，忙轉身出來。眾媳婦們都伸舌頭，這裡又回別的事。

吳新登家的取了舊帳來。探春看過便遞給李紈看了，道：「給她二十兩銀子。把這帳留下，我們細看看。」吳新登家的去了。

忽見趙姨娘進來，開口便說道：「這屋裡的人都踩下我的頭去還罷了。姑娘該替我出氣才是。」一面眼淚鼻涕哭起來。探春忙道：「姨娘這話說誰，我竟不懂。誰踩姨娘的頭？說出來我替姨娘出氣。」趙姨娘道：「姑娘現在踩我，我告訴誰去！」探春忙站起來，說道：「我並不敢。」李紈也站起來勸。趙姨娘道：「我在這屋裡熬油似的熬了這麼大年紀，又有妳和妳兄弟，這會兒連襲人都不如了，我還有什麼臉？連妳也沒臉面，別說我了！」

探春笑道：「原來為這個。我說我並不敢犯法違例。」一面便拿帳翻給趙姨娘看，又唸給她聽，又說道：「這是祖宗手裡舊規矩，偏我改了不成？這也不但襲人，將來環兒收了屋裡的，自然也是同襲人一樣。這原不是什麼爭大爭小的事，講不到有臉沒臉的話上。她是太太的奴才，我是按著舊規矩辦。若說辦得公，領祖宗的恩典、太太的恩典，若說辦得不公，那是她糊塗不知福，也只好憑她抱怨去。依我說，姨娘安靜些養神吧，何苦只要操心。太太滿心疼我，因姨娘每每生事，幾次寒心。我但凡是個男人，可以出得去，我必早走了，立一番事業，那時自有一番道理。偏我是女孩兒家，一句多話也沒有我亂說的。太太如今因看重我，才叫我照管家務，還沒有做一件好事，姨娘倒先來作踐我。若太太知道，怕我為難不叫我管，那才真是沒臉呢，連姨娘也沒臉了！」一面說著不禁滾下淚來。

趙姨娘道：「太太疼妳，妳該更加拉扯拉扯我們。妳只顧討太太的疼，就把我們忘了。」探春道：「我怎麼忘了？叫我怎麼拉扯？這也問他們各人，哪一個主子不疼出力得用的人？哪一個好人用人拉扯的？」李紈在旁只管勸說：「姨娘別生氣。也怨不得姑娘，她滿心裡要拉扯，口裡怎麼說得出來。」探春忙道：「這大嫂子也糊塗了。我拉扯誰？誰家姑娘們拉扯奴才了？他們的好歹，妳們該知道，與我什麼相干。」趙姨娘氣得問道：「誰叫妳拉扯別人去了？妳不當家我也不來問妳。妳如今說一是一，說二是二。妳舅舅死了，妳多給了二、三十兩銀子，難道太太就不依妳？姑娘放心，這也使不著妳的銀子。明兒等出了閣，我還想妳額外照看趙家呢。如今沒有羽毛，就忘了根本，只揀高枝兒飛去了！」

探春沒聽完，已氣得臉白氣噎，抽抽噎噎地一面哭，一面問道：「誰是我舅舅？我舅舅年下才升了九省檢點，哪裡又跑出一個舅舅來？我倒平常按禮數尊敬，倒更加敬出這些親戚來了。既這麼說，環兒出去為什麼趙國基又站起來，又跟他上學？為什麼不拿出舅舅的款來？何苦來，誰不知道我是姨娘養的，必要過兩三個月尋出由頭來，徹底來翻騰一陣，生怕人不知道，故意地表白表白。也不知誰給誰沒臉？幸虧我還明白，但凡糊塗不知理的，早急了。」李紈急得只管勸，趙姨娘只管還嘮叨。

忽聽有人說：「二奶奶打發平姑娘說話來了。」便見平兒進來，趙姨娘忙賠笑讓坐，又問：「妳奶奶好些？我正要瞧去，就只沒得空兒。」李紈問她來做什麼。平兒笑道：「奶奶說，趙姨奶奶的兄弟歿了，恐怕奶奶和姑娘不知有舊例，若照常例，只得二十兩。如今請姑娘裁奪著，再添些也使得。」探春早已拭去淚痕，忙說道：「又好好地添什麼，誰又是二十四個月養下來的？不然也是那出兵放馬背著主子逃出命來過的人不成？妳主子倒巧，叫我開了例，她做好人，拿著太太不心疼的錢，樂得做人情。妳告訴她，我不敢隨便添減，她要施恩，等她好了出來，愛怎麼添怎麼添。」平兒一來時便已明白了一半，今聽這一番話，更加會意，見探春有怒色，也不敢以往日喜樂之時相待，只一邊垂手默侍。正值寶釵也從上房中來，探春等忙起身讓坐。未及開言，便有一個媳婦進來回事。又見三四個小丫鬟捧了沐盆、巾帕等來。平兒見侍書不在這裡，便忙上來與探春挽袖卸鐲，又接過一條大手巾來，將探春面前衣襟掩了。探春方伸手向面盆中盥洗，那媳婦便回道：「回奶奶姑娘，家學裡支環爺和蘭哥兒的一年公費。」平兒先道：「妳忙什麼！妳睜著眼看見姑娘洗臉，妳不出去伺候著，先說話來。二奶奶跟前妳也這麼沒眼色來著？姑娘雖然恩寬，我去回了二奶奶，只說妳們眼裡都沒姑娘，妳們都吃了虧，可別怨我。」嚇得那個媳婦忙賠笑道：「我粗心了。」忙退了出去。

探春一面勻臉，一面向平兒冷笑道：「妳遲了一步，還有可笑的。連吳姐姐這麼個辦老了事的，也不查清楚了，就來混我們。她竟有臉說忘了，我料著妳那主子未必有耐性兒等她去找。」平兒忙笑道：「她有這麼一次，管包腿上的筋早折了兩根。姑娘別信她們。那是她們瞅著大奶奶是個菩薩，姑娘又是個靦腆小姐，托懶來混。」說著，又向門外說道：「妳們只管撒野，等奶奶大安了，咱們再說。」門外的眾媳婦都笑道：「姑娘，妳是個最明白的人，俗語說，『一人做事一人當』，我們並不敢欺哄主子。如今主子是嬌客，若真惹惱了，死無葬身之地。」

平兒冷笑道：「妳們明白就好了。」又賠笑向探春道：「姑娘知道二奶奶本來事多，哪裡照看得這些，保不住不忽略。俗語說，『旁觀者清』，這幾年姑娘冷眼看著，或有該添該減的去處，二奶奶沒行到，姑娘只管添減，頭一件於太太的事有益，第二件也不枉姑娘待我們奶奶的情義了。」話未說完，寶釵、李紈都笑道：「好丫頭，真怨不得鳳丫頭偏疼她！本來沒什麼添減的事，如今聽妳一說，倒要找出兩件來斟酌斟酌，不辜負妳這話。」探春笑道：「我一肚子氣，正要拿她奶奶出氣去，偏她碰了來，說了這些話，叫我也沒了主意了。」一面說，一面叫進方才那媳婦來問：「環爺和蘭哥兒家學裡這一年的銀子，是做哪一項用的？」那媳婦便回說：「一年學裡吃點心或者買紙筆的。」探春道：「凡爺們的使用，都是各屋裡領了月錢的。怎麼又有這八兩銀子？原來上學去是為這八兩銀子！平兒，回去告訴妳奶奶，說我的話，把這一條務必免了。」平兒笑道：「早就該免。去年奶奶原說要免的，因年下忙，就忘了。」那個媳婦只得答應著去了。就有媳婦捧了飯盒來。侍書素雲早已抬過一張小飯桌來，平兒也忙著上菜。探春笑道：「妳說完了話幹妳的去吧，在這裡忙什麼。」平兒笑道：「我本來沒事的。二奶奶打發了我來，一則說話，二則恐這裡人不方便，原是叫我幫著妹妹們服侍奶奶姑娘的。」探春便問：「寶姑娘的飯怎麼不端來一處吃？」丫鬟們忙出至簷外命媳婦去說：「寶姑娘如今在廳上一處吃，叫她們把飯送了這裡來。」探春聽說，便高聲說道：「妳別混支使人！那都是辦大事的管家娘子們，妳們支使她要飯要茶的，連個高低都不知道！平兒這裡站著，妳叫叫去。」平兒忙答應了一聲出來。

那些媳婦們都忙悄悄地拉住笑道：「哪裡用姑娘去叫，我們已有人叫去了。」一面用手帕撣臺階上的土說：「姑娘站了半天累了，這太陽影裡且歇歇兒吧。」又有茶房裡的兩個婆子拿了個坐褥鋪下，說：「石頭冷，這是極乾淨的，姑娘將就坐一坐兒吧。」平兒忙賠笑道：「多謝。」一個又捧了一碗精緻新茶出來，也悄悄笑說：「這不是我們的常用茶，原是伺候姑娘們的，姑娘且潤一潤吧。」平兒忙欠身接了，便指眾媳婦悄悄說道：「妳們太鬧得不像了。她是個姑娘家，不肯發威動怒，是她尊重，妳們就藐視欺負她。果然招她動了大氣，不過說她個粗糙就完了，妳們就現吃不了的虧。她撒個嬌兒，太太也得讓她一二分，二奶奶也不敢怎樣。妳們就這麼大膽子小看她，可是雞蛋往石頭上碰。」

眾人都忙道：「我們何嘗敢大膽了，都是趙姨奶奶鬧的。」平兒也悄悄地說：「罷了，好奶奶們。『牆倒眾人推』，那趙姨奶奶原有些顛倒，著三不著兩，有了事都就賴她。妳們素日那眼裡沒人，心術厲害，我這幾年難道還不知道？二奶奶若是略差一點兒的，早被妳們這些奶奶治倒了。就這麼著，得一點空兒，還要難她一難，好幾次沒落了妳們的口聲。眾人都道她厲害，妳們都怕她，唯我知道她心裡也就不算不怕妳們呢。前兒我們還議論到這裡，那三姑娘雖是個姑娘，妳們都錯看了她。二奶奶這些大姑子、小姑子裡頭，也就只單怕她五分。妳們這會兒倒不把她放在眼裡了。」

一時飯畢，平兒進去，探春氣方漸平，向平兒道：「我有一件大事，早要和妳奶奶商議，如今可巧想起來。妳吃了飯快來。寶姑娘也在這裡，咱們四個人商議了，再細細問妳奶奶可行可止。」平兒答應著去了。

❶ 炮仗：爆竹。

第三十二回　賈探春興利除宿弊　薛寶釵小惠全大體

平兒回來，把剛才的事說了。鳳姐笑道：「好，好，好個三姑娘！我原就說她不錯。只可惜她命薄，沒托生在太太肚子裡。」平兒笑道：「奶奶也說糊塗話了。她便不是太太養的，難道誰敢小看她？」鳳姐歎道：「妳哪裡知道，如今有一種輕狂人，先要打聽姑娘是正出庶出，多有為庶出不要的。殊不知別說庶出，便是我們的丫頭，比人家的小姐還強呢。將來不知哪個沒造化的挑庶正誤了事呢，也不知哪個有造化的不挑庶正的得了去。」

說著，又向平兒笑道：「妳知道，我這幾年生了多少省儉的法子，一家子大約也沒個不背地裡恨我的，我如今也是騎上老虎背了。家裡出去的多，進來的少，大小事兒仍是照著老祖宗手裡的規矩，卻一年進的產業又不及先時。多省儉了，外人又笑話，老太太、太太也受委屈，家下人也抱怨刻薄。若不趁早兒料理省儉之計，再幾年就都賠盡了。」平兒道：「可不是這話！將來還有三四位姑娘，兩三個小爺，一位老太太，這幾件大事未完呢。」

鳳姐笑道：「我也慮到這裡，寶玉和林妹妹一嫁一娶，和老太太的事出來，都自有老太太的體己錢拿出來。剩下的那幾個，如今再儉省些，陸續也就夠了。只怕如今平空又生出一兩件事來，可就了不得了——咱們且別慮後事，妳且吃了飯，快聽她商議什麼。這正碰了我的機會，我正愁沒個膀臂。雖有這些個家裡的小爺、奶奶、姑娘們，到底也沒一個合適的。林丫頭和寶姑娘她兩個倒好，偏又都是親戚。況一個是美人燈兒，風吹吹就壞了；一個是拿定了主意，『不干己事不張口』，也難十分去問她。倒只剩了三姑娘一個，心裡嘴裡都來的，又是咱家的正人。按良心上論，咱們有她這個人幫著，咱們也省些心，於太太的事也有益。若按私心上論，我也太行毒了，也該抽身退步。回頭看看，人恨極了，暗地裡笑裡藏刀，咱們兩個才四個眼睛、兩個心，一時不防，倒弄壞了。趁如今她出頭一料理，眾人就把往日咱們的恨暫可解了。還有一件，我雖知妳極明白，恐怕妳心裡挽不過來，如今囑咐妳，她雖是姑娘家，心裡卻事事明白，不過是言語謹慎；她又比我知書識字，更厲害一層了。俗語『擒賊必先擒王』，她如今要作法開端，一定是先拿我開端。若她要駁我的事，妳可別分辯，妳只越恭敬，越說駁得是才好。千萬別想著怕我沒臉，和她一強，就不好了。」

平兒不等說完，便笑道：「妳忒把人看糊塗了。我剛才已經行在先，這會兒又反囑咐我。」鳳姐笑道：「我是恐怕妳心裡眼裡只有了我，一概沒有別人。既已行在先，更比我明白了。這不是妳又急了，滿口裡『妳』、『我』起來。」平兒道：「偏說『妳』！妳不依，這不是嘴巴子，再打一頓。難道這臉上還沒嘗過的不成！」鳳姐笑道：「妳這小蹄子，要掂多少遍才罷。看我病得這個樣兒，還來嘔我呢。過來坐下，橫豎沒人來，咱們一處吃飯是正經。」

平兒吃了飯過去，快到院門口，卻見秋紋在前頭，眾媳婦忙趕著問好，又說：「姑娘也且歇一歇，裡頭剛吃完飯，等撤下飯桌子，再回話去。」秋紋笑道：「我比不得妳們，我哪裡等得？」說著便直要上廳去。平兒忙叫：「快回來。」秋紋回頭方見是平兒。

平兒悄問：「回什麼？」秋紋道：「問一問寶玉的月銀、我們的月錢多早晚才領。」平兒道：「這什麼大事。妳快回去告訴襲人，說我的話，憑有什麼事今兒都別回。若回一件，管駁一件；回一百件，管駁一百件。」秋紋忙問：「這是為什麼？」平兒與眾媳婦等都忙告訴她緣故，又說：「正要找幾件厲害事與有體面的人開例做筏子[1]，鎮壓與眾人做榜樣呢。何苦妳們先來碰在這釘子上。妳這一去說了，她們若拿妳們也做一兩件榜樣，又礙著老太太、太太；若不拿著妳們做一兩件，人家又說偏一個向一個，仗著老太太、太太威勢的就怕，只拿著軟的做鼻子頭。妳聽聽吧，二奶奶的事，她還要駁兩件，才壓得眾人口聲呢。」秋紋聽了，伸舌笑道：「幸而平姐姐在這裡，沒的臊一鼻子灰。我趕早知會她們去。」說著便走了，平兒才進去。

探春命她坐了，說道：「我想的事不為別的，因想著我們一月所用的頭油脂粉的事。我想咱們一月已有二兩月銀，丫頭們又另有月錢，可不是又同剛才學裡的八兩一樣，重重疊疊？事雖小，錢有限，看起來也不妥當。妳奶奶怎麼就沒想到這個呢？」平兒笑道：「這有個緣故。姑娘們所用的這些東西，外頭買辦總領了去，按月發給。那月錢原是為怕姑娘們偶爾要個錢使，省得找人，是怕姑娘們受委屈。如今我冷眼看著，各房裡的有一半是現拿錢買這些東西的。我就疑惑，不是買辦脫了空，就是買的不是正經貨。」探春笑道：「妳也留心看出來了。脫空是沒有的，只是遲些日子；催急了，不知哪裡弄些來，竟使不得，依舊還得現買。錢費了兩起，東西又白丟一半，不如竟把每月買辦的免了為是。這是一件事。第二件，年裡往賴大家去，妳也去的，妳看他那小園子比咱們這個如何？」平兒笑道：「還沒有咱們這一半大，樹木花草也少多著呢。」探春道：「我因和他家女兒說閒話兒，誰知那麼個園子，除她們帶的花兒、吃的筍菜魚蝦之外，一年還有人包了去，年終足有二百兩銀子剩。從那日我才知道，一個破荷葉，一根枯草根子，都是值錢的。」

寶釵笑道：「真真膏粱紈綺之談。雖是千金小姐，原不知這些事，但只妳們都念過書識過字的，竟沒看見朱夫子有一篇《不自棄文》的嗎？」探春笑道：「雖也看過，那不過是自勉勉人的虛比浮詞，哪裡真是有的？」寶釵道：「妳才辦了兩天事，就把朱子都看虛浮了，妳再出去見了那些利弊大事，更把孔子也看虛了呢！天下沒有不可用的東西；既可用，便值錢。難為妳是個聰敏人，這些正事大節竟沒經歷。」李紈笑道：「叫人家來了，又不說正事，妳們且對講學問。」寶釵道：「學問中便是正事。不拿學問提著，便都流入市俗去了。」三人取笑一回。探春又接著說道：「咱們這園子只算比他們的多一半，加一倍算起來，一年就有四百銀子的利息，若只圖省錢，自然小氣，不是咱們這樣人家行的事。不如挑出幾個本分老成能知園圃的，派人收拾料理，也不必交租納稅，只問她們一年可以孝敬些什麼。一則園子有專人修理，花木自然一年好似一年了，也不用臨時忙亂；二則也不至作踐，白辜負了東西；三則老嬤嬤們也可借此小補，不枉成年家在園中辛苦；四則也可以省了這些花匠、打掃人等的工費。將此有餘，以補不足，未為不可。」

寶釵正在看壁上的字畫，聽如此說，點頭笑道：「善哉，三年之內無饑饉矣！」李紈道：「好主意。這麼一行，太太必喜歡。省錢事小，園子有人打掃，專司其職，使之以權，動之以利，再無不盡職的了。」寶釵笑道：「依我看，這些進益也不用歸帳到裡頭，誰領一分子的，就派她們攬一宗事，不過是園裡人的動用。我替妳們算出來了，有限的幾宗事。無非頭油、脂粉類的，和各處打掃的器具、大小禽鳥的糧食。都是她們包了去。妳算算，就省下多少來？」平兒笑道：「這幾宗雖小，一年通共算了，也省得下四百多銀子。」寶釵笑道：「可不是，一年四百，兩年八百兩，打租的房子也能多買幾間，薄沙地也可添幾畝了。」

平兒道：「這件事須得姑娘說出來。我們奶奶雖有此心，也未必好出口；此刻姑娘們在園裡住著，不能多弄些玩意兒去陪襯，反叫人去監管，圖省錢，這話斷不好出口。」寶釵忙走過來，摸著她的臉笑道：「妳張開嘴，我瞧瞧妳的牙齒舌頭是什麼做的。從早起來到這會兒，妳說這些話，一套一個樣兒。也不奉承三姑娘，也不說妳們奶奶才短想不到；橫豎三姑娘一套話出來，妳就有一套話回奉；總是三姑娘想得到的，妳奶奶也想到了，只是必有個不可辦的緣故。這會兒又是這樣說。妳們想想這話，她這遠愁近慮，不亢不卑。她奶奶便不是和咱們好，聽她這一番話，也必要自愧變好了，不和也變和了。」探春笑道：「我早起一肚子氣，聽她來了，忽然想起她主子來，素日當家使出來的好撒野的人，我見了她更生了氣。誰知她來了，避貓鼠兒似的站了半日，怪可憐的。接著又說了那麼些話，不說她主子待我好，倒說『不枉姑娘待我們奶奶素日的情意了』。這一句，不但沒了氣，我倒慚愧了，又傷起心來。細想我一個女孩兒家，自己還鬧得沒人疼沒人顧的，我哪裡還有好處去待人。」說到這裡，又流下淚來。

李紈想起她平素因趙姨娘之故每受委屈，也不免傷情，便勸解道：「趁今日清淨，大家商議兩件興利剔弊的事，也不枉太太委託一場，又提這沒要緊的事做什麼？」平兒忙道：「姑娘說誰好，竟一派人就完了。」探春道：「雖如此說，也須回妳奶奶一聲。都因妳奶奶是個明白人，我才這樣行，若是糊塗多心的，我也不肯，倒像抓她的乖似的。豈可不商議了再行呢。」平兒笑道：「既這麼著，我去告訴一聲。」說著去了，半日方回來，笑說：「我說是白走一趟，這樣好事，奶奶豈有不依的。」

探春便和李紈命人將園中所有婆子的名單要來，大概定了幾個妥當的人。又將她們一齊傳來。眾人聽了，無不願意，又都願意年終再交一些錢糧的。

寶釵對李紈等道：「另外那些剩下的老嬤嬤們，沒有分到差事豈不抱怨？只叫那分到的每年再拿出幾吊來，大家湊齊，單散給這些園中的嬤嬤們，讓她們也沾帶些利息。園中的東西不但不會來作踐了，反是有照顧不到的，也替照顧了。豈不是好？」便把這意思給眾婆子們說了，又說：「嬤嬤們也不必推辭了，這仍是分內應當的，妳們只要日夜辛苦些，別躲懶縱放人吃酒賭錢就是了。不然，我也不該管這事，妳們也知道我姨媽親口囑咐我三五回，所以我如今想出這額外的進益來，也為的是大家齊心把這園子照顧得周全謹慎的，給妳們自己也存些體面，也不枉替妳們籌畫著進益了。」大家聽後自是歡喜。

只見林之孝家的進來說：「江南甄府裡家眷昨日到京，今遣人送了禮物過來請安。老太太叫過去呢。」李紈等忙過去了。

寶玉正在怡紅院中和丫頭們廝混，忽聽老太太傳去見江南甄家來的人。一進房，卻見四個穿著體面的媳婦坐著。賈母笑道：「過來，給這四位管家娘子看看，比她們的寶玉如何？」眾媳婦忙起身道：「嚇了一大跳，若不是進府來，在別處遇見，還只當我們的寶玉後趕著也進了京呢。」一面都上來拉著他的手問長問短，一邊說：「如今看來，模樣是一樣。據老太太說，淘氣也是一樣的。只是我們看著，這位哥兒的性情卻比我們的好。」賈母忙問：「怎見得？」四人笑道：「方才我們拉哥兒的手說話便明白了。若是我們那一位，只說我們糊塗，慢說拉手，他的東西我們略動一動也不依，所使喚的都是女孩子們。」

李紈等姐妹們都失聲笑出來。賈母也笑道：「我們這會兒也打發人見了妳們的寶玉，也拉他的手，他自然也勉強忍耐著。可知妳我這樣人家的孩子們，再怎麼刁鑽古怪，見了外人還是正經禮數的。」

四人聽了，都笑道：「老太太這話正是。雖然我們寶玉淘氣古怪，有時見了客，規矩禮數比大人還有趣，所以無人見了不愛。只是天生下來那一種刁鑽古怪的脾氣——」寶玉卻在心裡想著，聽她們所說，那寶玉卻與我一樣的了，什麼時候也能得見他一下才好。

回到房中榻上寶玉還在默默想著，不覺竟似到了一座花園之內。「除了我們大觀園，竟又有這一個園子？」寶玉正疑惑間，見從那邊來了幾個女孩兒，都是丫鬟妝飾。那些丫鬟笑道：「寶玉怎麼跑到這裡來了？」寶玉忙來賠笑說道：「因我偶步到此，不知是哪位世交的花園，好姐姐們，帶我逛逛。」一個丫鬟笑道：「原來不是咱家的寶玉。他生得倒也還乾淨，嘴巴也乖巧。」寶玉忙道：「姐姐們，這裡竟還有個寶玉？」那丫鬟忙道：「寶玉二字，我們是奉老太太、太太之命，為保佑他延壽消災的，我們叫他，他聽見喜歡。你是哪裡來的臭小廝，也亂叫起他來？」又一個丫鬟笑道：「咱們快走吧，別叫寶玉看見，又說同這臭小廝說了話，把咱們也熏臭了。」

寶玉納悶道：「從來沒有人這樣荼毒我，她們竟這樣的？莫非也真有我這樣的一個人不成？」一面想，一面順步早到了一所院內。一見便又十分詫異，除了怡紅院，竟還有這麼一個院落？忽上了臺階，進入屋內，只見榻上有一個人睡著，那邊有幾個女孩子做針線，也有在嬉笑玩耍的。只聽那個少年歎了一聲，一個丫鬟笑問道：「寶玉，你不睡又歎什麼？想必為你妹妹病了，你又胡愁亂恨呢。」寶玉聽說，心下吃驚。只見那少年說道：「我聽見老太太說，長安都中也有個寶玉，和我一樣的性情，我只不信。我方才做了一個夢，竟夢中到了都中一個花園子裡頭，遇見幾個姐姐，都叫我臭小廝，不理我。好容易找到他房裡，偏他睡覺，空有皮囊，真性不知往哪裡去了。」寶玉忙說道：「我因找寶玉來到這裡。原來你就是寶玉？」榻上的少年忙下來拉住：「原來你就是寶玉？這可不是夢裡了。」寶玉道：「這如何是夢？真而又真了。」一語未了，只見人來說：「老爺叫寶玉。」嚇得二人都慌了。一個寶玉就走，一個寶玉便忙叫：「寶玉快回來，寶玉快回來！」

襲人在旁聽他夢中自喚，忙推醒他，笑問道：「寶玉在哪裡？」寶玉還在恍惚之間，便向門外指道：「才去不遠。」襲人笑道：「那是你夢迷糊了，你細瞧瞧，是鏡子裡照的你影子。」寶玉向前瞧了一瞧，果然是那嵌的大鏡對面相照，一想不覺啞然失笑。

❶ 做筏子：抓住某件事當藉口。

第三十三回　慧紫鵑情辭試忙玉　慈姨媽愛語慰痴顰

寶玉想到夢中的情景，心中到底納悶，便想著去找黛玉說說話。見黛玉才歇午覺，不去驚動。因紫鵑在迴廊上做針線，便上來問她：「昨日夜裡咳嗽可好些？」紫鵑道：「好些了。」寶玉笑道：「阿彌陀佛！好些便好。」紫鵑笑道：「你也唸起佛來，真是新聞！」寶玉笑道：「所謂『病急亂投醫』了。」說著見她穿得單薄，便伸手向她身上摸了一摸，說：「穿這樣單薄，還在風口裡坐著，妳再病了，就更難了。」紫鵑說道：「從此咱們只可說話，別動手動腳的。一年大二年小的，叫人看著不尊重。你總不留心，還只管和小時一樣，如何使得？姑娘常常吩咐我們，不准和你說笑。你近來瞧她遠著你還恐遠不及呢。」說著便起身，攜了針線進房去了。

寶玉心中像澆了一盆冷水一般，頓覺一時魂魄失守，不覺滴下淚來。千思萬想，總不知如何是好。

雪雁從王夫人房裡取了人參來，忽扭頭見桃花樹下石上一人手托著腮頰出神，近前卻是寶玉。雪雁疑惑道：「怪冷的，他一個人在這裡做什麼？」一邊便走過來蹲下笑道：「你在這裡做什麼呢？」寶玉便說道：「妳又做什麼來找我？妳難道不是女孩兒？她既避嫌，不許妳們理我，妳又來尋我，倘被人看見，豈不又生口舌？妳快家去吧。」雪雁只當是他又受了黛玉的委屈，只得回至房中。

黛玉卻還未醒，雪雁將人參交給紫鵑，笑道：「是誰給了寶玉氣受，坐在那裡哭呢。」紫鵑忙問在哪裡。雪雁道：「在沁芳亭後頭桃花底下呢。」紫鵑趕緊放下針線，又囑咐雪雁：「若問我，答應我就來。」便出了瀟湘館，走至寶玉跟前，含笑說道：「我不過說了那兩句話，為的是大家好，你就賭氣跑了這風地裡來哭，弄出病來還了得。」寶玉忙笑道：「誰賭氣了！我因為聽妳說得有理，我想妳們既這樣說，自然別人也是這樣說，將來漸漸地都不理我了，想到這裡所以自己傷起心來了。」

紫鵑便挨他坐著。寶玉笑道：「方才對面說話妳還走開，這會兒怎麼又來挨我坐著？」紫鵑道：「你忘了前日你和她才說了一句『燕窩』，就不說了，總沒提起，我正想著問你。」寶玉道：「也沒什麼要緊。不過我想著寶姐姐也是客中，既吃燕窩，若只管和她要，也不方便。我已經在老太太跟前略露了個風聲，只怕老太太和鳳姐姐說了。我要告訴她，竟沒告訴完。如今我聽見一日給妳們一兩燕窩，這也就完了。」紫鵑道：「原來是你說了，這又多謝你費心。我們正疑惑，老太太怎麼忽然想起來叫人每一日送一兩燕窩來呢？這就是了。」

寶玉笑道：「這要天天吃慣了，吃上兩三年就好了。」紫鵑道：「在這裡吃慣了，明年回家去，哪裡有這閒錢吃這個？」寶玉吃了一驚，忙問：「誰回家去？」紫鵑道：「你妹妹回蘇州家去。」寶玉笑道：「妳又說白話。妹妹因無人照看才接了來的，明年回去找誰？」紫鵑冷笑道：「你太小看了人。單你們賈家大族人口多的，別人只得一父一母，族中真個再無人了不成？原是老太太心疼她年小，故此接來住幾年。大了該出閣時，自然要送還林家的。終不成林家的女兒在你賈家一世不成？林家雖貧到沒飯吃，也是世代書香人家，斷不肯將他家的人丟給親戚，落人恥笑。所以早則明年春天，遲則秋天。這裡縱不送去，林家也必有人來接的了。前日夜裡姑娘和我說了，叫我告訴你：將從前小時玩的東西，有她送你的，叫你都打點出來還她。她也將你送的打點了在那裡呢。」寶玉聽了，便如頭頂上打了一個焦雷一般。紫鵑看他怎樣回答，等了半天，見他總不做聲。才要再問，忽見晴雯找來說：「老太太叫妳呢。」紫鵑笑道：「他這裡問姑娘的病症，我告訴了他半天，他只不信。妳倒拉他去吧。」說著，自己便走回房去了。

晴雯見他呆呆的，一頭熱汗，滿臉紫漲，忙拉他的手，一直到怡紅院中。襲人見了這般，慌張起來，只說是被風吹得病了。不料寶玉竟兩個眼珠兒直直地起來，口角邊津液流出，都不知覺。給他個枕頭，他便睡下；扶他起來，他便坐著；倒了茶來，他便吃茶。眾人見這樣，都忙亂起來，又不敢貿然去回賈母，便差人出去請李嬤嬤。

李嬤嬤看了半天，問他幾句話也無回答，用手向他脈上摸了摸，又在嘴脣人中上著力掐了兩下，竟也不覺疼。李嬤嬤只說了一聲「可了不得了」，「呀」地一聲便摟著放聲大哭起來。急得襲人忙拉她說：「妳老人家瞧瞧，可怕不怕？妳老人家怎麼先哭起來？」李嬤嬤捶床搗枕說：「這可不中用了！我白操了一世的心了！」襲人等見她這樣一說，也都哭起來。

紫鵑正服侍黛玉吃藥，忽見襲人滿面急怒地進來問道：「妳剛才和我們寶玉說了些什麼？妳瞧瞧他去，妳回老太太去，我也不管了！」說著，便坐在椅上。黛玉忽見襲人舉止大變，滿面淚痕，也慌了，忙問怎麼了？襲人定了一回神，哭道：「不知紫鵑姑奶奶說了些什麼話，那個呆子眼也直了，手腳也冷了，話也不說了，李嬤嬤掐著也不疼了，已死了大半個了！連李嬤嬤都說不中用了，在那裡放聲大哭。只怕這會兒都死了！」黛玉一聽，「哇」地一聲，將所服之藥一口嗆出，抖腸搜肺大咳了幾陣，一時面紅發亂，目腫筋浮，喘得抬不起頭來。紫鵑忙上來捶背，黛玉推紫鵑道：「妳也不用捶，妳竟拿繩子來勒死我是正經！」紫鵑哭道：「我並沒說什麼，不過是說了幾句玩話，他就認真了。」襲人道：「妳還不知道他，那傻子每每玩話認了真。」黛玉道：「妳說了什麼話，趁早兒去解說，他只怕就醒過來了。」紫鵑聽說，忙同襲人到了怡紅院。

誰知賈母、王夫人等都已在那裡了。賈母一見了紫鵑，便眼內出火，罵道：「妳這小蹄子，和他說了什麼？」紫鵑忙道：「並沒說什麼，不過說幾句玩話兒。」誰知寶玉見了紫鵑，方「哎呀」一聲，哭了出來。一把拉住紫鵑，死也不放，說：「要去連我也帶了去。」

眾人細問起來，才知是紫鵑說「要回蘇州去」一句玩話引出來的。賈母流淚道：「我當有什麼要緊大事，原來是這句玩話。」又向紫鵑道：「妳這孩子，素日是個伶俐聰明的，妳又知道他有個呆根子，平白地哄他做什麼？」薛姨媽勸道：「寶玉本來心實。可巧林姑娘又是從小兒來的，他姐妹兩個一處長了這麼大，比別的姐妹更不同。這會兒熱辣辣地說一個去，別說他是個實心的傻孩子，便是冷心腸的大人也要傷心。這並不是什麼大病，老太太和姨太太只管萬安，吃一兩劑藥就好了。」

正說著，人回林之孝家的、賴大家的都來瞧哥兒來了。寶玉聽了一個「林」字，便滿床鬧起來說：「了不得了，林家的人來接了，快打出去！」賈母也忙說：「打出去。」又忙安慰說：「那不是林家的人。林家的人都死絕了，沒人來接她的，你只放心吧。」寶玉哭道：「憑他是誰，除了林妹妹，都不許姓林了！」賈母道：「沒姓林的來，凡姓林的我都打走了。」一面吩咐眾人：「以後別叫林之孝家的進園來，你們也別說『林』字。好孩子們，你們聽我這句話吧！」眾人忙答應，想笑又不敢。

一時寶玉又一眼看見架上陳設著的一隻西洋自行船，便指著亂說：「那不是接她們的船來了？灣在那裡呢。」賈母忙命拿下來。寶玉伸手要來，掖在被中，笑道：「可去不成了！」一面說，一面死拉著紫鵑不放，只說她去了便是要回蘇州去了。賈母王夫人無法，只得命紫鵑守著他，另命琥珀去服侍黛玉，黛玉不時遣雪雁來探消息。

晚間寶玉因服了大夫開的藥稍安了些，賈母王夫人等方回房去，一夜還遣人來問幾次信。有時寶玉睡去，必從夢中驚醒，不是哭了說黛玉已去，便說是有人來接。每一驚時，必得紫鵑安慰一番方罷。

過了幾日方漸漸好起來，襲人等才稍覺心安神定，向紫鵑笑道：「都是妳鬧的！也沒見我們這位呆爺聽了風就是雨，往後怎麼好。」

湘雲見寶玉明白了，便將他病中狂態形容給他聽，引得寶玉自己伏枕而笑。無人時紫鵑在側，寶玉又拉她的手問道：「妳為什麼嚇我？」紫鵑道：「不過是哄你玩的，你就認真了。」寶玉道：「妳說得那樣有情有理，如何是玩話？」紫鵑笑道：「那些都是我編的。林家有人也是極遠的，即使有人來接，老太太也必不放去的。」寶玉道：「便老太太放去，我也不依。」紫鵑笑道：「果真你不依？只怕是說說而已。你如今也大了，連親也定下了，過兩三年再娶了親，你眼裡還有誰了？」寶玉又驚問：「誰定了親？定了誰？」紫鵑笑道：「年裡我聽見老太太說，要定下琴姑娘呢。不然那麼疼她？」寶玉笑道：「人人只說我傻，妳比我更傻。不過是句玩話，她已經許給梅翰林家了。果然定下了她，我還是這個樣嗎？先前我發誓賭咒砸這勞什子，妳都沒勸過嗎？我才好了，妳又來嘔我。」一面說，一面咬牙切齒地，道：「我只願這會兒立刻把心迸出來妳們瞧見了，然後化成一股灰，一股煙，一陣大風，吹得頓時散了，這才好！」說著又滾下淚來。

紫鵑忙上來捂他的嘴，替他擦眼淚，又忙笑說道：「你不用著急。這原是我心裡著急，所以來試你。」寶玉更是詫異，問道：「妳又著什麼急？」紫鵑笑道：「你知道，我並不是林家的人，我也和襲人、鴛鴦是一夥的，偏把我給了林姑娘使。偏偏她又和我極好，比她蘇州帶來的還好十倍。我如今心裡卻愁，她若要去了，我必要跟了她去的。我是全家在這裡，我若不去，辜負了我們素日的情腸。所以疑惑，編出這話來問你，誰知你就傻鬧起來。」寶玉笑道：「原來是妳愁這個，所以妳是傻子。從此後再別愁了。我告訴妳一句話，活著，咱們一處活著；不活著，咱們一處化灰化煙，如何？」紫鵑聽了，心下暗暗籌畫。忽有人回：「環爺蘭哥兒問候。」寶玉道：「就說難為他們，我才睡了，不必進來。」婆子答應去了。紫鵑笑道：「你也好了，該放我回去瞧瞧我們那一個去了。」寶玉道：「正是這話。我昨日就要叫妳去的，偏又忘了。我已經大好了，妳就去吧。」

紫鵑回來，卻在夜間臥下之時，悄向黛玉笑道：「寶玉的心倒實，聽見咱們去，就那樣起來。」黛玉不答。紫鵑停了半晌，自言自語道：「一動不如一靜。別的都容易，最難得的是從小一處長大，脾氣情性都彼此知道的了。」黛玉啐道：「妳這幾天還不乏，趁這會兒不歇一歇，還嚼什麼蛆。」

紫鵑笑道：「我倒是一片真心為姑娘。替妳愁了這幾年了，又沒個父母兄弟，誰是知疼著熱的人？趁早兒老太太還明白硬朗的時節，做定了大事要緊。姑娘是個明白人，豈不聞俗語說的：『萬兩黃金容易得，知心一個也難求。』」黛玉道：「這丫頭今兒可瘋了？怎麼去了幾日，忽然變了一個人。我明兒必回老太太退回妳去，我不敢要妳了。」紫鵑笑道：「我說的是好話，不過叫妳心裡留神，並沒叫妳去為非作歹，何苦回老太太，叫我吃了虧，又有何好處？」說著，逕自睡了。黛玉心內未嘗不傷感，待她睡了，便直哭了一夜，至天明方打了一個盹兒。

第二天，寶釵因去瀟湘館找黛玉說話，見她母親也在，笑道：「媽多早晚來的？我竟不知道。」薛姨媽道：「我這幾天連日忙，總沒來瞧瞧寶玉和她，所以今兒來瞧瞧。」黛玉忙讓寶釵坐了，向寶釵道：「天下的事真是人想不到的，剛才姨媽說，和大舅母又做了一門親家。」薛姨媽道：「我的兒，妳們女孩家哪裡知道，自古道：『千里姻緣一線牽』，管姻緣的有一位月下老人，暗裡只用一根紅絲把這兩個人的腳絆住，憑你兩家隔著海呢，若有姻緣的，也終久有機會做了夫婦；還有的，憑父母本人都願意了，或是年年在一處的，以為是定了的親事，若是月下老人不用紅線拴的，再不能到一處。比如妳姐妹兩個的婚姻，此刻也不知在眼前，還是在山南海北呢。」

寶釵道：「唯有媽，說話就拉上我們。」一面伏在她母親懷裡笑道：「咱們走吧。」黛玉笑道：「妳瞧，這麼大了，離了姨媽她就是個最老道的，見了姨媽她就撒嬌。她偏在這裡這樣，分明是氣我沒娘的人。」

寶釵笑道：「媽媽妳瞧她這輕狂樣兒，倒說我撒嬌。」薛姨媽道：「也怨不得她這樣，可憐沒父母，到底沒個親人。」又摩娑黛玉笑道：「妳見我疼妳姐姐妳傷心，妳不知我心裡更疼妳呢。妳姐姐雖沒了父親，到底有我，有親哥哥，這就比妳強了。我常和妳姐姐說，心裡很疼妳，只是外頭不好帶出來。妳這裡人多嘴雜，不說妳無依無靠，為人做人配人疼，只說我們看著老太太疼妳，也洑上水❶去了。」黛玉笑道：「姨媽既這麼說，我明日就認姨媽做娘，若是嫌棄，就是假意疼我。」薛姨媽道：「妳不嫌我，就認了。」

寶釵忙道：「認不得的。」黛玉道：「怎麼認不得？」寶釵笑問道：「我且問妳，我哥哥還沒定親事，為什麼反將邢妹妹先說與薛蝌兄弟了，是什麼道理？」黛玉道：「他不在家，或是屬相生日不對。」寶釵笑道：「不是這樣。我哥哥已經相準了，只等來家就下定了。我說妳認不得娘的，仔細想去。」說著，便和她母親擠眼兒發笑。黛玉才會過意來，一頭伏在薛姨媽身上，說道：「姨媽不打她我不依。」薛姨媽忙摟她笑道：「妳別信妳姐姐的話，她是和妳玩呢。連邢姑娘我還怕妳哥哥糟蹋了她，所以給妳兄弟。前兒老太太因要把妳妹妹說給寶玉，偏生又有了人家，不然倒是一門好親事。老太太還取笑說：『我原要說她的人，誰知她的人沒到手，倒被她說了我們一個去了。』雖是玩話，細想來倒有些意思。我想寶琴雖有了人家，我雖沒人可給，難道一句話也不說？我想著，妳寶兄弟老太太那樣疼他，他又生得那樣，若要外頭說去，斷不中意。不如竟把妳林妹妹定與他，豈不四角俱全？」黛玉先還怔怔的，後來見說到自己身上，便啐了寶釵一口，紅了臉，拉著寶釵笑道：「我只打妳！妳為什麼招出姨媽這些老沒正經的話來？」寶釵笑道：「這可奇了！媽說妳，為什麼打我？」

紫鵑忙跑來笑道：「姨太太既有這主意，為什麼不和老太太說去？」薛姨媽呵呵笑道：「妳這孩子，急什麼？想必催著妳姑娘出了閣，妳也要早些尋一個小女婿去了。」紫鵑聽了，也紅了臉，笑道：「姨太太真個倚老賣老地起來。」說著，便轉身去了。黛玉先罵：「又與妳這蹄子什麼相干？」後來見了這樣，也笑道：「阿彌陀佛！也臊了一鼻子灰去了！」薛姨媽母女二人及婆子丫鬟都笑起來。

❶ 泅上水：指游向上游，有高攀之意。

第三十四回　柳葉渚邊嗔鶯叱燕　怡紅院裡召將飛符

誰想過了幾日，朝廷中老太妃薨，凡官宦人家，一年不得宴樂，故梨香院的十二個女孩，除了願意回家的回家了，其餘的都分在園中各房，那芳官便分到了怡紅院。賈府婆媳祖孫凡帶職有封的都要按制每日入朝隨祭，早出晚歸，要一個月左右，家中無人照料。薛姨媽因賈母再三囑咐，便暫入園中照管，搬來與黛玉同住。

一日寶玉正待得膩煩，出來園子裡隨意走動，回來卻見芳官為洗頭的事，與她乾娘吵了一架，哭得淚人一般。寶玉恨得用拄杖敲著門檻說：「這些老婆子都是鐵心石腸似的，真是大奇事。不能照看，反倒折挫她們，天長地久，如何是好！」麝月便笑道：「妳看，把一個鶯鶯小姐，弄成拷打紅娘了！這會兒又不裝扮了，還是這麼著？」見芳官還只是哭，晴雯便走過去笑道：「妳也太狂了，會幾齣戲，倒像殺了賊王、擒了反叛來的。」說著便拉了她去，替她洗淨了髮，用手巾擰得乾鬆鬆的，挽了一個慵妝髻，命穿了衣服過這邊來。

只見小丫頭來問：「晚飯有了，可送不送？」襲人笑道：「方才胡吵了一陣，也沒留心聽聽，幾下鐘了。」晴雯道：「那勞什子又不知怎麼了，又得去收拾。」說著，便拿過表來瞧了一瞧說：「再略等半盅茶的工夫就是了。」麝月笑道：「提起淘氣，芳官也該打幾下，昨兒是她攛弄了那墜子，半日就壞了。」

正說笑著，小丫頭子捧了食盒子進來站住，晴雯、麝月等一面揭開食盒擺好，見有一碗火腿鮮筍湯，端了放在寶玉跟前。寶玉便就桌上喝了一口說：「好燙！」襲人笑道：「菩薩，才幾日不見葷，饞得這樣起來。」忙端起輕輕用口吹，因見芳官在側，便遞給芳官，笑道：「妳也學些服侍，別一味呆玩呆睡，嘴兒輕著些，別吹上唾沫星子。」芳官依言吹了幾口。她乾娘何婆門外伺候，便忙跑進來，笑道：「她不老成，小心打了碗，讓我吹吧。」說著就接，晴雯忙喊道：「出去！妳讓她砸了碗，也輪不到妳吹，妳什麼空兒跑到裡頭來了？」一面又罵小丫頭們：「瞎了眼的，她不知道，妳們也該說給她！」小丫頭們都說：「我們攆她，她不出去；說她，她又不信，如今帶累我們受氣，這是何苦呢！妳可信了？我們到的地方兒，有妳到的一半兒，那一半兒是妳到不去的呢，何況又跑到我們到不去的地方兒還不算，又去伸手動嘴的了。」一面便推她出去。階下幾個等著的婆子見她出來都笑道：「嫂子也沒用鏡子照一照，就進去了。」羞得那婆子又恨又氣，只得忍耐下去了。

偏一日清曉，鶯兒因去瀟湘館取薔薇硝回來，與蕊官、藕官說笑著不覺到了柳葉渚。順著柳堤走來，鶯兒便笑道：「妳會拿這柳條子編東西不會？」蕊官笑道：「編什麼東西？」鶯兒道：「什麼編不得？玩的用的都可。等我摘些下來，帶著這葉子編個花籃兒，採了各色花放在裡頭，才是好玩呢。」說著，伸手採了許多的嫩條，一邊走一邊編花籃。

何婆的小女春燕走來，笑問：「姐姐織什麼呢？妳這會兒又跑了來弄這個。這一帶地方上的東西都是我姑媽管著，一根草也不許人動。妳還掐這些花兒，又折她的嫩樹枝，她們即刻就來，小心她們抱怨！」鶯兒笑道：「別人亂掐使不得，獨我使得。每日各房裡必要送的，唯有我們姑娘說了：『一概不用送，等要什麼再和你們要。』也沒要過一次，我今天便掐些，她們也不好意思說的。」說著，索性坐在山子石上編了起來。春燕也笑道：「正是呢，她是我的姑媽，也不好向著外人反說她的。怨不得寶玉說：『女孩兒未出嫁，是顆無價的寶珠；出了嫁，不知怎麼就變出許多不好的毛病來，雖是顆珠子，卻沒有光彩寶色，是顆死珠了；再老了，更變的不是顆珠子，竟是魚眼睛了；分明一個人，怎麼變出三樣來！』這話雖是混帳話，想起來真不錯。別人不知道，只說我媽和姨媽，她老姐兒兩個，如今越老了越把錢看得真了。」一語未了，她姑媽夏婆子果然拄了拐走來。見採了許多嫩柳，心內便不受用；又不好說什麼，便說春燕道：「我叫妳來照看照看，妳就貪住玩不去了，拿我做隱身草，妳來樂。」春燕道：「妳老又使我，又怕，這會兒反說我。難道把我劈做八瓣兒不成？」鶯兒笑道：「姑媽，妳別信小燕的話。這都是她摘下來的，我攆她，她不去。」春燕笑道：「妳只顧玩笑，她老人家就當真的。」

那婆子正心疼肝斷，無計可施，聽鶯兒如此說，便拿起拄杖來向春燕身上擊了幾下，罵道：「小蹄子，我說著妳，妳還和我強嘴兒呢。妳媽恨得牙根癢癢，妳還來和我強梆子似的。」打得春燕又愧又急，哭道：「鶯兒姐姐玩笑話，妳老就認真打我。我媽為什麼恨我？我又沒燒糊了洗臉水，有什麼不是！」鶯兒忙上去拉住，笑道：「我剛才是玩笑話，妳老人家打她，我豈不愧？」那婆子道：「姑娘，妳別管我們的事，難道為姑娘在這裡，不許我管孩子不成？」鶯兒撒了手冷笑道：「妳老人家要管，哪一刻管不得，偏我說了一句玩笑話就管她了。我看妳管去！」說著，便賭氣坐下，仍編柳籃子。

正巧春燕的娘何婆子出來找她，喊道：「妳不來舀水，在那裡做什麼呢？」那婆子便接聲兒道：「妳來瞧瞧，妳的女孩兒連我也不放在眼裡了！在這裡排揎我呢。」何婆子一面走過來說：「我們丫頭眼裡沒娘罷了，連姑媽也沒了不成？」鶯兒只得又說緣故。她姑媽哪裡容人說話，便指著石上的花柳道：「妳瞧瞧，妳女孩兒先領著人糟蹋，我怎麼說人？」何婆子正為芳官之氣未平，便走上來打了春燕一個耳刮子，罵道：「小娼婦，妳也跟那起輕狂浪小婦學，幹的我管不得，妳是我肚裡生出來的難道也不敢管妳不成！既是妳們這起蹄子到得去的地方我到不去，妳就該死在那裡伺候，又跑出來浪什麼！」一面又抓起柳條子來，直送到她臉上，問道：「這叫做什麼？還編妳娘的！」鶯兒忙道：「那是我編的，妳老別指桑罵槐。」

春燕見她娘打她，便啼哭著往怡紅院去了。她娘怕說出自己打她，又要受晴雯等的氣，忙喊道：「妳回來！我告訴妳再去。」急得跑了去拉她，春燕便也往前飛跑。她娘只顧趕她，不防腳下被青苔滑倒，引得鶯兒三個人反都笑了。鶯兒便賭氣將花柳都扔到河中，自回房去。把那婆子心疼得只唸佛，又罵：「促狹小蹄子！糟蹋了花兒，雷也是要打的。」

春燕一徑跑入院中，頂頭遇見襲人往黛玉處問安去。春燕便一把抱住襲人，說：「姑娘救我！我娘又打我呢。」襲人不免生氣道：「三天兩頭打了乾的打親的，是賣弄妳女孩兒多，還是真不知王法？」何婆子見襲人平日不言不語是好性兒的，便說道：「姑娘妳不知道，別管我們閒事！都是妳們縱的，還管什麼？」便又趕著打。襲人氣得轉身進來，麝月聽得如此喊鬧，便說：「姐姐別管，看她怎樣。」一面使眼色給春燕，春燕會意，直奔了寶玉去。眾人都笑說：「這可是沒有的事，今兒都鬧出來了。」麝月向婆子道：「難道這些人的臉面，和妳討一個情還討不下來不成？」

何婆子見女兒奔到寶玉身邊去，又見寶玉拉了春燕的手說：「別怕，有我呢。」春燕又一邊哭，又一邊說，把方才鶯兒等事都說出來。寶玉更加急起來，說：「妳只在這裡鬧也罷了，怎麼連親戚也都得罪起來？」麝月又道：「怨不得這嫂子說我們管不著她們的事，我們雖無知錯管了，如今請出一個管得著的人來管一管，嫂子就心服口服，也知道規矩了。」便回頭叫小丫頭：「去把平兒給我們叫來！平兒不得閒就把林大娘叫了來。」那小丫頭應了就走。眾媳婦上來笑說：「嫂子，快求姑娘們叫回那孩子吧。平姑娘來了，可就不好了。」那婆子說道：「憑是哪個平姑娘來，也該評個理，沒有見娘管女兒，大家管著娘的。」眾人笑道：「妳當是哪個平姑娘？是二奶奶屋裡的平姑娘。她有情呢，說妳兩句；她一翻臉，嫂子妳吃不了兜著走！」

只見小丫頭回來說：「平姑娘正有事，說：『有這樣事！且攆出去，告訴林大娘在角門外打她四十板子就是了。』」何婆子聽如此說了，嚇得淚流滿面，忙央告襲人等說：「好容易我進來了，況且我是寡婦，我這一去，不知苦到什麼田地。」襲人早又心軟了，便說：「妳既要在這裡，又不守規矩。哪裡弄妳這個不曉事的人來，天天鬥口，也叫人笑話。」晴雯道：「理她呢，打發去了正經。哪裡那麼大工夫和她廢話？」那婆子又央眾人道：「我雖錯了，姑娘們吩咐了，我以後改過。姑娘們哪不是行好積德？」一面又央春燕道：「原是我為打妳起的，也沒打成妳，我如今反受了罪，妳也替我說說。」寶玉見如此可憐，只得留下：「不許再鬧，再鬧，一定打了攆出去！」那婆子一一謝過下去。

一會兒平兒走來，問是何事。襲人等忙說：「已完了，不必再提。」平兒點頭笑道：「『得饒人處且饒人』，能去了幾日，只聽各處大小人兒都做起反來了，一處不了又一處，叫我不知管哪一處是。」襲人便問平兒有什麼事這等忙亂，平兒笑道：「都是世人想不到的，說來也好笑，等幾日告訴妳，如今沒頭緒呢，且也不得閒兒。」一語未了，只見李紈的丫鬟來了，說：「平姐姐可在這裡，奶奶等妳，妳怎麼不去了？」平兒忙轉身出來，口內笑說：「來了，來了。」襲人等笑道：「她奶奶病了，她又成了香餑餑了，都搶不到手。」

平兒剛走，寶玉因想到一事，便讓芳官去廚房傳話。廚房裡柳家的一見芳官來了，忙迎了上來問明瞭，一邊讓芳官進來坐坐，一邊自己忙著去準備了。芳官才進來，忽見一個婆子手裡托了一碟糕來。芳官便戲道：「誰買的熱糕？我先嚐一塊兒。」夏婆子的外孫女小蟬一手接了道：「這是人家買的，妳們還稀罕這個！」柳家的見了，忙笑道：「芳姑娘，妳愛吃這個？我這裡有才買下給妳姐姐吃的，她沒有吃，乾乾淨淨沒動呢。」說著，便拿了一碟出來，遞給芳官，又說：「妳等我進去替妳燉口好茶來。」一面進去，現通開火燉茶。芳官便拿著熱糕，舉到蟬兒臉上說：「稀罕吃妳那糕，這個不是糕不成？我不過說著玩罷了，妳給我磕頭，我也不吃。」說著，便將手內的糕一塊一塊地掰了，擲著打雀兒玩，口內笑說：「柳嫂子，妳別心疼，我回來買二斤給妳。」小蟬氣得怔怔的，瞅著說道：「雷公老爺也有眼睛，怎麼不打這作孽的人！」眾人都說道：「姑娘們罷呀，天天見了就咕唧。」小蟬也不敢十分說她，一面咕嘟著去了。

忽見迎春房裡小丫頭蓮花兒走來說：「司棋姐姐說了，要碗雞蛋，燉得嫩嫩的。」柳家的出來道：「就是這一樣兒尊貴。不知怎麼，今年雞蛋短得很，十個錢一個還找不出來。昨兒上頭給親戚家送粥米去，四、五個買辦出去，好容易才湊了兩千個來。我哪裡找去？妳說給她，改日吃吧。」蓮花兒道：「前兒要吃豆腐，妳弄了些餿的，叫她說了我一頓。今兒要雞蛋又沒有了。什麼好東西，我就不信連雞蛋都沒有了，別叫我翻出來。」一面走進來，揭起菜箱一看，只見裡面果然有十來個雞蛋，說道：「這不是？妳就這麼厲害！吃的是主子的，我們的分例，妳為什麼心疼？又不是妳下的蛋，怕人吃了。」

柳家的忙丟了手裡的活計，上來說道：「妳少滿嘴裡胡說！妳娘才下蛋呢！總共留下這幾個，預備菜上的澆頭。姑娘們先前要，還不肯做上去呢，預備應急的。妳們吃了，若一聲要起來，沒有好的，連雞蛋都沒了不成？妳們深宅大院，水來伸手，飯來張口，只知雞蛋是平常物件，哪裡知道外頭買賣的行市呢。我勸妳們，細米白飯，每日肥雞大鴨子，將就些兒也罷了。吃膩了，天天又是什麼麵筋、醬蘿蔔炸兒，只管換口味。我倒不要伺候頭層主子，只預備妳們二層主子了。」蓮花便紅了臉，喊道：「誰天天要妳什麼來？妳說上這兩車子話！前日春燕來，說『晴雯姐姐要吃蘆蒿』，妳怎麼忙得還問肉炒雞炒？春燕說『葷的因不好才另叫妳炒個麵筋的，少擱油才好』。妳忙得倒說『自己發昏』，趕著洗手炒了，狗顛兒似的自己捧了去。今兒反倒拿我做筏子，說我給眾人聽。」

柳家的忙道：「阿彌陀佛！這些人眼見的。不要說前日那一次，就從去年以來，凡各房裡偶然間不論姑娘姐兒們要添一樣半樣，誰不是現拿了錢來，另買另添。連前日三姑娘和寶姑娘偶然商議了要吃個油鹽炒枸杞芽兒來，還打發個姐兒拿著五百錢給我，又說：『如今廚房在裡頭，保不住屋裡的人不去叨登，一鹽一醬，哪不是錢買的？妳不給又不好，給了妳又沒得賠。妳拿著這個錢，全當還了她們素日叨登的東西。』這就是明白體下的姑娘。趙姨奶奶聽了又氣不忿，又說太便宜了我，隔不了十天，也打發個小丫頭來尋這樣尋那樣，我倒好笑起來。妳們竟成了例，不是這個，就是那個，我哪裡有這些賠的？」

正說著，只見司棋又打發人來催蓮花兒：「死在這裡了，怎麼就不回去？」蓮花兒賭氣回去學說了。司棋聽了，心頭起火，忙吩咐小丫頭：「在這裡伺候，若姑娘叫著，便答應一聲，說我就來，不必提此事。」說著便帶了兩個小丫頭走來。廚房裡許多人正吃飯，見她來的勢頭不好，都忙起身賠笑讓坐。司棋便喝命小丫頭動手：「凡箱櫃所有的菜蔬，只管丟出來餵狗，大家賺不成。」小丫頭們巴不得一聲，七手八腳搶上去，一頓亂翻亂攪。眾人一面拉勸，一面央告司棋說：「姑娘不要誤聽了那小孩子的話。柳嫂子有八個頭，也不敢得罪姑娘。說雞蛋難買是真。我們剛才也說她不知好歹，憑是什麼東西，也少不得變法兒去。她連忙蒸上了，姑娘不信瞧那火上。」

司棋連說帶罵，鬧了一回，方被眾人好言勸去。柳家的只好摔碗丟盤自己咕嘟了一回，蒸出一碗蛋令人送去，司棋全潑了地下。那人回來也不敢說，恐又生事。

第三十五回　嬌芳官隙生茉莉粉　憨湘雲醉眠芍藥茵

一日，趙姨娘和彩霞正在房內閒談，見賈環興興頭頭來找，嘻嘻向彩霞道：「我得了一包好的薔薇硝，送妳擦臉，妳看看，可是這個不是？」彩霞打開一看，嗤地一聲笑說道：「你是和誰要來的？」賈環說是問芳官要的。彩霞笑道：「這是哄你這鄉老呢。這不是硝，這是茉莉粉。」賈環聞聞也是噴香，便笑道：「這是好的，硝粉一樣，留著擦吧，橫豎比外頭買的好就好。」

趙姨娘便說：「有好的給你？誰叫你要去了！依我，拿了去照臉摔去，趁著這會兒撞喪的撞喪去了，挺床的挺床，吵一出子，大家別心淨，也算是報仇。難道以後還找出這個碴兒來問你不成？就問你也有話說：寶玉是哥哥，不敢衝撞罷了。難道他屋裡的貓兒狗兒，也不敢去問問？」賈環聽說，便低了頭。彩霞忙說：「這又何苦生事？」趙姨娘道：「妳也別管！趁著抓住了理，罵那些浪淫婦們一頓也是好的。」又指賈環道：「呸！你這下流沒剛性的，也只好受這些毛丫頭的氣！平日我說你一句兒你倒會扭頭暴筋瞪著眼睛摔我。你明兒還想這些家裡人怕你呢，我也替你羞死了。」

賈環摔手說道：「妳這麼會說，妳又不敢去，回回挑唆了我鬧去，鬧出了事來，我挨了打罵，妳一般也低了頭。妳不怕三姐姐，妳敢去，我就服妳。」只這一句話，便戳到他娘的痛處：「我腸子裡爬出來的，我再怕起來！這屋裡更加有得活的了。」拿了那包兒，便飛也似往園中去。迎面遇見春燕的姑媽夏婆子，又挑唆了幾句，趙姨娘更是眼紅面青了：「妳瞧瞧，連兩三日進來唱戲的小粉頭們，都三般兩樣掂人的分量放小菜碟兒了。若叫這些小娼婦捉弄了，還成個什麼！」夏婆子道：「妳老想一想，這屋裡除了太太，誰還大似妳？妳老自己撐不起來；要是撐起來的，誰還不怕妳老人家？妳老把威風抖一抖，以後也好爭別的禮。便是奶奶姑娘們，也不好為那起小粉頭子說妳老人家的不是。」趙姨娘聽了更加得了意，仗著膽子便一徑到了怡紅院中。

可巧寶玉往黛玉那裡去了，芳官正和襲人等吃飯，見趙姨娘來了，便都起身笑讓：「姨奶奶吃飯，有什麼事這麼忙？」趙姨娘走上來將粉照著芳官臉上撒來，指著罵道：「小娼婦養的！妳是我們家銀子錢買來學戲的，不過娼婦粉頭之流！我家裡下三等奴才也比妳高貴些，妳都會看人下菜碟兒。寶玉要給東西，妳攔在頭裡，莫不是要了妳的了？拿這個哄他，妳只當他不認得呢！好不好，他們是手足，都是一樣的主子，哪裡有妳小看他的！」

芳官哪裡禁得住這話，哭道：「沒了硝我才把這個給他的。要說沒了，又恐他不信，難道這不是好的？我就學戲，也沒在外頭唱去。我一個女孩兒家，知道什麼是粉頭麵頭的！姨奶奶犯不著來罵我，我又不是姨奶奶家買的。『梅香拜把子——都是奴才』罷了！這是何苦來呢！」襲人忙拉她說：「休胡說！」

趙姨娘氣得發怔，便上來打了兩個耳刮子。襲人等忙上來拉勸，說：「姨奶奶別和她小孩子一般見識。」芳官挨了兩下打，便打滾撒潑地哭鬧起來，口內便說：「妳打得起我嗎？妳照照妳那模樣兒再動手！我叫妳打了去，也不用活著了！」撞在她懷裡叫她打。

眾人一面勸，一面拉。晴雯悄拉襲人說：「別管，讓她們鬧去，看怎麼樣！如今亂者為王了，什麼妳也來打，我也來打，都這樣起來還了得呢！」

葵官、豆官兩個聞了此信，慌忙找著藕官、蕊官兩個說：「芳官被人欺侮，咱們也沒趣兒，大家大鬧一場，方爭過氣來。」四人便不顧別的，一齊跑入怡紅院中。豆官先就照著趙姨娘撞了一頭，幾乎不曾將趙姨娘撞了一跤。那三個也一擁上來，放聲大哭，手撕頭撞，把個趙姨娘裹住。晴雯等一面笑，一面假意去拉。急得襲人拉起這個，又跑了那個，口內只說：「妳們要死啊！有委屈只管好說，這沒道理，還了得了！」趙姨娘只好亂罵。蕊官、藕官兩個一邊一個，抱住左右手；葵官、豆官前後頭頂住。四人只說：「妳打死我們四個才算！」芳官直挺挺躺在地下哭。

誰知晴雯早遣春燕回了探春。尤氏、李紈、探春三人帶著平兒與眾媳婦走來，將四個喝住。趙姨娘氣得瞪著眼粗了筋，一五一十說個不清。尤李兩個不答言，只喝禁她四人，探春便歎氣說：「這是什麼大事，姨娘太肯動氣了！我正有一句話要請姨娘商議，難怪丫頭說不知在哪裡，原來在這裡生氣呢，快同我來。」尤氏、李氏都笑說：「姨娘請到廳上來，咱們商量。」

趙姨娘只得同她三人出來，口內猶說長說短。探春便說：「那些小丫頭們原是些玩意兒，喜歡呢，和她說說笑笑；不喜歡，不理她就是了。便不好了，也只該叫了管家、媳婦們去責罰，何苦自己不尊重，大呼小吆失了體統。妳瞧周姨娘，怎不見人欺？我勸姨娘且回房去，別聽那些混帳人挑唆，惹人笑話。心裡有二十分氣，也忍耐這幾天，等太太回來自然料理。」一席話說得趙姨娘閉口無言，只得回房去了。探春氣得和尤氏李紈說：「這麼大年紀，行出來的事總不叫人敬服。這是什麼意思，值得吵一吵，也不留體統。耳朵根又軟，心裡又沒有算計。這又是那起沒臉面的奴才們挑唆的，弄出個呆人替她們出氣。」越想越氣，便命人查是誰挑唆的。媳婦們只得答應著，出來相視而笑：「大海裡哪裡尋針去？」

過了幾天，便是寶玉的生日，原來寶琴也是今日。因各房送了禮來，寶玉只得早起各處去讓了讓。回來歪在床上，方吃了半盞茶，只聽外面嘰嘰呱呱，一群丫頭笑了進來：「拜壽的擠破了門了，快拿麵來我們吃。」剛進來時，探春、湘雲、寶琴、岫煙、惜春也都來了。寶玉忙迎出來，笑說：「不敢起動，快預備好茶。」襲人等捧過茶來，才吃了一口，平兒也打扮得花枝招展的來了，笑道：「二爺生日，我特趕來磕頭。」說著便跪下，寶玉笑道：「我禁當不起。」也忙還跪，襲人連忙攙起來。平兒又下了一福，寶玉又還了一揖。

襲人笑推寶玉：「你再作揖。」寶玉道：「已經完了，怎麼又作揖？」襲人笑道：「這是她來給你拜壽。今兒也是她的生日，你也該給她拜壽。」寶玉喜得忙又作揖，笑道：「原來今兒也是姐姐的芳誕。」平兒趕著還了禮。湘雲拉了寶琴、岫煙說：「妳們四個人對拜壽，直拜一天才是。」探春忙問：「原來邢妹妹也是今兒？我怎麼就忘了。平兒的生日我們這也是才知道。不如我們也大家湊了分子，就在這園子裡私下給妳們四個過生日吧。」便吩咐在紅香圃三間小敞廳內備下酒席，又道：「倒有些意思，一年十二個月，月月有幾個生日。人多了，便這等巧，也有三個一日、兩個一日的。大年初一日也不白過，大姐姐占了去。怨不得她福大，生日比別人就占先。」

一時眾人坐了，寶玉便說：「雅坐無趣，需要行令才好。」黛玉道：「依我說，拿了筆硯將各色全都寫了，拈成鬮兒❶，咱們抓出哪個來，就是哪個。」眾人都道妙。隨即寫了放在瓶中，用筷子拈了一個出來。見寫著「射覆」二字，寶釵笑道：「把這個酒令的祖宗拈出來了，這裡頭倒有一半是不會的，不如毀了，另拈一個雅俗共賞的。」探春笑道：「既拈了出來，如何又毀。如今再拈一個，若是雅俗共賞的，便叫她們行去。咱們行這個。」說著又讓襲人拈了一個，卻是「拇戰」。史湘雲笑著說：「這個簡斷爽利，合了我的脾氣。我不行這個『射覆』，沒的垂頭喪氣悶人，我只划拳去了。」探春道：「唯有她亂令，寶姐姐快罰她一盅。」寶釵不容分說，便灌了湘雲一杯。

湘雲只得隨大家，又嫌沉悶。見寶琴說了個「老」字，香菱因生於這令，一時想不到，湘雲便也滿室亂看，忽見門斗上貼著「紅香圃」三個字，便知寶琴的是「吾不如老圃」的「圃」字。便悄悄地拉香菱，叫她說「藥」字。黛玉偏看見了，說：「快罰她，又在那裡私相傳遞呢。」鬧得眾人都知道了，忙罰了一杯，恨得湘雲拿筷子敲黛玉的手。大家接著下來，湘雲等不得，早和寶玉「三」、「五」亂叫，划起拳來。那邊尤氏和鴛鴦隔著席也「七」、「八」亂叫划起來。平兒、襲人也做了一對划拳，叮叮噹噹只聽得腕上的鐲子響，滿廳中紅飛翠舞，玉動珠搖，十分熱鬧。

一會兒，林之孝家的同著幾個老婆子來。探春笑道：「妳們又不放心，來查我們來了。我們沒有多吃酒，不過是大家玩笑，將酒做個引子，嬤嬤們別擔心。」李紈、尤氏也笑說：「妳們歇著去吧，我們也不敢叫她們多吃了。」林之孝家的等人笑說：「我們知道，連老太太讓姑娘吃酒，姑娘們還不肯吃呢，何況太太們不在家，自然玩罷了。我們怕有事，來打聽打聽。」探春笑道：「嬤嬤們說的是，我們也正要吃飯呢。妳們歇著去吧。」當下又選了幾樣果菜叫給鳳姐送去，鳳姐也送了幾樣來。平兒摸著臉笑道：「我的臉都熱了，依我說，竟收了吧，別惹她們再來，倒沒意思了。」探春笑道：「不相干，橫豎咱們不認真喝酒就是了。」

正說著，只見一個小丫頭笑嘻嘻地走來：「姑娘們快瞧雲姑娘去，雲姑娘吃醉了圖涼快，在山子後頭一塊青石板凳上睡著了。」眾人笑道：「快別吵嚷。」說著，都走來看時，果見湘雲臥於山石僻處一個石凳子上，香夢沉酣，四面芍藥花飛了一身，滿頭臉衣襟上都是紅香散亂，手中的扇子在地下，也半被落花埋了，一群蜂蝶鬧嚷嚷地圍著她，又用鮫帕包了一包芍藥花瓣枕著。眾人看了，又是愛，又是笑，忙上來推喚挽扶。湘雲口內猶做醉語說酒令，唧唧咕咕說：「泉香而酒冽，玉碗盛來琥珀光，直飲到梅梢月上，醉扶歸，卻為宜會親友。」

眾人笑推她，說道：「快醒醒兒吃飯去，這潮凳上還睡出病來呢。」湘雲慢啟秋波，見了眾人，低頭看了一看自己，方知是醉了，紅了臉不好意思。早有小丫頭端了一盆洗臉水，兩個捧著鏡奩，便在石凳上重新勻了臉，攏了鬢，一同來到紅香圃中。

大家也有坐的，也有立的，也有在外觀花的，也有倚欄觀魚的，各自取便說笑不一。探春便和寶琴下棋，寶釵岫煙觀局。黛玉和寶玉在一簇花下唧唧噥噥不知說些什麼。

又見林之孝家的和一群女人帶了一個媳婦進來。那媳婦愁眉淚眼，也不敢進廳，只到了階下，便朝上跪下碰頭。探春兩眼只瞅著棋枰，一隻手卻伸在盒內，只管抓弄棋子在想。林之孝家的站了半天，探春因回頭要茶時才看見，問：「什麼事？」林之孝家的便指那媳婦說：「這是四姑娘屋裡的小丫頭彩兒的娘，現是園內伺候的人。嘴很不好，剛才是我聽見了問著她，她說的話也不敢回姑娘，竟要攆出去才是。」探春道：「怎麼不回大奶奶？」林之孝家的道：「我已回明白了，叫回姑娘來。」探春道：「怎麼不回二奶奶？」平兒道：「不回去也罷，我回去說一聲就是了。」探春點點頭，道：「既這麼著，就攆出她去，等太太回來了，再作定奪。」說畢仍又下棋。

黛玉和寶玉遙遙站在花下，黛玉便說道：「你家三丫頭倒是個乖人。雖然叫她管些事，倒一步兒也不肯多走。差不多的人早作起威福來了。」寶玉道：「妳不知道呢。妳病著時，她幹了好幾件事。最是心裡有算計的人，豈只乖呢。」黛玉道：「要這樣才好，咱們也太費了。我雖不管事，心裡有時閒了，替你們一算，出的多進的少，如今若不省儉，必致後手不接。」寶玉笑道：「憑是怎麼後手不接，也短不了咱們兩個人的。」黛玉聽了，轉身就往廳上尋寶釵說笑去了。

❶鬮：用來抓取以決勝負的器具，或抽取以卜可否的紙條。

第三十六回　壽怡紅夜開群芳宴　賀生辰妙傳檻外帖

至晚間，怡紅院的丫頭們又鬧著要給寶玉過生日，襲人笑道：「我和晴雯、麝月、秋紋四個人，每人五錢銀子。芳官、碧痕、春燕、四兒四個人，每人三錢銀子，共是三兩二錢銀子，早已交給了柳嫂子，預備四十碟果子。我和平兒說了，已經抬了一罈好紹興酒藏在那邊了。我們八個人單替你過生日。」寶玉喜得忙說：「她們是哪裡的錢，不該叫她們出才是。」晴雯道：「她們沒錢，難道我們是有錢的！這原是各人的心。哪怕她偷的呢，只管領她的情就是。」寶玉笑說：「妳說的也是。」襲人笑道：「你一天不挨她兩句硬話撞你，你再過不去。」晴雯笑道：「妳如今也學壞了，專會架橋撥火兒。」大家都笑了。寶玉說：「關院門吧。」襲人笑道：「怪不得人說你是『無事忙』，這會兒關了門，人倒疑惑，索性再等一等。」

芳官道：「若是晚上喝酒，不許叫人管著我，我要盡力喝夠了才罷。我原先在家裡，喝兩三斤好惠泉酒呢。趁今兒我是要開戒了。」寶玉忙說：「很是，我們竟也不要那些俗套。大家脫了大衣裳放自在點。」又說：「行個什麼令才好呢？」襲人道：「斯文些的才好，別大呼小叫，惹人聽見。二則我們不識字，可不要那些文的。」麝月笑道：「拿骰子咱們搶紅吧。」寶玉道：「沒趣，不好。咱們占花名兒好。」晴雯笑道：「這個好，我早就想弄它了。」襲人道：「這個雖好，人少了沒趣。」春燕笑道：「依我說，咱們竟悄悄地把寶姑娘、林姑娘請了來玩，到二更天再睡不遲。」襲人道：「又開門喝戶地鬧，若遇見巡夜的問呢？」寶玉道：「怕什麼，咱們三姑娘也吃酒，再請她一聲才好。還有琴姑娘。」眾人都道：「琴姑娘罷了，她在大奶奶屋裡。」寶玉道：「怕什麼，妳們就快請去。」

一時探春她們先後都到了怡紅院中，襲人又死活拉了香菱來。寶玉忙說：「林妹妹怕冷，過這邊靠板壁坐。」又拿個靠背給墊著。大家坐好，便要行令勸酒。晴雯拿來骰子，搖了一搖，揭開一看，裡面是六點，數至寶釵。寶釵便笑道：「我先抓，不知抓出個什麼來。」說著，將花名籤子的竹筒搖一搖，伸手掣出一根，大家一看，只見籤上畫著一枝牡丹，題著「豔冠群芳」四字，下面又有一句唐詩，道是：「任是無情也動人。」

又註著：「在席共賀一杯，此為群芳之冠，隨意命人，不拘詩詞雅謔，或新曲一支為賀。」眾人都笑說：「巧得很，妳也原配牡丹花。」說著，共賀了一杯。寶釵便笑說：「芳官唱一支我們聽吧。」芳官道：「既這樣，大家吃了門杯好聽。」便唱：「壽筵開處風光好……」眾人都道：「快打回去。這會兒不用妳來上壽，揀妳極好的唱來。」芳官只得細細地唱了一支《賞花時》：「翠鳳毛翎紥帚叉，閒踏天門掃落花……」才罷。寶玉卻只管拿著那籤，口內顛來倒去唸「任是無情也動人」，聽了這曲子，眼看著芳官不語。湘雲忙一手奪了，摺與寶釵。

寶釵又擲了一個十六點，數到探春。探春笑道：「我還不知得個什麼呢。」伸手掣了一根出來，自己一瞧，便擲在地下，紅了臉，笑道：「很不該行這個令，許多混話在上頭。」襲人忙拾了起來，眾人看那上面是一枝杏花，寫著「瑤池仙品」四字，詩云：「日邊紅杏倚雲栽。」

註云：「得此籤者，必得貴婿，大家恭賀一杯，共同飲一杯。」眾人笑道：「我說是什麼呢。我們家已有了個王妃，難道妳也是王妃不成?大喜，大喜。」說著，大家來敬。探春哪裡肯飲。卻被史湘雲、香菱、李紈等三四個人硬拉著灌了幾口下去。

湘雲拿著她的手強擲了個九點出來，便該李紈掣。李紈掣出一根來一看，笑道：「好極。你們瞧瞧，這東西竟有些意思。」眾人瞧那籤上，畫著一枝老梅，寫著「霜曉寒姿」四字，那一面舊詩是：「竹籬茅舍自甘心。」註云：「自飲一杯，下家擲骰。」李紈笑道：「真有趣，你們擲去吧。我只自吃一杯，不問你們的廢興。」說著，便吃酒，將骰過給黛玉。

黛玉一擲，是個十八點，便該湘雲掣。湘雲笑著，揎拳擄袖地伸手掣一根出來。只見畫著一枝海棠，題著「香夢沉酣」四字，那詩道是：「只恐夜深花睡去。」黛玉笑道：「『夜深』兩個字，改『石涼』便好。」眾人知她打趣白天湘雲醉臥的事，都笑了。湘雲笑指那西洋船道：「快坐上那船回家去吧，別多話了。」眾人又笑了，因看註云：「只今上下二家各飲一杯。」湘雲拍手笑道：「阿彌陀佛，真真是好籤！」恰好黛玉是上家，寶玉是下家，二人斟了兩杯只得要飲。寶玉先飲了半杯，瞅人不見，遞給芳官，芳官一仰脖喝了。黛玉只管和人說話，將酒全折在漱盂內了。

湘雲一擲是個九點，麝月便掣了一根出來，一枝荼花，題著「韶華勝極」四字，寫著一句是：「開到荼蘼花事了。」

註云：「在席各飲三杯送春。」麝月問怎麼講，寶玉愁眉忙將籤藏了說：「咱們且喝酒。」大家喝了三口，以充三杯之數。

香菱掣的是一根並蒂花，題著「聯春繞瑞」，那詩是：「連理枝頭花正開。」註云：「共賀掣者三杯，大家陪飲一杯。」

黛玉默默地想道：「不知還有什麼好的被我掣著方好？」一面伸手取了一根，只見上面畫著一枝芙蓉花，題著「風露清愁」四字，道是：「莫怨東風當自嗟。」

註云：「自飲一杯，牡丹陪飲一杯。」眾人笑說：「這個好極，別人也不配做芙蓉。」黛玉也笑了。

襲人的卻是一枝桃花，題著「武陵別景」四字，詩題為：「桃紅又是一年春。」

註云：「杏花陪一盞，座中同庚者陪一盞，同辰者陪一盞，同姓者陪一盞。」眾人笑道：「這一回熱鬧有趣。」大家算來，香菱、晴雯、寶釵三人都與她同庚，黛玉與她同辰，只無同姓者。芳官忙道：「我也姓花，我也陪她一盅。」於是大家斟了酒，黛玉便向探春笑道：「命中該招貴婿的，妳是杏花，快喝了，我們好喝。」探春笑道：「這是什麼話！大嫂子，順手給她一巴掌。」李紈笑道：「人家不得貴婿反要挨打，我也不忍心。」眾人都笑了。襲人才要擲，只聽有人叫門。老婆子忙出去問時，原來是薛姨媽打發人接黛玉的。黛玉便起身說：「我可撐不住了，回去還要吃藥呢。」眾人說：「也都該散了。」寶玉等還要留人，李紈、寶釵等都說：「夜太深了不像，這已是破格了。」便又喝了一杯才走。

李紈等去後，芳官一邊又與寶玉划起拳來，只滿口嚷熱，頭髮只隨便挽了，緊身短襖，水紅撒花夾褲，散著褲腿，左耳上塞著米粒大的小玉塞子，右耳上帶著一個白果大小的硬紅鑲金墜子，越顯得面如滿月，眼似秋水，寶玉也只穿著夾襖夾褲，眾人笑道：「他兩個倒像是雙生兄弟。」

芳官吃得兩腮胭脂一般，眉梢眼角越添了許多風韻，一會兒酒意上來，便睡在襲人身上，「好姐姐，心跳得很。」襲人笑道：「誰許妳盡力灌起來。」春燕、四兒也圖不得，早睡了。晴雯還只管叫。寶玉道：「不用叫了，咱們且胡亂歇一歇吧。」自己便枕了那紅香枕，身子一歪，便也睡著了。襲人見芳官醉得很，恐鬧她吐酒，只得輕輕起來，就將芳官扶在寶玉之側，由她睡了。自己卻在對面榻上倒下。

及至天明，襲人睜眼一看，只見天色晶明，忙說：「可遲了。」向對面床上瞧了一瞧，只見芳官頭枕著炕沿上，睡猶未醒，連忙起來叫她。寶玉已翻身醒了，笑道：「可遲了！」又推芳官起身。那芳官坐起來，猶發怔揉眼睛。襲人笑道：「不害羞，妳喝醉了，怎麼也不揀地方兒亂挺下了。」芳官聽了，瞧了一瞧，方知道和寶玉同榻，忙羞得笑著下地，說：「我怎麼……」卻說不出下半句來。寶玉笑道：「我竟也不知道了。若知道，給妳臉上抹些黑墨。」說著，丫頭進來伺候梳洗。

忽見平兒笑嘻嘻地走來，親自來請昨日在席的人：「今兒我還東，短一個也使不得。」眾人忙讓坐吃茶。晴雯笑道：「可惜昨夜沒她。」平兒忙問：「你們夜裡做什麼來？」襲人便說：「告訴不得妳。昨兒夜裡熱鬧非常，連往日老太太、太太帶著眾人玩也不及昨兒。晴雯連臊也忘了。我記得她還唱了一個曲兒。」四兒笑道：「姐姐忘了，連姐姐還唱了一個呢。在席的誰沒唱過！」眾人聽了，俱紅了臉，用兩手握著笑個不停。平兒笑道：「好，白和我要了酒來，也不請我，還說著給我聽，氣我。」晴雯道：「今兒他還席，必來請妳的，等著吧。」平兒笑問道：「他是誰，誰是他？」晴雯聽了，把臉飛紅了，趕著打，笑說道：「偏妳這耳朵尖，聽得真。」平兒笑道：「呸！不害臊的丫頭。這會兒有事，不和妳說，我幹事去了。一個不到，我是打上門來的。」寶玉等忙留她，已經去了。

寶玉梳洗了正喝茶，忽然一眼看見硯臺底下壓著一張紙，便說道：「妳們這麼隨便混壓東西也不好。」襲人、晴雯忙問：「又怎麼了，誰又有了不是了？」寶玉指道：「硯臺下是什麼？一定又是哪位的樣子忘記了收的。」晴雯忙啟硯拿了出來，卻是一張字帖兒，遞給寶玉看時，原來是一張粉紅箋子，上面寫著「檻外人妙玉恭肅遙叩芳辰」。寶玉看畢，直跳了起來，忙問：「是誰接了來的？也不告訴。」四兒忙飛跑進來，笑說：「昨兒妙玉並沒親來，只打發個嬤嬤送來。我就擱在那裡，誰知一頓酒喝得就忘了。」眾人聽了道：「我當誰的，這樣大驚小怪。這也不值的。」寶玉忙命：「快拿紙來。」當時拿了紙，研了墨，看她寫著「檻外人」三字，自己竟不知回帖上回個什麼字樣才相敵。只管提筆出神，便又想：「要問寶釵去，她必又批評怪誕，不如問黛玉去。」便去找黛玉。

剛過了沁芳亭，忽見岫煙迎面走來。寶玉忙問：「姐姐哪裡去？」岫煙笑道：「我找妙玉說話。」寶玉詫異道：「她為人孤僻，不合時宜，萬人不入她目。原來她推重姐姐，便知姐姐不是我們一流俗人。」岫煙笑道：「她也未必真心重我，但她在蟠香寺修練時，和我做過十年的鄰居，只一牆之隔。我所認的字都是承她所授，如今又碰巧在這裡相遇，也是天緣。」寶玉喜得笑道：「怪不得姐姐舉止言談，超然如野鶴閒雲，原來自有來歷。我正因她的一件事為難，既遇見姐姐，便求姐姐指教了。」說著，便將拜帖取與岫煙看。

岫煙笑道：「她這脾氣竟不能改，生成的這等放誕詭僻了。」一邊用眼上下細細打量了寶玉半日，方笑道：「難怪俗語說的『聞名不如見面』，又怪不得妙玉竟下這帖子給你，又怪不得上年竟給你那些梅花。既連她也這樣，我少不得告訴你緣故。她常說，古今只有兩句詩說得好：『縱有千年鐵門檻，終須一個土饅頭。』她若自稱『畸人』，你只須還她個『世人』；她如今稱『檻外人』，你回一個『檻內人』，便合了她的意了。」說完岫煙便自去櫳翠庵了。

第三十七回　賈二舍偷娶尤二姐　尤三姐思嫁柳二郎

不多天，老太妃祭期已滿，賈母、王夫人等回來。不日卻聽報說，在玄真觀中與道士煉丹修行的大老爺賈敬，服了自己煉的丹砂升天了，一時東府亂騰騰地辦理喪事。尤氏請了繼母和兩個未出嫁的妹妹尤二姐和尤三姐來家住著，幫忙照應。誰想賈璉因見尤二姐溫柔標緻，便經常來搭訕，一時眉來眼去兩人都有了意，被賈蓉看出。賈璉便與賈蓉等商議，請賈珍遊說尤老娘，說得天花亂墜，並說如今鳳姐身上有病，是不能好了的，現娶了暫且在外住著，只等一年半載的，便接了去做正室。尤老娘聽了也覺喜歡，便答應了。尤氏雖覺不妥當，也無可奈何。

賈璉心中自是滿意，只是瞞著鳳姐。賈珍卻是另有打算，趁尤老娘帶著二姐、三姐另住外頭，也好來胡混，因此便有事沒事地只管來。不料那天賈璉也來了，賈珍便有些訕訕的，賈璉玩笑道：「不如叫三姨兒也和大哥成了好事，彼此無礙如何？」便叫了尤三姐過來，大家喝酒。

賈璉笑嘻嘻地向尤三姐道：「三妹妹為什麼不和大哥吃個雙盅兒？我也敬一杯，給大哥和三妹妹道喜。」尤三姐聽了這話，就跳起來，站在炕上，指著賈璉笑道：「你不用和我花馬吊嘴的，咱們清水下雜麵，你吃我看。現提著影戲人上場，好歹別捅破了這層紙，打量我不知道你府上的事，你別糊塗油蒙了心了。這會兒花了幾個臭錢，你們哥兒倆拿著我們姐兒倆當粉頭來取樂兒，你們就打錯了算盤了！我也知道你那老婆太難纏，如今把我姐姐拐了來做二房，偷的鑼兒敲不得。我倒要會會那鳳奶奶去，看她是幾個腦袋幾隻手。若大家好便罷；若有一點叫人過不去，我有本事先把你兩個的牛黃狗寶掏了出來，再和那潑婦拚了這命，也不算是尤三姑奶奶！喝酒怕什麼，咱們就喝！」說著，自己提起壺來斟了一杯，自己先喝了半杯，揪著賈璉的脖子來就灌，說：「我倒沒有和你哥哥喝過，今兒倒和你喝一喝，咱們也來親近親近！」

嚇得賈璉酒都醒了。尤三姐一疊聲又叫：「將姐姐請來，要樂咱們四個一處同樂。俗語說『便宜不過當家』，他們是弟兄，咱們是姐妹，又不是外人，只管上來。」尤二姐出來一見，反不好意思起來。賈珍得便就要一溜，尤三姐哪裡肯放。賈珍此時方後悔，沒想到她是這種為人，與賈璉反不好輕薄起來。

尤三姐索性卸了妝飾，脫了大衣服，鬆鬆挽著頭髮，大紅襖子半掩半開，露著蔥綠抹胸，一痕雪脯。底下綠褲紅鞋，鮮豔奪目，一對金蓮或翹或併，沒半刻斯文。兩個墜子卻似打秋千一般，燈光之下，越顯得柳眉籠翠，檀口含丹。本是一雙秋水眼，再喝了幾杯酒，更加橫波入鬢，轉盼流光。把那珍璉二人弄得欲近不敢，欲遠不捨，只落魄垂涎。別說調情，竟連一句響亮話都沒有了。三姐兒自己高談闊論，任意揮霍，村俗流言，灑落一陣，由著性兒拿他弟兄二人嘲笑取樂。一時，她酒足興盡，也不容他弟兄多坐，攆了出去，自己關門睡去了。

此後，或略有丫鬟婆娘不到之處，便將賈璉、賈珍、賈蓉三個潑聲厲言痛罵，說他爺兒三個誆騙了寡婦孤女。有時自己高興便命小廝去叫了來，本就長得風流標緻，偏要打扮得出色，另式另樣做出許多萬人不及的風情體態來。及至到她跟前，她那一種輕狂豪爽，目中無人，別有一種讓人不敢招惹的光景。她母姐十分相勸，她反說：「姐姐糊塗！咱們金玉一般的人，白叫這兩個現世寶玷汙了去，也算無能。而且他家有一個極厲害的女人，如今瞞著，若一日知道了，必有一場大鬧，不知誰生誰死，哪裡有安身樂業的去處？」賈璉等因見如此，倒想著找個人把她嫁了也罷。

一日，二姐另備了酒，賈璉也不出門，至午間特請她小妹過來，與她母親上坐。酒過三巡，尤三姐便先滴淚泣道：「姐姐今日請我，自有一番大道理要說，只我也不是糊塗人，也不用絮絮叨叨的。但終身大事，一生至一死，非同兒戲。向來人家看著咱們娘兒們孤弱，不知都安著什麼心！所以我才破著沒臉，人家才不敢欺負。不是我女孩兒家沒羞恥，必得我揀個素日可心如意的人，才跟他。要憑妳們揀擇，雖是有錢有勢的，我心裡進不去，也白過了這一世。」

賈璉笑道：「這也容易。憑妳說是誰就是誰，一應采禮都有我們置辦，母親也不用操心。」尤三姐道：「姐姐橫豎知道，不用我說。」賈璉笑問二姐是誰，二姐一時也想不起來，賈璉料定必是此人無疑了，拍手笑道：「我知道了。人原不差，果然好眼力，」二姐笑問是誰，賈璉笑道：「別人她如何進得去？一定是寶玉。」尤三姐便啐了一口，道：「我們有姐妹十個，也嫁你弟兄十個不成？難道除了你家，天下就沒了好男子了不成！」眾人詫異道：「除去他，還有哪一個？」尤三姐笑道：「別只在眼前想，姐姐只在五年前想就是了。」

正說著，忽見賈璉的心腹小廝興兒走來請賈璉說：「老爺那邊緊等著叫爺呢。」賈璉又忙問：「昨日家裡問我來著嗎？」興兒道：「小的回奶奶說，爺同珍大爺商議做百日的事，只怕不能來。」賈璉點頭，忙命拉馬，隆兒跟隨去了，留下興兒答應人。尤二姐拿了兩碟菜，命拿大杯斟了酒，就命興兒在炕沿下蹲著吃，一長一短向他說話兒。問他家裡奶奶多大年紀，怎個厲害的樣子，老太太、太太多大年紀，姑娘幾個等家常話。興兒笑嘻嘻地在炕沿下一頭吃，一頭細細告訴她母女。又說：「我們共是兩班，有幾個是奶奶的心腹，有幾個是爺的心腹。奶奶的心腹我們不敢惹，爺的心腹，奶奶的就敢惹。提起我們奶奶來，心裡歹毒，口裡尖快。倒是跟前的平姑娘為人很好，雖然和奶奶一氣，倒背著奶奶常做些好事。如今闔家大小，除了老太太、太太兩個人，沒有不恨她的，只不過面子情兒怕她。又只一味哄著老太太、太太兩個人喜歡。恨不得把銀子錢省下來堆成山，好叫老太太、太太說她會過日子。估計著有好事，就不等別人去說，她先抓尖兒；或有了不好事，或自己錯了，便一縮頭推到別人身上來，還在旁邊撥火兒。如今連她正經婆婆都嫌她，說自家的事不管，倒替人家去瞎張羅。」

尤二姐笑道：「你背著她這麼說她，將來又不知怎麼說我呢。我又差她一層兒，更有的說了。」興兒忙跪下說道：「奶奶要這麼說，小的不怕雷劈嗎？起先娶奶奶時要得了奶奶這樣的人，小的們也少挨些打罵，也少提心吊膽的。我們還商量著情願來伺候奶奶呢。」尤二姐笑道：「你們做什麼往這裡來？我還要找了你奶奶去呢。」興兒連忙搖手說：「奶奶千萬別去。我告訴奶奶，一輩子不見她才好呢。嘴甜心苦，兩面三刀；上頭笑著，腳底下使絆子；明是一盆火，暗是一把刀，她都占全了。只怕三姨的這張嘴還說她不過呢，奶奶這樣善良斯文人，哪裡是她的對手！」

二姐笑道：「我只以禮待她，她敢怎麼著我？」興兒道：「不是小的吃了酒放肆胡說，奶奶就是讓著她，她就肯善罷甘休了？人家是醋罐子，她是醋缸醋甕。雖然平姑娘在屋裡，大約一年、二年之間兩個有一次在一處，她還要嘴裡掂十來個過兒呢，氣得平姑娘性子上來，哭鬧一陣，說：『又不是我自己尋來的，妳逼著勸我，我不願意，又說我反了，這會兒又這麼著。』她也就罷了，反央告平姑娘。」

尤二姐笑道：「這可是扯謊！這樣一個夜叉，怎麼反怕屋裡的人呢？」興兒道：「她陪過來一共四個，嫁的嫁，死的死，只剩了這個心愛的。收在屋裡，一來顯得她賢良，二來又拴了爺的心。那平姑娘又是個正經人，從不會調三窩四的，倒一味忠心赤膽服侍她。所以才容下了。」尤二姐笑道：「但我聽見你們家還有一位寡婦奶奶和幾位姑娘。她這麼厲害，這些人肯依她嗎？」興兒拍手笑道：「原來奶奶不知道。我們家這位寡婦奶奶，諢名叫做『大菩薩』，第一個善德人，從不管事，只教姑娘們看書寫字，學針線，學道理。我們大姑娘，不用說，是好的了。二姑娘原是大老爺姨娘生的，諢名叫是『二木頭』。三姑娘的諢名是『玫瑰花兒』，又紅又香，無人不愛的，只是有刺扎手，可惜不是太太養的，『老鴰窩裡出鳳凰』！四姑娘小，是珍大爺親妹子，太太抱過來養這麼大，也是一位不管事的。奶奶不知道，我們家的姑娘不算外，還有兩個姑娘，真是天上少有，地下無雙，一位是我們姑太太的女兒，姓林，一位是姨太太的女兒，姓薛。這兩位姑娘都是美人一般的呢，又都知書識字的，或出門上車，或在園子裡遇見，我們連氣兒也不敢出。」尤二姐笑道：「你們家規矩大，雖然你們小孩子進得去，但遇見小姐們，原該遠遠藏躲著。」興兒搖手道：「不是那麼的，是怕這氣兒大了，吹倒了林姑娘；氣兒暖了，吹化了薛姑娘。」說得屋裡人都笑起來了。

鮑二家的走來打了他一下，笑道：「原有些真，到了你嘴裡，更加沒了邊兒了。你倒不像跟二爺的人，這些話倒像是寶玉那邊的了。」

尤三姐笑問道：「可是你們家那寶玉，除了上學，他做些什麼？」興兒笑道：「姨娘別問他，說起來姨娘也未必信。偏他不喜讀書，獨沒有上過正經學堂。又是老太太的寶貝，老爺先還管，如今也不管了。成天家瘋瘋癲癲的，說的話人也不懂，幹的事人也不知。外頭人人看著好清俊模樣兒，誰知裡頭糊塗，只愛在丫頭群裡鬧。也沒剛氣兒，有時喜歡，見了我們，沒上沒下，亂玩一陣；不喜歡各自走了，他也不理人。我們坐著臥著，見了他也不理，他也不責備。因此沒人怕他，只管隨便。」

尤二姐道：「我們看他倒好，原來這樣。可惜了一個好胎子。」尤三姐道：「姐姐信他們胡說，咱們也不是見一面兩面的，行事言談吃喝，原有些女兒氣的。要說糊塗，哪些兒糊塗？姐姐記得，那日正是和尚們進來繞棺，咱們都在那裡站著，他只站在頭裡擋著人。人說他不知禮，又沒眼色。過後他悄悄地告訴咱們說：『姐姐不知道，我並不是沒眼色。想和尚們髒，恐怕氣味熏了姐姐們。』接著他吃茶，姐姐又要茶，那個老婆子就拿了他的碗倒，他趕忙說：『我吃髒了的，另洗了再拿來。』我冷眼看去，原來他在女孩子們前不管什麼都過得去，只不大合外人的式，所以他們不知道。」

尤二姐笑道：「依妳說，妳兩個已是情投意合了。竟把妳許了他，豈不好？」三姐見有興兒，不便說話，只低頭嗑瓜子。興兒笑道：「若論模樣兒行事為人，倒是一對兒好的，只是他已有了，只未露形，將來準是林姑娘了。再過三兩年，老太太便一開言，那是再無不准的了。」

至夜晚，尤二姐盤問了她妹子一夜，才知道她心中的人是誰。次日午後，賈璉來了道：「偏偏又出來了一件遠差。出了月就起身，得半月工夫才來。」尤二姐道：「既如此，你只管放心前去，這裡一應不用你惦記。三妹妹她已擇定了人，你只要依她就是了。」賈璉問是誰，尤二姐笑道：「這人此刻不在這裡，不知多早晚才來呢，也難為她眼力。她自己說了，這人一年不來，等一年；十年不來，等十年；若這人死了再不來了，情願剃了頭髮當姑子去。」

賈璉問：「到底是誰，這樣動她的心？」二姐笑道：「說來話長。那年媽帶我們給姥姥拜壽，請了一班串戲的人，也都是好人家子弟，裡頭有個裝小生的叫做柳湘蓮，她看上了，這都是五年前的事了，如今要是他才嫁。」賈璉聽了道：「原來是他！果然眼力不錯。妳不知道這柳老二，那樣一個標緻人，最是冷面冷心的。他和寶玉最合得來，去年因打了薛呆子，不知哪裡去了。聽有人說來了，不知是真是假，一問寶玉的小子們就知道了。若沒來，他萍蹤浪跡，豈不白耽擱了？」尤二姐道：「我們這三丫頭說得出來，做得出來，她怎樣說，只依她就是了。」

忽見尤三姐走來說道：「姐夫，你也不知道我們是什麼人，今日和你說罷，你只放心，我們不是那心口兩樣的人。從今日起，我吃齋唸佛，服侍母親，等他來了，嫁他去，若一百年不來，我自己修行去了。」說著，將頭上一根玉簪拔下來，折做兩段，「一句不真，就如這簪子！」說完便回房去了，此後便真個非禮勿動、非禮勿視起來。

第三十八回　誤相知情冷歸幻境　見土儀淚泣思故里

薛蟠因在外頭販了貨物回到家，便請了寶玉等去說話喝酒。等寶玉午後回來時，院中是寂靜無人，有幾個老婆子和小丫頭們在迴廊下乘涼，也有睡臥的，也有坐著打盹的，便也不去驚動。只有四兒看見，連忙上前來打簾子。只見芳官從裡面帶笑跑出，幾乎與寶玉撞了滿懷。一見寶玉，方含笑站住，說道：「你怎麼回來了?你快幫我攔住晴雯，她要打我呢。」話未說完，聽屋裡稀里嘩啦地亂響，不知是什麼撒了一地，隨後晴雯趕來罵道：「我看妳這小蹄子往哪裡去，輸了不叫打。寶玉不在家，我看有誰來救妳。」寶玉連忙帶笑攔住：「妳妹子小，不知怎麼得罪了妳，看我分上，饒了她吧。」

晴雯猛然一見不覺好笑：「芳官竟是個狐狸精變的，就是會拘神遣將的符咒也沒那麼快。」又笑道：「便是妳真請了神，我也不怕。」仍然奪手來捉拿芳官。芳官早躲在寶玉身後，摟著寶玉不放。寶玉笑道：「看在我面上饒了她吧。」說著一手拉了晴雯，一手攜了芳官，進入屋內，見是麝月、秋紋等正在那裡抓子兒贏瓜子呢。寶玉笑道：「我不在家，正怕妳們寂寞，大家玩笑正好。」一邊又問：「妳襲人姐姐呢？」晴雯道：「襲人嗎，她更加道學了，獨自在屋裡頭，不知做什麼呢，你快瞧瞧去，或者參悟了也不可知。」正說著，襲人從裡屋出來：「晴雯又編排我什麼呢，一屋子就她磨牙。」忙上來幫寶玉換上家常衣服。

寶玉笑道：「世上的事真真是巧，去年那柳湘蓮打了薛大哥避出去了，沒想到這次薛大哥同夥計回來，在平安州界，碰到一夥強盜，虧得他經過，不僅奪回貨物，又救了眾人的性命。這且不說，誰知又遇到璉二哥，把珍大嫂子的妹子許配了給柳湘蓮，妳們說這事可巧不巧？」襲人見他又笑又歎的，少不得與他講究了一番。

次日，忽見茗煙來回，柳二爺在門外等候，寶玉忙著出來相見。一見面便笑道：「大喜大喜！」柳湘蓮道：「我正為此事疑惑呢。不知這是個怎樣的人呢？」寶玉道：「這個我也不知，只難得這個標緻人，果然是古今絕色，堪可配你。」湘蓮便道：「既是這樣，他哪裡少了人物，只想到我？況且我又素日和他不甚親厚，也關切不至於此。路上忙忙地再三要定禮，難道女家反趕著男家不成？後來我疑惑起來，後悔留下定禮了，倒要來問個底細了。」寶玉笑道：「你原說只要一個絕色的，如今既得了個絕色便罷了，何必再疑？」湘蓮道：「你既不知她來歷，如何又知是絕色？」寶玉道：「她是珍大嫂子繼母帶來的兩位小姨，我在那裡和她們混了一個月，如何不知？」湘蓮聽了，跌足道：「這事不好，斷乎做不得！你們東府裡，除了那兩個石頭獅子乾淨罷了。」寶玉聽說，當時滿臉通紅。湘蓮自悔失言：「我該死胡說了。你好歹告訴我，她品行如何？」寶玉笑道：「你既深知，又來問我什麼？連我也未必乾淨了。」兩人且不說此事，敘別了一回，湘蓮便作別出來，心中卻定了一個主意，便直接找賈璉去了。

那天薛姨媽和寶釵正在家中打點薛蟠帶回來的東西，說著這送給誰，那給誰的，忽見薛蟠從外面進來，眼中尚有淚痕，一進門便拍手道：「媽媽、妹妹可知道柳二哥、尤三姐的事嗎？」薛姨媽道：「我們正說呢，要買房子擇吉日給他們成親，也算是救了你一場。」薛蟠道：「還提呢，用不著忙了，那三姐兒自盡了，柳二哥也走了。」薛姨媽忙問：「這可是真的？可真是意想不到的事！卻是為什麼？」薛蟠道：「我也是問璉二哥來，說是那柳二哥突然又後悔了，要取回那把家傳的鴛鴦劍。璉二哥還在跟他分辯，誰知被三姐聽到，便拿了劍出來，一面遞還給他，一面就用那劍抹了脖子了。後來，也不知怎的，柳二哥又後悔了，反哭了一場，說並不知是這麼剛烈的人，是我沒福消受等等的，過後便不知蹤影了。」薛姨媽道：「那你也到底找找去才是。」薛蟠道：「可不四處找了，哪裡找得到，後來聽人吵嚷著說是被一個道士三言兩語度了去了。」說著便又與薛姨媽嗟歎了一陣。

寶釵說道：「俗話說的好，『天有不測風雲，人有旦夕禍福』，這也是他們前生命定。依我說，你們也不必為他們傷感了，倒是哥哥從江南回來，該請的請，該謝的謝才是，別叫人家看著無理似的。」說著又把帶來送她的小玩意一件一件過目，除自己留用之外，一份一份配合妥當，使鶯兒同著一個老婆子，跟著送往各處。只有送黛玉的比別人不同，且又加厚一倍。

黛玉看見她家鄉之物，反自觸物傷情，想起：「父母雙亡，又無兄弟，寄居親戚家中，哪裡有人也給我帶些土物？」想到這裡，不覺又傷起心來了，紫鵑便百般地勸解她。

寶玉進來見黛玉淚痕滿面，便問：「妹妹，又是誰氣著妳了？」黛玉勉強笑道：「誰生什麼氣！」紫鵑將嘴向床後桌上一努，寶玉會意，往那裡一瞧，見堆著許多東西，知道是寶釵送來的，便取笑道：「哪裡來這些東西，不是妹妹要開雜貨鋪啊？」黛玉也不答言。紫鵑笑著道：「二爺還提東西呢。因寶姑娘送了些東西來，姑娘一看就傷起心來了。二爺來得很巧，替我們勸勸。」寶玉明知黛玉這個緣故，卻也不敢提頭兒，只得笑說道：「妳們姑娘的緣故想來不為別的，必是寶姐姐送來的東西少，所以生氣傷心。妹妹，妳放心，等我明年叫人往江南去，給妳多多的帶兩船來，省得妳淌眼抹淚的。」黛玉也知寶玉是為了她開心，也不好推，也不好任，便說道：「我任憑怎麼沒見過世面，又不是兩三歲的小孩子，你也太把人看得小氣了。我有我的緣故，你哪裡知道。」說著，眼淚又流下來了。

寶玉忙走到床前，挨著黛玉坐下，將那些東西一件一件擺弄著細瞧，故意問：「這是什麼，叫什麼名字？」「那是什麼做的，這樣齊整？」又說：「這一件可以擺在面前。」「那一件可以放在條桌上，當古董倒好呢。」黛玉見他如此，自己心裡倒過意不去，便說：「你不用在這裡混攪了。咱們到寶姐姐那邊去吧。」寶玉巴不得黛玉出去散散心，便道：「寶姐姐送咱們東西，咱們原該謝謝去。」黛玉道：「自家姐妹，這倒不必；只是薛大哥回來必然告訴她些南邊的古蹟，我去聽聽，只當回了家鄉一趟。」說著，眼圈兒又紅了。

見了寶釵，寶玉便說道：「大哥哥辛辛苦苦地帶了東西來，姐姐留著使吧，又送我們。」寶釵笑道：「不是什麼好東西，不過是遠路帶來的土物兒，大家看著新鮮些就是了。」黛玉道：「這些東西我們小時候倒不理會，如今看見，真是新鮮物兒了。」寶釵便笑道：「這就是俗語說的『物離鄉貴』，其實可算什麼呢。」寶玉聽了這話，正對了黛玉方才的心事，連忙拿話岔道：「明年好歹大哥哥再去時，替我們多帶些來。」黛玉瞅了他一眼，道：「你要你只管說，不必拉扯上人。姐姐妳瞧，寶哥哥不是給姐姐來道謝，竟又要定下明年的東西來了。」說得他二人都笑了。

三個人又閒話了一回，寶玉仍把黛玉送至瀟湘館門口，才各自回去了。

趙姨娘因見寶釵送了賈環些東西，心中甚是喜歡，想道：「怨不得別人都說寶丫頭好，她哥哥能帶了多少東西來，她都挨門兒送到，也不露出誰薄誰厚，連我們這樣沒時運的，她都想到了。若是那林丫頭，把我們娘兒們正眼也不瞧，哪裡還肯送我們東西？」忽然又想到寶釵和王夫人是親戚，為何不到王夫人跟前賣個好兒呢？自己便拿著東西，走至王夫人房中，站在旁邊，賠笑說道：「這是寶姑娘剛才給環哥兒的。難為寶姑娘這麼年輕的人，想得這麼周到，真是大戶人家的姑娘，有模有樣，又大方，怎麼叫人不敬奉呢，怪不得老太太和太太成日家都誇她疼她。我也不敢自專就收起來，特拿來給太太瞧瞧，太太也喜歡喜歡。」

王夫人聽了，早知道來意，又見說得不倫不類，也不便不理她，說道：「妳只管收了去給環哥玩吧。」趙姨娘來時興興頭頭，誰知抹了一鼻子灰，滿心生氣，又不敢露出來，只得訕訕地出來了。到了自己房中，將東西丟在一邊，嘴裡咕咕噥噥自言自語道：「這又算了個什麼呢。」倒坐著生了一回悶氣。

寶玉送了黛玉回來，想著黛玉的孤苦，不免也替她傷感起來。卻見襲人也不在，晴雯說是去鳳姐那兒了。原來襲人因寶玉出門去了，忽想起鳳姐身子不好，這幾日也沒有過去看看，便告訴晴雯：「好生在屋裡。別都出去了，叫寶玉回來抓不著人。」晴雯道：「唉喲，這屋裡單妳一個人惦記著他，我們都是白閒著混飯吃的。」襲人笑著，也不答言，就走了。

剛一到院裡，就聽鳳姐說道：「天理良心，我在這屋裡熬得更成了賊了。」襲人聽見這話，又不好回來，又不好進去。就把腳步放重些，隔著窗子問道：「平姐姐在家裡嗎？」平兒忙答應著迎出。襲人便問：「二奶奶也在家裡呢，身上可大安了？」說著，已走進來。鳳姐裝著在床上歪著，見襲人進來，也笑著站起來，說：「好些了，叫妳惦著。怎麼這幾日不過我們這邊坐坐？」襲人道：「奶奶身上欠安，本該天天過來請安才是，只怕奶奶要靜靜地歇歇，我們來了，倒吵得奶奶煩。」鳳姐笑道：「煩是沒的話。倒是寶兄弟屋裡雖然人多，也就靠著妳一個照看他，也實在地離不開。我常聽見平兒告訴我，說妳背地裡還惦著我，常常問我，這就是妳盡心了。」襲人一邊問候著，一邊卻見一個小丫頭在外間屋裡悄悄地和平兒說：「旺兒來了，在二門上伺候著呢。」又聽見平兒也悄悄地道：「知道了。叫他先去，回頭再來，別在門口兒站著。」襲人又說了兩句話，便起身走了。只見兩三個小丫頭，都在那裡屏聲息氣齊齊地伺候著。

第三十九回　聞祕事自翻雲覆雨　信巧言空飲泣吞聲

平兒送出襲人，進來回道：「旺兒剛才來了，是立刻叫他呢，還是等著？請奶奶的示下。」鳳姐道：「叫他來。」平兒忙叫小丫頭去傳旺兒進來。鳳姐又問平兒：「妳到底是怎麼聽說的？」平兒道：「就是頭裡那小丫頭的話。她說在聽見二門外頭兩個小廝說：『這個新二奶奶比咱們舊二奶奶還俊呢，脾氣也好。』不知是旺兒是誰，吆喝了兩個一頓，說：『什麼新奶奶舊奶奶的，還不快悄悄地呢，叫裡頭知道了，把妳的舌頭還割了呢。』」平兒正說著，只見一個小丫頭進來回說：「旺兒在外頭伺候著呢。」鳳姐冷笑了一聲說：「叫他進來。」那小丫頭出來說：「奶奶叫呢。」旺兒連忙答應著進來，請了安，在外間門口垂手侍立。鳳姐道：「你過來，我問你話。」旺兒才走到裡間門旁站著。鳳姐道：「你二爺在外頭弄了人，你知道不知道？」

旺兒又打著千兒回道：「奴才天天在二門上聽差事，如何能知道二爺外頭的事呢？」鳳姐冷笑道：「你自然不知道，你要知道，怎麼攔人呢！」旺兒聽了這話，知道方才的話已經走了風了，便又跪回道：「奴才實在不知。就是頭裡興兒和喜兒兩個人在那裡混說，奴才吆喝了他們幾句。內中的底細奴才不知道，不敢妄回。求奶奶問興兒，他是長跟二爺出門的。」鳳姐下死勁啐了一口，罵道：「你們這一起沒良心的混帳王八崽子！都是一條藤兒，打量我不知道呢。先去給我把興兒那個王八崽子叫了來，你也不許走。問明白了他，回來再問你。好，好，好，這才是我使出來的好人呢！」旺兒只得連聲答應幾個是，磕了個頭爬起來，出去叫興兒。

興兒一聽鳳姐厲聲道：「叫他來！」早已沒了主意了，只得仗著膽子進來。鳳姐一見，便說：「好小子啊！你和你爺辦的好事啊！你只實說吧！」興兒一聞此言，又看見鳳姐氣色及兩邊丫頭們的光景，早嚇軟了，不覺跪下，只是磕頭。鳳姐道：「論起這事來，我也聽見說不與你相干。但只你不早來回我知道，這就是你的不是了。你要實說了，我還饒你；再有一字虛言，你先摸摸你腔子上幾個腦袋瓜子！」興兒戰兢兢地朝上磕頭道：「奶奶問的是什麼事，奴才同爺辦壞了？」鳳姐聽了，一腔火都發作起來，喝命：「打嘴巴！」旺兒過來才要打時，鳳姐罵道：「什麼糊塗王八崽子！叫他自己打，用你打嗎！一會兒你再打你自己的嘴巴子還不遲呢。」

興兒真個自己左右開弓打了自己十幾個嘴巴。鳳姐喝聲「站住」，問道：「你二爺外頭娶了什麼新奶奶舊奶奶的事，你大概不知道啊。」興兒見說出這件事來，更加著了慌，連忙把帽子抓下來在磚地上咕咚咕咚碰得頭山響，口裡說道：「只求奶奶超生，奴才再不敢撒一個字兒的謊。」鳳姐道：「快說！」興兒直蹶蹶地跪起來回道：「這事頭裡奴才也不知道。

就是那一天，東府裡大老爺送了殯，二爺同著蓉哥兒到了東府裡，爺兒兩個說起珍大奶奶那邊的二位姨奶奶來。二爺誇她好，蓉哥兒哄著二爺，說把二姨奶奶說給二爺。」鳳姐聽到這裡，使勁啐道：「呸，沒臉的王八蛋！她是你哪一門子的姨奶奶！」興兒忙又磕頭說：「奴才該死！」往上瞅著，不敢言語。鳳姐道：「完了嗎？怎麼不說了？」興兒又回道：「奶奶恕奴才，奴才才敢回。」鳳姐啐道：「放你媽的屁，這還什麼恕不恕了，你好好給我往下說，好多著呢。」興兒又回道：「二爺聽見這個話就喜歡了，後來奴才也不知道怎麼就弄真了。」鳳姐微微冷笑道：「這個自然嘛，你可哪裡知道呢！你知道的只怕都煩了呢。是了，說底下的吧！」興兒回道：「後來就是蓉哥兒給二爺找了房子。」鳳姐忙問道：「如今房子在哪裡？」興兒道：「就在府後頭。」鳳姐回頭瞅著平兒道：「咱們都是死人哪。妳聽聽！」平兒也不敢做聲。

興兒又回道：「珍大爺那邊給了張家不知多少銀子，那張家就不問了。」鳳姐道：「這裡頭怎麼又拉扯上什麼張家、李家的呢？」興兒回道：「奶奶不知道，這二奶奶……」剛說到這裡，又自己打了個嘴巴，把鳳姐倒嘔笑了，兩邊的丫頭也都抿嘴兒笑。興兒想了想，說道：「那珍大奶奶的妹子……」鳳姐接著道：「怎麼樣？快說呀。」興兒道：「那珍大奶奶的妹子原來從小有人家的，姓張，叫什麼張華，如今窮得等著去討飯。珍大爺許了他銀子，他就退了親了。」鳳姐聽到這裡，點了點頭兒，回頭便望丫頭們說道：「妳們都聽見了？小王八崽子，頭裡他還說他不知道呢！」興兒又回道：「後來二爺才叫人裱糊了房子，娶過來了。」鳳姐道：「打哪裡娶過來的？」興兒回道：「就在她老娘家抬過來的。」鳳姐又問：「沒人送親嗎？」興兒道：「就是蓉哥兒。還有幾個丫頭老婆子們，沒別人。」鳳姐道：「你大奶奶沒來嗎？」興兒道：「過了兩天，大奶奶才拿了些東西來瞧的。」

鳳姐笑了一笑，回頭向平兒道：「怪不得那兩天二爺稱讚大奶奶不離嘴呢。」低了一回頭，又指著興兒道：「你這個猴兒崽子就該打死，這有什麼瞞著我的？你想著瞞著我，就在你那糊塗爺跟前討了好，你新奶奶好疼你。我要不是看在你剛才還有點懼怕，不敢撒謊，我把你的腿不給砸折了呢。」說著喝聲「起去！」興兒磕了個頭，才爬起來，退到外間，不敢就走。鳳姐說：「過來，我還有話呢。你忙什麼，新奶奶等著賞你什麼呢？」興兒也不敢抬頭。鳳姐道：「你從今日不許過去。我什麼時候叫你，你什麼時候到。遲一步兒，你試試！」興兒忙答應幾個「是」，退出門來。鳳姐又叫道：「興兒！」興兒趕忙答應回來。鳳姐道：「你快出去告訴你二爺去，是不是啊！」興兒回道：「奴才不敢。」鳳姐道：「你出去提一個字兒，提防你的皮！」興兒連忙答應著，才出去了。鳳姐又叫：「旺兒呢？」旺兒連忙答應著過來。鳳姐把眼直瞪瞪地瞅了兩三句話的工夫，才說道：「好旺兒，很好，去吧！外頭有人提一個字兒，全在你身上。」旺兒答應著，也慢慢地退出去。

鳳姐便叫倒茶，小丫頭們會意，都出去了。鳳姐才和平兒說：「妳都聽見了？這才好呢。」平兒也不敢答言，只好賠笑兒。鳳姐越想越氣，歪在枕上只是出神。

當下鳳姐心下算定，便傳各色匠役，收拾東廂房三間，依自己正室一樣裝飾陳設。等一切就妥，便回明賈母王夫人，說要到姑子廟裡進香去。只帶了平兒、豐兒、周瑞媳婦、旺兒媳婦四人，未曾上車，便將緣故告訴了眾人。又吩咐眾男人，素衣素蓋，一徑前來。興兒引路，一直到了二姐門前扣門。鮑二家的開了，興兒笑說：「快回二奶奶去，大奶奶來了。」鮑二家的聽了這話，嚇得忙飛跑進去報與尤二姐。尤二姐雖也一驚，但已來了，只得以禮相見，於是忙整理衣裳迎了出來，只見鳳姐頭上身上都是清素。尤二姐賠笑忙迎上來拜見，張口便叫「姐姐」，說：「今兒實在不知姐姐下降，望恕倉促之罪。」說著便福了下來。鳳姐忙賠笑還禮不迭，二人攜手同入室中。

鳳姐在上坐，尤二姐命丫鬟拿褥子來便行禮，說：「妹子年輕，一從到了這裡，諸事都是家母和家姐商議主張。今日有幸相會，若姐姐不棄寒微，凡事求姐姐的指示教訓。奴也傾心吐膽，只服侍姐姐。」說著，便行下禮去。鳳姐忙下座還禮道：「都因我也年輕，向來總是婦人的見識，一味地只勸二爺保重，別在外邊眠花宿柳，恐怕叫太爺、太太擔心。這都是我的痴心，誰知二爺倒錯會了我的意。若是外頭包占人家姐妹，瞞著家裡也罷了；如今娶了妹妹做二房，這樣正經大事，也是人家大禮，卻不曾和我說。我也勸過二爺，早辦這件事，果然生個一男半女，連我後來都有靠。不想二爺反以我為那種妒忌不堪的人，私自辦了，真真叫我有冤沒處訴。早些日子，我就風聞著知道了，只怕二爺又誤會了，就不敢先說；可巧二爺走了，所以我親自過來拜見。還求妹妹體諒我的苦心，起動大駕，挪至家中。妳我姐妹同居同處，一同諫勸二爺，謹慎世務，保養身子，這才是大禮呢。要是妹妹在外，我在裡頭，妹妹想想，我心裡怎麼過得去？再者叫外人聽著，不但我的名聲不好聽，就是妹妹的名聲也不雅。何況二爺的名聲更是要緊，倒是談論咱們姐妹們還是小事。至於那起下人小人之言，未免見我平日持家太嚴，背地裡加添些言語，也是常情。妹妹想，自古說的『當家人，惡水缸』。我要真有不容人的地方兒，上頭三層公婆，當中有好幾位姐妹妯娌們，怎麼容我到今日？就是今日二爺私娶妹妹，我若是不願意見妹妹，我如何還肯來呢？拿著我們平兒說起，我還勸著二爺收她呢。這都是天地神佛不忍心叫這些小人們糟蹋我，所以才叫我知道了。我如今來求妹妹進去，和我一塊兒，住的使的，戴的穿的，總是一樣的。妹妹這樣伶俐人，要肯真心幫我，我也得個臂膀。不但堵了那起小人的嘴；就是二爺回來一見，他也從今後悔，我並不是那種吃醋調歪的人。妳我三人，更加和氣，所以妹妹還是我的大恩人呢。要是妹妹不想進去，我也願意搬出來，陪著妹妹住，只求妹妹在二爺跟前，替我好言好語，留我個站腳地方兒，就叫我服侍妹妹梳頭洗臉，也是願意的。」說著，便嗚嗚咽咽哭起來，尤二姐見了也不免淌下淚來。

平兒也忙上來要見禮，尤二姐連忙親身挽住，只叫：「妹子，快別這麼著，妳我是一樣的人。」鳳姐忙起身笑說：「折死了她！妹子只管受禮，她原是咱們家的丫頭，以後快別這麼著。」說著，又命周瑞家的從包袱裡取出拜見的禮物。口內全是自怨自錯，說：「怨不得別人，如今只求妹妹疼我。」尤二姐是個實心人，便認她是個極好的人，想道是小人不遂心誹謗也是常理，因此傾心吐膽，敘了一會兒，竟把鳳姐認為知己。又見周瑞家的等媳婦在旁邊稱揚鳳姐素日許多好處，只是吃虧心太痴了，反惹人怨；又說「已經預備了房屋，奶奶進去一看便知。」尤氏心中早已要進去同住方好，今又見如此，便說：「原該跟了姐姐去，只是這裡怎樣著呢？」鳳姐道：「這有何難，妹妹的箱籠細軟之物叫小廝搬了進去。這些粗夯貨要它無用，還叫人看著。妹妹說誰妥當就叫誰在這裡。」尤二姐忙說：「今日既遇見姐姐，凡事只憑姐姐料理。」

於是催著尤二姐急忙穿戴了，二人攜手上車，又同坐一處，又悄悄地告訴她：「我們家的規矩大。這事老太太、太太一概不知，若知道二爺在孝中娶妳，定把他打死了。如今且別見老太太、太太。妳且在園裡與姐妹們住兩天，等我想個法子回明白了，那時再進來才妥當。」

下了車，鳳姐便帶尤氏進了大觀園的後門，來到李紈處相見了，又悄悄地求李紈收養幾日，「等回明瞭，我們自然過去的。」又一一吩咐園中婆子丫頭：「都不許在外走了風聲，若老太太、太太知道，我先叫妳們死。」又將尤二姐的丫頭一概退出，將自己的一個丫頭送來給她使喚。暗暗吩咐園中媳婦們：「好生照看著她。若有走失逃亡，一概和妳們算帳。」

誰知幾日之後，丫頭善姐便有些不服使喚起來。二姐說：「沒了頭油了，妳去大奶奶那邊拿些來。」善姐便道：「二奶奶，妳怎麼不知好歹沒眼色？我們奶奶天天承應了老太太，又要承應這邊太太那邊太太。這些姑娘妯娌們，上下幾百男女，天天起來，都等她的話。一日少說，大事也有一、二十件，小事還有三、五十件。外頭的從娘娘算起，以及王公侯伯家，多少人情客禮；家裡又有這些親友調度；銀子上千上萬，一日都從她一人手裡出入，一個嘴裡調度，哪裡為這點小事去煩瑣她？我勸妳忍著些兒吧。咱們又不是明媒正娶來的，這是她亙古少有一個賢良人才這樣待妳，若差些兒的人，不知怎樣吵嚷起來，把妳丟在外頭，死不死，活不活，妳敢怎麼著呢！」一席話，說得二姐垂了頭。那善姐漸漸地連飯也不端來給她吃了，或早一頓，或晚一頓，所拿來的東西，也都是剩的。二姐說過兩次，她反瞪著眼亂叫起來。二姐又怕人笑她不安分，少不得忍著。隔五日八日見鳳姐一面，那鳳姐卻是和顏悅色，滿嘴「好妹妹」不絕口，又說：「倘有下人不到之處，妳降不住她們，只管告訴我，我打她們。」又罵丫頭媳婦：「我深知妳們，軟的欺，硬的怕，若二奶奶告訴我一個不字，我要妳們的命！」二姐心想：「既有她如此，何必我又多事？下人不知好歹，也是常情。我若告了，她們受了委屈，倒叫人說我不賢良。」因此反替她們遮掩。

第四十回　酸熙鳳大鬧寧國府　苦尤姐悲赴黃泉路

鳳姐一面又暗中安排，封了二十兩銀子，吩咐旺兒找到張華，讓他往有司衙門告去。張華知道其中的厲害，不敢去。鳳姐氣得罵道：「真是癩狗扶不上牆。你告訴他，就告我們家謀反也不要緊。不過借他一鬧，鬧大了，我自然會平服的。」

那天賈蓉正忙著賈珍之事，忽有人來報信，說有人告了你們了，如此這般，快作道理。賈蓉慌了，忙來回賈珍。賈珍說：「我防了這一著，只虧他好大膽子。」即刻封了二百銀子著人去打點察院，又命家人去對詞。正商議之間，人回：「西府二奶奶來了。」賈珍倒吃了一驚，忙要同賈蓉藏躲，不想鳳姐已進來了，說：「好大哥哥，帶著兄弟們幹的好事！」賈蓉忙請安，鳳姐拉了他就進來。賈珍一邊笑說：「好生伺候你嬸娘。」一邊忙命備馬，躲往別處去了。

鳳姐帶著賈蓉走進上屋，尤氏正迎了出來，見鳳姐氣色不善，忙笑說：「什麼事情這樣忙？」鳳姐照臉一口唾沫啐道：「妳尤家的丫頭沒人要了，偷著只往賈家送！難道賈家的人都是好的，普天下死絕了男人了！妳就願意給，也要三媒六證，大家說明，成個體統才是。妳痰迷了心，脂油蒙了竅，國孝家孝兩層在身，就把個人送來了。這會兒叫人告我們，連官場中都知道我厲害，吃醋。如今指名提我，要休我。我來了這裡，幹錯了什麼不是，妳這樣害我？或者是老太太、太太有了話在妳心裡，讓妳們做這圈套，要擠我出去？如今咱們一同去見官，分證明白，回來請了合族中人，大家當面說個明白，給我休書，我就走路！」一面大哭，拉著尤氏，只要去見官。

急得賈蓉跪在地下碰頭，只求「嬸娘息怒」。鳳姐一面又罵賈蓉：「沒良心的東西！不知天有多高，地有多厚，成日家調三窩四，幹出這些沒臉面沒王法敗家破業的營生。你死了的娘，陰靈也不容你！祖宗也不容你！還敢來勸我！」哭罵著揚手就打。嚇得賈蓉忙磕頭說道：「嬸嬸別動氣！侄兒千日的不好，還有一日的好。實在嬸娘氣不平，何用嬸娘打，等我自己打，嬸娘只別生氣！」說著，自己舉手，左右開弓，自己打了一頓嘴巴子。又自己問著自己說：「以後可還再顧三不顧四地混管閒事了？以後還單聽叔叔的話、不聽嬸娘的話了？嬸娘是怎麼樣待你？你這麼沒良心的！」眾人又是勸，又要笑，又不敢笑。

鳳姐滾到尤氏懷裡，嚎天動地，大放悲聲，只說：「給你兄弟娶親我不惱。為什麼使他違旨背親，將混帳名兒給我背著？咱們只去見官，省了人家來拿。再者咱們只過去見了老太太、太太和眾族人，大家公議了，我既不賢良，又不容男人買妾，只給我一紙休書，我即刻就走。妳妹妹我也已親身接了來家，生怕老太太、太太生氣，也不敢回，現在三茶六飯金奴銀婢的住在園裡。我趕著收拾房子，和我的一樣，只等老太太知道了。原說了接過來大家安分守己的，我也不提舊事了。誰知又是有了人家的。你們幹的什麼事，我一概又不知道。如今告我，我便急了，縱然我出去見官，也丟的是你賈家的臉，少不得偷著把太太的五百兩銀子去打點。如今把我的人還鎖在那裡。」說了又哭，哭了又罵，後來放聲大哭起祖宗爹媽來，又要尋死覓活，把個尤氏揉搓成一個麵團兒，衣服上全是眼淚鼻涕，只罵賈蓉：「混帳種子，和你老子做的好事！當初就說使不得。」鳳姐哭著搬著尤氏的臉問道：「妳發昏了？妳的嘴裡難道有茄子塞著？為什麼妳不來告訴我去？妳若告訴了我，這會兒不平安了？怎會經官動府，鬧到這步田地，妳這會兒還怨他們！自古說『妻賢夫禍少，表壯不如裡壯』。妳若是個好的，他們怎會鬧出這些事來？妳又沒才幹，又沒口齒，鋸了嘴的葫蘆，就只會一味瞎小心圖賢良的名兒。」說著啐了幾口。尤氏也哭道：「何曾不是這樣？妳不信問問跟我的人，我何曾不勸，也得他們聽。叫我怎麼樣呢？怨不得妹妹生氣，我只好聽著罷了。」

眾姬妾丫鬟媳婦此時已是黑壓壓跪了一地，賠笑求說：「二奶奶最聖明的。原是我們奶奶的不是，奶奶也作踐得夠了。當著奴才們，奶奶們素日何等好來，如今還求奶奶給留點臉兒。」說著，捧上茶來。鳳姐也摔了，又哭罵賈蓉：「出去請你父親來。我對面問他，親大爺的孝才五七，侄兒就娶親，這個禮我竟不知道。我問問，也好學著日後教導子侄的。」

賈蓉只跪著磕頭，說道：「這事原不與父母相干，都是侄兒一時吃了屎，挑唆叔叔做的。我父親也並不知道，只求嬸子責罰侄兒。這官司還求嬸子料理，侄兒竟不能幹這大事。

嬸子是何等樣的人，豈不知俗語說的『胳膊只折在袖子裡』。原是嬸子有這個不肖的侄兒，既惹了禍，少不得委屈，還要疼侄兒。」說著，又磕頭不絕。

鳳姐見了賈蓉這般，心裡早軟了。只是礙著眾人面前，又難改過口來，便歎了一口氣，一面拉起來，一面拭淚向尤氏道：「嫂子也別惱我，我是年輕不知事的人，一聽見有人告了，把我嚇昏了，才這麼著急得顧前不顧後了。可是蓉兒說的『胳膊折了，往袖子裡藏』，剛才的話，嫂子可別惱，還得嫂子在哥哥跟前替說，先把這官司按下去才好。」尤氏、賈蓉都說：「嬸子放心，橫豎一點兒連累不著叔叔。嬸子方才說用過了五百兩銀子，少時我娘兒們打點五百兩銀子給嬸子送過去，好補上，哪有叫嬸子又添上虧空之名，我們就更該死了。但還有一件，老太太、太太們跟前嬸子還要周全方便，別提這些話才好。」

鳳姐又冷笑道：「你們壓著我的頭幹了事，這會兒反哄著我替你們周全。我就是個呆子，也呆不到如此。嫂子的兄弟是我的什麼人，嫂子既怕他絕後，我豈不比嫂子更怕絕後。嫂子的妹子就和我的妹子一樣。我一聽見這話，連夜喜歡得連覺也睡不成，趕著收拾了屋子，就要接進來同住。誰知偏不稱我的意，偏偏打我的嘴，半空裡又跑出一個張華來告了一狀。我聽見了，嚇得兩夜沒闔眼兒，又不敢聲張，只得求人去打聽這張華是什麼人，這樣大膽。打聽了兩日，誰知是個無賴的花子。小子們說：原是二奶奶許了他的。現在有這個理他抓住，縱然死了，倒比凍死餓死還值些。怎麼怨得他告呢，這事原是爺做得太急了。國孝一層罪，家孝一層罪，背著父母私娶一層罪，停妻再娶一層罪。俗語說：『拚著一身剮，敢把皇帝拉下馬。』他窮瘋了的人，什麼事做不出來？況且他又拿著這滿理，不告等請不成？嫂子說，我就是個韓信張良，聽了這話，也把智謀嚇回去了。你兄弟又不在家，又沒個人商議，少不得拿錢去墊補，誰知越使錢越叫人拿住了刀把兒，越來訛詐。所以又急又氣，少不得來找嫂子……」

尤氏、賈蓉不等說完，都說：「不必操心，自然要料理的。」賈蓉又道：「那張華不過是窮急了。咱們如今竟許他些銀子，只叫他應了枉告不實的罪，咱們替他打點完了官司。他出來時再給他些銀子就完了。」鳳姐咂著嘴兒笑道：「好孩子，怨不得你顧一不顧二地做這些事出來。原來你是這麼個有心胸的，我往日錯看了你了。若像你說的，他暫且依了，又得了銀子，眼前自然了事。這個人既是無賴的小人，銀子到手三天五天光了，他又來找事訛詐。再要鬧起來，咱們雖不怕，終究擔心。擱不住他說『既沒毛病為什麼反給我銀子』？」

賈蓉原是個明白人，聽如此一說，便笑道：「我還有個主意，如今我竟去問張華個主意，他是定要人，還是願意了事得錢再娶。他若說一定要人，少不得我去勸我二姨，叫她出來仍嫁他去；若說要錢，我們這裡少不得給他。」鳳姐忙道：「雖如此說，我斷捨不得你姨娘出去，我也斷不肯使她出去。她要出去了，咱們家的臉在哪裡呢？依我說，只寧可多給錢為是。」賈蓉深知鳳姐口裡雖如此，心裡卻是巴不得人出來，她卻做賢良人。

鳳姐又說：「外頭好處了，家裡終究怎麼樣？妳也同我過去回明老太太、太太才是。」尤氏又慌了，拉鳳姐討主意如何撒謊才好。鳳姐冷笑道：「既沒這本事，誰叫妳幹這樣事了。這會兒又這個樣兒，我又看不上。待要不出個主意，我又是個心慈面軟的人。憑人撮弄我，我還是一個傻心腸兒，說不得，讓我應起來。如今你們只別露面，我只領了妳妹妹去與老太太、太太們磕頭，只說因我不大生育，原說買兩個人放在屋裡的，今既見妳妹妹很好，又是親上做親的，我願意娶來做二房。我的主意接進來了，已經把廂房收拾出來了暫且住著，等滿了服再圓房。仗著我不怕臊的臉，死活賴去，有了不是，也尋不著你們了，你們母子想想，可使得？」

尤氏、賈蓉一起笑說：「到底是嬸子寬洪大量，足智多謀。等事妥了，少不得我們娘兒們過去拜謝。」鳳姐道：「罷了！還說什麼拜謝不拜謝！」又指著賈蓉道：「今日我才知道你了！」說著，把臉卻一紅，眼圈兒也紅了，似有多少委屈的光景。賈蓉忙賠笑道：「罷了，少不得擔待我這一次吧。」說著，忙又跪下。鳳姐扭過臉去不理他，賈蓉才笑著起來了。

鳳姐進園中，將此事告訴尤二姐，又說我怎麼操心打聽，又怎麼設法子，須得如此如此方保得眾人無罪，少不得咱們按著這個法兒才好。尤二姐聽了，又感謝不盡，只得跟了她去見了賈母、王夫人等人，鳳姐又按編好的話回了，說「少不得老祖宗發慈心，先許她進來，住一年後再圓房」。賈母聽了道：「這有什麼不是。既妳這樣賢良，很好。只是一年後方可圓房。」鳳姐叩頭起來，又求賈母叫兩個女人一同帶去見太太們，說是老祖宗的主意。自此尤二姐挪到廂房居住。

一面鳳姐又使人暗暗挑唆張華，只叫他要原妻，這裡還有許多賠送外，還給他銀子安家過活。誰知張華原是無膽也無心告的，後來又見賈蓉打發人威嚇他並許他銀子，便撤了狀子，回原籍去了。

鳳姐倒開始後悔不該將刀把遞給外人，到底不放心，便悄命旺兒務將張華治死。旺兒因見人已走了，也不願做太絕，便報了個在路上已被強盜殺死，鳳姐聽了也就罷了。

賈璉回來，見鳳姐和尤二姐和美非常，也自是納悶。但因賈赦把自己的丫鬟秋桐賞了給他做妾，正是新鮮時候，便把往日在尤二姐身上的心也慢慢淡了。秋桐自以為是賈赦之賜，又得賈璉之寵，連鳳姐、平兒都不放在眼裡，豈容尤二姐？張口是「先奸後娶沒漢子要的娼婦，也來要我的強」。鳳姐聽了暗樂，只無人處和尤二姐說：「妹妹的聲名很不好聽，連老太太、太太們都知道了，說妹妹在家做女孩兒就不乾淨，又和姐夫來往太密，『沒人要的，你揀了來。還不休了，再尋好的』。我聽見這話，氣得什麼似的，是誰說的，又查不出來。日久天長，這些個奴才們跟前，怎麼說嘴呢？說了兩遍，自己又氣病了，茶飯也不吃。」

自此裝病，便不和尤二姐吃飯。每日只命人端了菜飯到尤二姐房中去吃，那茶飯都是不堪之物。平兒看不過，自拿了錢出來弄菜給她，或者有時帶她到園中玩，另在園中做了湯水給她吃，秋桐一時撞見了，便去告訴鳳姐說：「奶奶的名聲，都是平兒給弄壞了的。這樣好菜好飯浪著不吃，卻往園裡去偷吃。」鳳姐聽了，罵平兒說：「人家養貓拿耗子，我的貓只倒咬雞。」平兒也不敢多說。

園中姐妹見此也暗為二姐擔心，雖覺可憐也不便多言。經常無人處，尤二姐說起話來，便淌眼抹淚，又不敢抱怨鳳姐，因無一點壞形。

鳳姐雖恨秋桐，但可借她先處置二姐，「借劍殺人」、「坐山觀虎鬥」，等秋桐殺了尤二姐，自己再殺秋桐不遲。因此沒人處常私勸秋桐說：「妳年輕不知事。她現是二房奶奶，妳爺心坎上的人，我還讓她三分，妳去硬碰她，豈不是自尋其死？」那秋桐聽了這話，更加惱了，天天大口亂罵說：「奶奶是軟弱人，那等賢慧，我卻做不來。奶奶把素日的威風怎都沒了？奶奶寬洪大量，我卻眼裡揉不下沙子去。讓我和這淫婦做一回，她才知道。」鳳姐在屋裡，只裝不敢出聲兒。

氣得尤二姐在房裡哭泣，飯也不吃，又不敢告訴賈璉。秋桐一得便就悄悄地告訴賈母王夫人等說：「專會作死，好好地成天家喪聲嚎氣，背地裡咒二奶奶和我早死了，她好和二爺一心一計地過。」賈母聽了便說：「人太生嬌俏了，可知心就嫉妒。鳳丫頭倒好意待她，她倒這樣爭風吃醋的。可見是個賤骨頭！」因此便不大歡喜。眾人見賈母不喜，不免又往下踏踐起來，弄得這尤二姐要死不能，要生不得。又因有了身孕，也只能是苟且偷生。還是虧了平兒，時常背著鳳姐，與她排解。

不過受了一個月的暗氣，便懨懨得了一病。偏請了個大夫，用錯了藥，反把腹中的胎兒給打了下來。尤二姐自料萬無生理，一日忽見尤三姐從外面進來：「姐姐妳一生心痴意軟，終吃了這虧。若妹子在，斷不肯令妳進來，既進來時，也不容她這樣。如今只怕白白地送了性命，也無人憐惜。」尤三姐說著一聲長歎。二姐醒來，卻是一夢，不覺滴下淚來……

第四十一回　桃花詩幽意傷桃花　嫌隙人有心生嫌隙

一日清晨寶玉方醒，就聽外間房內嘰嘰呱呱笑聲不斷。襲人笑說：「你快出去解救，晴雯和麝月兩個人按住芳官那裡胳肢呢。」只見她三人被褥尚未疊起，那晴雯只穿蔥綠杭綢小襖，紅小衣紅睡鞋，披著頭髮，騎在芳官身上。麝月是紅綾抹胸，披著一身舊衣，在那裡抓芳官的肋肢。芳官卻仰在炕上，穿著撒花緊身衣兒，紅褲綠襪，兩腳亂蹬，笑得喘不過氣來。寶玉忙上前笑說：「兩個大的欺負一個小的，我來撓她們。」說著，也上床來胳肢晴雯。晴雯觸癢，笑得忙丟下芳官，和寶玉對抓。芳官趁勢又將晴雯按倒，向她肋下亂抓。襲人看他四人滾在一處倒好笑，便說道：「小心凍著了，可不是玩的，都穿上衣裳吧。」

正鬧著，只見湘雲打發了翠縷來說：「請二爺快出去瞧好詩。」寶玉聽了，忙梳洗了出來。果見黛玉、寶釵、湘雲、寶琴、探春都在那裡，手裡拿著一首詩看。見他來時，都笑說：「這會兒還不起來，咱們的詩社散了一年。如今正是初春時節，萬物更新，正該鼓舞另立起來才好。」寶玉笑道：「正是呢，那會兒大嫂子、三妹妹又忙，林妹妹又病的，倒是冷落了。如今卻好萬物逢春，咱們很該重新整理起來了。」一邊又要了那首詩看，卻見寫著《桃花行》，看到詩中「花之顏色人之淚，憔悴花遮憔悴人」等句，便回頭看黛玉，只覺春來又瘦去很多。復思詩中所言「淚眼觀花淚易乾」之言，不覺痴痴呆呆，竟要掉下眼淚來。又怕眾人看見笑話，便悄悄用袖子擦了。寶琴笑道：「你猜這是誰作的？」寶玉道：「自然是瀟湘子稿。」寶琴道：「現是我作的呢。」寶玉道：「妹妹本有此才，卻也斷不肯作的，比不得林妹妹曾經離喪，作此哀音。」眾人聽說，都笑了。

正說著，只聽窗外竹子上一聲響，眾人嚇了一跳。簾外丫頭們回道：「是一個大蝴蝶風箏掛在竹梢上了。」眾人便出房去看。眾丫鬟笑道：「好一個齊整風箏！不知是誰家放的，斷了繩，咱們拿下來。」寶玉笑道：「我認得這風箏，這是大老爺那院裡嫣紅姑娘放的，拿下來給她送過去吧。」紫鵑笑道：「難道天下沒有一樣的風箏，單她有這個不成？我不管，我且拿起來。」探春道：「紫鵑也學小氣了。妳們也有，這會兒拾人家的，也不怕忌諱。」黛玉笑道：「可是呢，把咱們的拿出來，咱們也放放晦氣。」

小丫頭們聽見放風箏，巴不得一聲兒，七手八腳都忙著拿出來。寶玉又興頭起來，也打發個小丫頭家去，說：「把昨兒賴大娘送我的那個大魚取來。」小丫頭去了半天，空手回來，笑道：「晴姑娘昨兒放走了。」寶玉道：「我還沒放一遭兒呢。」探春笑道：「橫豎是給你放晦氣罷了。」寶玉道：「再把大螃蟹拿來吧。」丫頭去了，同了幾個人，扛了一個美人風箏來，說道：「襲姑娘說，昨兒把螃蟹給了三爺了。這一個是林大娘才送來的，放這一個吧。」寶玉細看了一回，只見這美人做得十分精緻，心中歡喜，便叫放起來。

探春的一個鳳凰也取了來了，丫頭們在那邊山坡上已放了起來。寶琴叫丫頭放起一個大蝙蝠來，寶釵也放起個一連七個大雁來。獨有寶玉的美人，再放不起來。寶玉說丫頭們不會放，自己放了半天，只起房高便落下來了。急得寶玉頭上出汗，眾人又笑。寶玉恨得擲在地下，指著風箏道：「要不是個美人，我一頓腳跺個稀爛。」黛玉笑道：「那是頂線不好。拿出叫人換好了，就好放了。再取一個來放吧。」

大家仰面看，幾個風箏都飄舞在空中，甚是好看。一時風緊，眾丫鬟都用絹子墊著手放。黛玉見風力緊了，過去將籆子一鬆，只聽豁啦啦一陣響，頓時線盡，風箏隨風更高了。黛玉便讓眾人來放，眾人都道：「各人都有，妳先請吧。」黛玉笑道：「這一放雖有趣，只是不忍。」李紈道：「放風箏圖的是這一樂，所以又說放晦氣，妳更該多放些，把妳這病根兒都放了去就好了。咱們大家都放了吧。」於是丫頭們拿過一把剪子來，鉸斷了線，那風箏飄飄搖搖，隨風而去，一點點見小，漸漸只剩了一點黑星兒，再展眼便不見了。眾人仰面說道：「有趣，有趣。」

卻見平兒遠遠過來，臉上似有淚痕，探春便叫住問，才知尤二姐夜裡卻吞了金子自盡了。眾人聽說，不禁歎了一番。獨寶玉因又想起尤三姐死，柳湘蓮走，一時間情色若痴。

忽聞賈母傳見，眾人過去方知是賈政來信，道是不日回京。襲人便乘機勸寶玉收一收心，閒時把書理一理，好預備著。黛玉和院中姐妹見他如此，把詩社再不提起，並每日也幫著臨了一些字送來，好讓他搪塞了過去再說。

轉眼賈政回京復命，雖問了問寶玉的功課，因過些時便是賈母的八十歲生日，忙著準備，也就沒太管，寶玉才放下了心。

自七月上旬開始，送壽禮的便絡繹不絕。自二十八日至八月五日，榮寧兩府齊開筵席。鳳姐雖未大好，也免不得強撐著料理。至晚間散時，眾人都在賈母房中，邢夫人忽賠笑向鳳姐道：「我昨兒聽見二奶奶生氣，打發人捆了兩個老婆子，不知她們犯了什麼罪？論理，我不該討情。我想老太太好日子，發狠的還捨錢捨米，周貧濟老，咱們家倒先折磨起老奴才來了。不看我的臉，就看是老太太的好日子，放了她們吧。」說完，就上車去了。

鳳姐一時摸不著頭腦，又見當著眾人的面，不由又愧又委屈，紫漲了臉，回頭向賴大家的冷笑道：「這是哪裡的話？昨兒因這裡的人得罪了那府裡的大嫂子，才留著讓她處置，並不為得罪了我。這又是誰的耳報神那麼快？」王夫人便問什麼事，鳳姐道是因有兩個老婆子不聽尤氏的傳喚，還和來傳話的小丫頭吵吵嚷嚷的。尤氏笑道：「我倒並不知道，妳原也太多事了。」鳳姐道：「我為妳臉上過不去，這樣做，也不過是個禮。比如妳府裡的人得罪了我，妳自然也會送了來讓我發落。憑她什麼好奴才，到底錯不過一個禮去。這又不知誰，沒的獻勤，把這也當一件事去說。」王夫人說：「妳太太說得是。就是珍哥媳婦也不是外人，也不用這些虛禮，老太太千秋要緊，放了她們為是。」說著，便命人去放了那兩個老婆子。

鳳姐不由越想越氣、越愧越委屈，一陣灰心，滾下淚來。又不想使人知道，便賭氣回房哭了。偏偏賈母又差了琥珀來喚她，鳳姐只得重新梳洗了過來。

鴛鴦忽過來向鳳姐臉上只管看，引得賈母問道：「妳不認得她？只管瞧什麼？」鴛鴦笑道：「怎麼她的眼睛腫腫的，所以詫異。」賈母便叫「過來」，也細細地看。鳳姐笑道：「剛才一陣發癢，想是揉腫的。」鴛鴦笑道：「不會又是受了誰的氣吧？」鳳姐道：「誰敢給我氣受？就受了氣，老太太好日子，我也不敢哭啊！」便問道：「老太太有什麼吩咐？」賈母道：「也沒什麼，只是想著，這幾天人多事雜，保不住門戶任意開鎖，要各處上夜的多加謹慎才是。尤其是那園子裡，多是姑娘媳婦住著，關係不小，更要小心了。」鳳姐答應了幾聲，又陪著吃了飯才回來。

鴛鴦早聽琥珀說了鳳姐哭泣一事，晚間人散後對賈母說：「二奶奶還是哭的，那邊大太太當著人給二奶奶沒臉。」將緣由說了一遍。賈母道：「這才是鳳丫頭知禮處，難道為我的生日，由著奴才把一族裡的主子都得罪了也不管？這是大太太平日沒好氣，不敢發作，趁今兒拿著這個，明是當著眾人給鳳兒沒臉罷了。」

寶玉剛從賈母處回來躺著，大家正在玩笑，便見趙姨娘房內的小丫鬟小鵲來找，笑向寶玉道：「我來告訴你一個信兒，方才我們奶奶唧唧咕咕的，在老爺面前不知說了你些什麼，我只聽見『寶玉』二字。我來告訴你，小心明兒老爺問你話呢。」寶玉一聽，心內便焦躁起來，渾身不自在。想來想去，且理熟了書預備明天盤考，只要書沒大錯，便有其他，也可搪塞了。忙又披衣起來，又不知從哪本書讀起，平常本不感興趣，一時之間又讀不了這許多，少不得拿了這本放了那本，因此更添了煩亂。襲人等在旁剪燭斟茶；那些小的，都睏眼矇，前仰後合起來。晴雯便罵道：「什麼蹄子們，一個個黑日白夜挺屍還不夠，偶然一次睡遲了些，就裝出這腔調來了。再這樣，我拿針戳你們兩下子！」話猶未了，只聽外間咕咚一聲，急忙看時，原來是一個小丫頭坐著打盹，一頭撞到壁上了，從夢中驚醒，正是晴雯說這話之時。她怔怔地只當是晴雯打了她一下，就哭著央求說：「好姐姐，我再不敢了。」眾人都發起笑來。寶玉忙勸道：「原該叫她們都睡去才是，你們也該替換著睡去。」襲人忙道：「小祖宗，你只顧你的吧。總共這一夜的功夫，你把心暫且用在這幾本書上，等過了這一關，由你再張羅別的去。」寶玉只得又讀，讀了沒幾句，麝月又斟了一杯茶來，寶玉因見麝月只穿著短襖，道：「夜靜了，冷，到底穿一件大衣裳才是。」麝月笑指著書道：「你暫且把我們忘了吧。」話未說完，只聽芳官從後房門跑進來，口內喊道：「不好了，一個人從牆上跳下來了！」眾人忙問在哪裡，即喝起人來，各處尋找。晴雯因見寶玉讀書苦惱，勞費一夜神思，明日也未必妥當，心下正要替寶玉想出一個主意來逃脫此難，正好逢此一驚，即向寶玉道：「趁這個機會快裝病，只說嚇著了。」此話正中寶玉心懷，就傳起上夜人等來，打著燈籠，各處搜尋，並無蹤跡，都說：「小姑娘們想是睡花了眼出去，風搖得樹枝兒，錯認做人了。」晴雯便道：「別放屁！你們查得不嚴，怕得不是，還拿這話來支吾。剛才並不是一個人見的，寶玉和我們出去有事，大家親眼見的。如今寶玉嚇得臉色都變了，滿身發熱，我如今還要上房裡取安魂藥丸去呢。太太問起來，是要回明白的，難道依你說就罷了不成？」眾人嚇得不敢做聲，只得又各處去找。

晴雯和芳官果然出去要藥，故意鬧得眾人都知寶玉嚇著了。賈母、王夫人聽了，忙命人來看視給藥，又吩咐各上夜人仔細搜查，直鬧了一夜。至五更天，又傳管家男女，命仔細查一查，拷問內外上夜男女等人。賈母道：「我必料到有此事。如今各處上夜都不小心，還是小事，只怕他們就是賊也未可知。」當下眾人都默然。獨探春出位笑道：「近因鳳姐姐身子不好，園內的人放肆了許多。漸漸竟開了賭局，甚至有大輸贏。半月前還有爭鬥相打之事。」賈母聽了，忙說：「妳既知道，為何不早回我們來？」探春道：「我因想著太太事多，而且連日不自在，所以沒回。只告訴了大嫂子和管事的人們，戒飭過幾次，近日好些。」賈母忙道：「妳姑娘家，如何知道這裡頭的厲害。或藏賊引奸引盜，或再有別事，略沾帶些，關係不小。這事豈可輕恕。」鳳姐見賈母如此說，便忙道：「偏我又病了。」遂回頭命人速傳林之孝家的等四個媳婦到來，當著賈母申飭了一頓，賈母命即刻查了頭家賭家來，自有賞罰。

第二天，果然查出了三個在園內開賭局的大頭家，迎春的乳母也在其中。迎春正覺無趣，忽報母親來了。邢夫人一進門便說道：「妳這麼大了，妳那奶媽妳也不說說她。如今別人都好好的，偏咱們的人做出這事來，什麼意思。」迎春低著頭弄衣帶，半晌答道：「我說她兩次，她不聽也無法。況且她是嬤嬤，只有她說我的，沒有我說她的。」邢夫人道：「胡說！如今她犯了法，妳就該拿出小姐的身分來。她敢不從，妳就回我去才是。如今等外人都知道了，是什麼意思。再者，保不住她不巧言花語地和妳借貸些簪環衣履做本錢，若被她騙去，我是一個錢沒有的，看妳明兒怎麼過。」迎春仍是低頭不語。邢夫人冷笑道：「妳也算有一個好哥哥、好嫂子，璉二爺、鳳奶奶兩口子遮天蓋日。妳雖然不是同他一娘所生，到底是同出一父，也該彼此照料些才是，也免得別人笑話。連哥哥嫂子還如此，別人又能做什麼呢。我想天下的事也難比，妳是大老爺跟前人養的，這裡探丫頭也是二老爺跟前人養的，出身一樣。如今妳娘死了，從前看來只有妳娘比趙姨娘強十倍的，妳該比探丫頭強才是，怎麼反不及她一半！」正說著，人回：「璉二奶奶來了。」邢夫人聽了，冷笑兩聲，命人出去說：「請她自去養病，我這裡不用她伺候。」說著便走了。

第四十二回　懦小姐不問累金鳳　寄賈璉暗借金銀當

迎春送邢夫人到院外方回，繡橘便說道：「如何，前兒我回姑娘，那一個攢珠累絲金鳳竟不知哪裡去了。姑娘竟不問一聲兒。我說必是老奶奶拿去典了銀子放頭兒的，姑娘只不信。總是臉軟怕人惱，明兒大家都戴時，就咱們不戴，是何意思呢。」迎春道：「這又何必問呢，自然是她拿去暫時借轉一下。我只說她悄悄地拿了出去，不過一時半晌，仍會悄悄地送來就完了，誰知她就忘了。」繡橘道：「哪是忘記！她是看準了姑娘的性格。如今我竟去回了二奶奶，如何？」迎春忙道：「罷，罷，罷，省些事吧。寧可沒有了，又何必生事。」繡橘道：「姑娘怎麼這樣軟弱。都要省起事來，將來連姑娘還騙了去呢，我還是去的是。」說著便走。迎春便不言語，只好由她。

誰知迎春乳母的兒媳正因她婆婆得了罪，來求迎春去討情，聽她們說及金鳳一事，且不進去。如今見繡橘立意去回鳳姐，只得進來，賠笑先向繡橘說：「姑娘，妳別去生事。姑娘的金絲鳳，原是我們老奶奶老糊塗了，輸了幾個錢，所以暫借了去。原說一日半晌就贖的，因總未撈過本兒來，就遲了。可巧今兒又不知是誰走了風聲，弄出事來。雖然這樣，到底主子的東西，我們不敢遲誤，終究是要贖的。如今還要求姑娘看從小吃奶的情上，往老太太那邊去討個情面，救出她老人家來才好。」迎春先就說道：「好嫂子，妳趁早兒打了這妄想，要等我去說情，等到明年也不中用的。方才連寶姐姐、林妹妹大夥兒說情，老太太還不依，何況是我一個人。我自己愧還愧不過來，反去討臊去。」繡橘便說：「贖金鳳是一件事，說情是一件事，別攪在一處說。難道姑娘不去說情，妳就不贖了不成？嫂子且取了金鳳來再說。」那媳婦聽見迎春如此拒絕她，繡橘的話又鋒利，一時臉上過不去，也明欺著迎春平日好性子，便向繡橘發話道：「姑娘，妳別太仗勢了。妳算一算，誰的嬤嬤奶子不仗著主子哥兒多得些益，偏咱們就這樣丁是丁卯是卯的，只許妳們偷偷摸摸的哄騙了去。況且自從邢姑娘來了，太太吩咐一個月儉省出一兩銀子來給舅太太去，這裡添了邢姑娘的費用，反少了一兩銀子。常時短了這個，少了那個，還不是我們供給？誰又要去？不過大家將就些罷了，我們倒白填了些。」繡橘不待說完，便啐了一口，道：「有什麼讓妳白填了，我且和妳算算帳，姑娘要了些什麼東西？」迎春忙止道：「罷，罷，罷！妳不能拿了金鳳來，不必牽三扯四亂嚷。我也不要那鳳了。便是太太們問時，我只說丟了，也妨礙不著妳什麼的，出去歇息歇息倒好。」一面叫繡橘倒茶來。繡橘又氣又急，便說道：「姑娘雖不怕，我們做什麼的，把姑娘的東西丟了。她倒賴說姑娘使了她們的錢。若太太問姑娘為什麼使了這些錢，難道說是我們從中取便了？這還了得！」一邊說，一邊就哭了。司棋正病在床上，此時聽不過只得勉強過來，幫著繡橘問著那媳婦。迎春見勸止不住，自拿了一本《太上感應篇》來看。

可巧寶釵、黛玉、寶琴、探春等因恐迎春今日不自在，都約來安慰她。走至院中，聽得兩三個人鬥嘴。探春從紗窗內一看，只見迎春倚在床上看書，置若罔聞，探春也笑了。小丫鬟們忙打起簾子，報導：「姑娘們來了。」迎春方放下書起身迎著。那媳婦見有人來，且又有探春在內，不勸而自止了，趁便要去。

探春坐下，便問：「剛才誰在這裡說話？倒像拌嘴似的。」迎春笑道：「不過是她們小題大作罷了，何必問它。」探春笑道：「我剛才聽見什麼『金鳳』，又是什麼『沒有錢只和我們奴才要』，誰和奴才要錢了？難道姐姐和奴才要錢了不成？難道姐姐不是和我們一樣有月錢的不成？」司棋、繡橘道：「姑娘說的是了。姑娘們都是一樣的，哪一位姑娘的錢不是由著奶奶嬤嬤們使，連我們也不知道怎麼是算帳，不過要東西只說得一聲兒。如今她偏要說姑娘使過了頭兒，她賠出許多來了。究竟姑娘何曾和她要什麼了？」探春笑道：「姐姐既沒有和她要，必定是我們或者和她們要了不成！妳叫她進來，我倒要問問她。」迎春笑道：「這話又可笑，妳們何得帶累於她？」探春笑道：「這倒不然。我和姐姐一樣，姐姐的事和我的也是一般，她說姐姐就是說我。我那邊的人有怨我的，姐姐聽見也會同怨姐姐是一理。咱們是主子，自然不理論那些錢財小事，只知想起什麼要什麼，也是有的事。但不知累絲金鳳為何又夾在裡頭？」那媳婦生恐繡橘等告出她來，連忙進來用話掩飾。探春深知其意，便笑道：「所以妳們糊塗。如今妳奶奶已得了不是，趁此求求二奶奶，把剛才的錢拿出些來贖了就完了。比不得那時沒鬧出來，大家都留著臉面。如今既是沒了臉，妳依我，竟是和二奶奶說說。在這裡大聲小氣，如何使得！我不聽見便罷，既聽見，少不得替妳們分解分解。」誰知探春早已使個眼色給侍書出去了。

正說話間，忽見平兒進來。寶琴拍手笑說道：「三姐姐敢是有驅神召將的符術？」黛玉笑道：「這倒不是道家玄術，倒是用兵最精的，所謂『守如處女，脫如狡兔』，出其不備的妙策了。」寶釵向她們兩個使了個眼色。探春見平兒來了，便問：「妳奶奶可好些了？真是病糊塗了，事事都不在心上，叫我們受這樣的委屈。」平兒忙道：「姑娘怎麼委屈？誰敢給姑娘氣受，姑娘快吩咐我。」當時那媳婦慌了手腳，上來趕著平兒叫：「姑娘坐下，讓我說緣故請聽。」平兒正色道：「姑娘們這裡說話，也有妳我混插嘴的禮！妳若是知禮的，只該在外頭伺候。幾曾有外頭的媳婦們無故到姑娘們房裡來的。」繡橘道：「妳不知我們這屋裡是沒禮的，誰愛來就來。」平兒道：「都是妳們的不是。姑娘好性兒，妳們就該打出去，然後再回太太去才是。」那媳婦見平兒出了言，紅了臉方退出去。探春接著道：「我且告訴妳，若是別人得罪了我，倒還罷了。如今那媳婦和她婆婆仗著是嬤嬤，又瞅著二姐姐好性兒，私自拿了首飾去賭錢，而且還捏造假帳，威逼著還要去討情，和這兩個丫頭在臥房裡大嚷大叫，二姐姐竟不能轄治，所以我看不過，才請妳來問一聲：還是她原是天外的人，不知道理？還是誰主使她如此，先把二姐姐制服，然後就要治我和四姑娘了？」平兒忙賠笑道：

「姑娘怎麼今日說這話出來？我們奶奶如何當得起！」探春冷笑道：「俗語說的，『物傷其類』，『齒竭脣亡』，我自然有些驚心。」

平兒道：「若論此事，還不是大事，極好處置。但她是姑娘的奶嫂，據姑娘怎麼樣為是？」當下迎春只和寶釵閱《感應篇》故事，連探春說的話也不曾聽到，忽見平兒如此說，便笑道：「問我？我也沒什麼法子。她們的不是，是她們自作自受，我也不能討情，我也不去苛責就是了。至於私自拿去的東西，送來我收下，不送來我也不要了。太太們要問，我可以隱瞞遮飾過去，是她的運氣，若瞞不住，我也沒法，沒有為她們反欺枉太太們的理，少不得直說。妳們若說我好性兒，沒個決斷，我也是這樣。若有好主意可以八面周全，不使太太們生氣，任憑妳們處治，我總不知道。」眾人聽了，都好笑起來。黛玉笑道：「真是『虎狼屯於階陛尚談因果』。若使二姐姐是個男人，這一家上下若許人，又如何裁治他們。」迎春笑道：「正是。多少男人尚且如此，何況我呢。」一語未了，只見又有一個人進來，卻是寶玉。寶玉笑道：「妳們談論什麼呢？平姐姐也在這裡？」平兒笑道：「正是，我也該去了，那邊二奶奶還等我回話呢。」說著，便出去了。

那媳婦緊跟在後，口內百般央求，只說：「姑娘好歹口內超生，我橫豎去贖了來。」平兒笑道：「妳遲也贖，早也贖，既有今日，何必當初。妳的意思是能過去就過去了。妳今既如此說，我也不好意思告人，趁早去贖了來交給我送去，我一字不提。」那媳婦方放下心來。又說：「姑娘自去貴幹，我趕晚拿了來，先回了姑娘，再送去，如何？」平兒道：「趕晚不來，可別怨我。」說畢自去了。

平兒剛回來，見鳳姐正在床上躺著。一時鴛鴦從外頭進來看望鳳姐，平兒忙上來悄聲笑道：「才吃了一口飯歇了午睡，妳且這屋裡略坐坐。」鴛鴦悄悄問道：「妳奶奶這兩日是怎麼了？我近來看著她懶懶的。」平兒歎道：「她這懶懶的也不止今日了，這幾日忙亂了幾天，又受了些閒氣，重新又勾起來。比先時又添了些病，所以支撐不住，便露出馬腳來了。」鴛鴦忙道：「怎麼不早請大夫治？」平兒道：「我的姐姐，妳還不知道她的脾氣？別說請大夫來吃藥，我看不過，只問了一聲身上覺怎麼樣，她就動了氣，反說我咒她病了。就這樣，天天還是察三訪四，自己再不肯看破些且養身子！」

忽見小丫頭進來向平兒道：「方才朱大娘又來了。我們回了她，奶奶才歇午覺，她往太太上頭去了。」平兒聽了點頭。鴛鴦問：「哪一個朱大娘？」平兒道：「就是官媒婆那朱嫂子。有個什麼孫大人家來和咱們求親，所以她這兩日天天弄個帖子來，鬧得人怪煩的。」一語未了，小丫頭跑來道：「二爺進來了。」說話之間，賈璉已走至堂屋門口，平兒忙迎出來，賈璉見平兒在東屋裡，便也過這間房內來。至門前，忽見鴛鴦坐在炕上，便止住腳，笑道：「鴛鴦姐姐，今兒貴步幸臨賤地。」鴛鴦只坐著，笑道：「來請爺和奶奶的安，偏又不在家的不在家，睡覺的睡覺。」賈璉笑道：「姐姐一年到頭辛苦服侍老太太，我還沒看妳去，哪裡還敢勞動來看我們。巧得很，我正有事找姐姐去。不想天可憐，省我走這一趟。」一面便進來在椅子上坐下。鴛鴦便問：「又有什麼說的？」

賈璉且不說，卻罵小丫頭：「怎麼不沏好茶來！快拿乾淨蓋碗，把昨兒進上的新茶沏一碗來。」說著向鴛鴦道：「這兩日因老太太的千秋，有的幾千兩銀子都使了；各處房租地租通在九月內才得，這會兒竟接不上。明兒又要送南安府裡的禮，又要預備娘娘的重陽節禮，還有幾家紅白大禮，至少還得三二千兩銀子用，一時難去支借。俗語說的好，『求人不如求己』，說不得姐姐擔個不是，暫且把老太太查不著的金銀傢伙偷著運出一箱子來，暫押千數兩銀子支騰過去。不上半年的光景，銀子來了，我就贖了交還，斷不能叫姐姐落不是。」鴛鴦笑道：「你倒會變法兒，虧你怎麼想來。」賈璉笑道：「不是我扯謊，除了姐姐，也還有人手裡管得起千數兩銀子的，只是他們為人都不如妳明白有膽量。我若和他們一說，反嚇住了他們。所以我『寧撞金鐘一下，不打破鼓三千。』」一語未了，賈母那邊的小丫頭忙忙走來找鴛鴦，說：「老太太找姐姐半日，我們哪裡沒找到，卻在這裡。」鴛鴦聽說，且忙去了。

賈璉和鴛鴦借當時，鳳姐已醒，自己不便答話，只躺在榻上。見賈璉進來，便問道：「她可應准了？」賈璉笑道：「雖然未應准，卻有幾分成了，須得妳再去和她說一說，就十成了。」鳳姐笑道：「我不管這事。若說准了，這會兒說得好聽，到有了錢的時節，你就丟在脖子後頭了，誰和你打饑荒去？若老太太知道了，倒把我這幾年的臉面都丟了。」賈璉笑道：「好人，妳若說定了，我謝妳如何？」鳳姐笑道：「你說，謝我什麼？」賈璉笑道：「妳說要什麼就給妳什麼。」平兒一旁笑道：「奶奶剛才正說要做一件什麼事，恰少一二百銀子使，不如借了來，奶奶拿這麼一二百銀子，豈不兩全其美。」鳳姐笑道：「幸虧提醒了我，就是這樣也罷。」

賈璉笑道：「妳們也太狠了。妳們這會兒就是現銀子要三五千，只怕也難不倒。我不和妳們借就罷了。這會兒煩妳說一句話，還要個利錢，難為妳們和我……」鳳姐不等說完，翻身起來道：「我有三千五千，不是賺的你的。如今裡裡外外上上下下背著我嚼說我的不少，就少了你來說了。可知沒家親引不出外鬼來。我們看著你家什麼石崇鄧通？把我王家的地縫子掃一掃，就夠你們一輩子過的呢。把太太和我的嫁妝細看看，比一比你們的，哪一樣是配不上你們的。」賈璉笑道：「說句玩笑話就急了。這有什麼的呢，要使一二百兩銀子值什麼，多的沒有，這還有，先拿進來，妳使了再說，如何？」鳳姐道：「我又不等著銜口墊背，忙了什麼。」賈璉道：「何苦來，不犯著這樣肝火盛。」鳳姐笑起來，道：「不是我著急，你說的話戳人的心。我因為想著後日是尤二姐的周年，我們好了一場，雖不能別的，到底給她上個墳燒張紙，也是姐妹一場。」鳳姐一語倒把賈璉說沒了話，低了頭半日方道：「既是後日才用，若明日得了這個，妳隨便使多少就是了。」

一語未了，人回：「夏太監打發了一個小內監來說話。」賈璉聽了皺眉道：「又是什麼話？又必是來要錢的，一年他們也搬夠了。」鳳姐道：「你藏起來，等我見他，若是小事罷了，若是大事，我自有話回他。」賈璉便躲入內套間去。

鳳姐命人帶進小太監來，果然是來借錢的。鳳姐打發了他去，又命人替他拿著銀子，送出大門去了。賈璉方出來笑道：「這一起外祟何日是了！」鳳姐笑道：「正說呢，我昨兒晚上忽然做了一個夢，說來也可笑，夢見一個人，雖然面善，卻又不知名姓，說娘娘打發他來要一百匹錦。我問他是哪一位娘娘，他說的又不是咱們家的娘娘。我就不肯給他，他就來奪。正奪著，就醒了。倒巧，現就來了一起。」賈璉道：「昨兒周太監來，張口一千兩。我略應慢了些，他就不自在。將來得罪人的地方兒多著呢，這會兒若能再發個三二百萬的財就好了。」一面說著一面走了出去。

第四十三回　生怨謗屈黜病晴雯　惑奸讒抄檢大觀園

鳳姐正和平兒說著向鴛鴦借當的事，忽見王夫人氣色更變，只帶一個貼己的小丫頭走來，一語不發，走至裡間坐下。鳳姐忙奉茶，賠笑問道：「太太今日高興，到這裡逛逛？」王夫人喝命：「平兒出去！」平兒忙應了一聲，帶著眾小丫頭一齊出去，索性將房門掩了，自己坐在臺磯上，所有的人，一個不許進去。鳳姐也著了慌，不知有何等事。只見王夫人含著淚，從袖內擲出一個香袋子來，說：「妳瞧。」鳳姐忙拾起一看，見是十錦春意香袋，上面繡著裸體的一男一女，也嚇了一跳，忙問：「太太從哪裡得來？」王夫人見問，更加淚如雨下，顫聲說道：「我從哪裡得來！我從哪裡得來！我天天坐在屋裡，拿妳當個細心人，所以我才偷個空兒。誰知妳也和我一樣。這樣的東西青天白日地明擺在園裡山石上，被老太太的丫頭拾著，不是虧妳婆婆遇見，早已送到老太太跟前去了。」鳳姐聽了，也更了顏色，忙道：「這自然是外人或園內丫鬟有不正經的掉在那裡了也不可知。若是被姑娘們看到了還得。」王夫人道：「剛才是妳婆婆打發人封了這個給我瞧，把我氣了個死。我且問妳，如今卻怎麼處？」鳳姐道：「太太快別生氣。若被眾人覺察了，保不定老太太不知道。不如平心靜氣，以查賭為由暗暗訪察，縱然訪不著，外人也不能知道。另外不如趁此機會，凡年紀大些的，或有些咬牙難纏的，拿個錯兒攆出去配了人。一則保得住沒有別的事，二則也可省些用度。太太想我這話如何？」王夫人歎道：「妳說的何嘗不是，但從公細想，妳這幾個姐妹也甚可憐了。也不用遠比，只說如今妳林妹妹的母親，未出閣時，是何等的嬌生慣養，是何等的金尊玉貴，那才像個千金小姐的體統。如今這幾個姐妹，不過比人家的丫頭略強些罷了。還要裁了她們的丫鬟去，不但於心不忍，只怕老太太未必就依。雖然艱難，也不至此。倒是叫人傳了周瑞家的等人進來，就吩咐她們快快暗地訪拿這事要緊。」

一時，周瑞家的等五家陪房進來，王夫人便向邢夫人的陪房王善保家的說：「這東西原是妳送來的，如今妳回過大太太，也進園來照管照管，不比別人又強些？」王善保家正因平日進園去那些丫鬟們不大趨奉她，心裡大不自在，恰好生出這事來，又聽王夫人委託，正撞在心坎上，說：「這個容易。不是奴才多話，論理這事該早嚴緊的。太太也不大往園裡去，這些女孩子們一個個倒像受了封誥似的，就成了千金小姐了。鬧下天來，誰敢哼一聲兒。」王夫人道：「這也是有的常情，跟姑娘的丫頭原比別的嬌貴些。妳們該勸勸她們。」王善保家的道：「別的都還罷了。那個寶玉屋裡的晴雯，仗著生得模樣比別人標緻些，又生了一張巧嘴，天天打扮得西施的樣子，在人跟前能說慣道，掐尖要強。一句話不投機，她就立起兩個騷眼睛來罵人，妖妖嬈嬈，大不成個體統。」王夫人猛然觸動往事，便問鳳姐道：「上次我們跟了老太太進園逛去，有一個水蛇腰、削肩膀、眉眼又有些像妳林妹妹的，正在那裡罵小丫頭。我的心裡很看不上那狂樣子，後來要問是誰，又偏忘了。這丫頭想必就是她了？」鳳姐道：「若論這些丫頭們，共同比起來，都沒晴雯生得好。論舉止言語，她原有些輕狂。方才太太說得倒很像她，我也忘了那日的事，不敢亂說。」王善保家的便道：「此刻叫了她來太太瞧瞧就是了。」王夫人道：「我一生最嫌這樣人，好好的寶玉，若叫這蹄子勾引壞了，那還了得。寶玉房裡常見我的只有襲人、麝月，這兩個笨笨的倒好。」便叫自己的丫頭來，吩咐道：「只說我有話問她們，有一個晴雯最伶俐，叫她即刻快來。妳不許和她說什麼。」

晴雯正值身上不自在，睡中覺才起來，便沒十分裝飾，自以為無事。誰知王夫人一見她大有春睡捧心的遺風，而且形容面貌恰是上月的那人，便冷笑道：「好個美人！真像個病西施了。妳天天做這輕狂樣兒給誰看？妳幹的事，打量我不知道呢！我且放著妳，自然明兒揭妳的皮！寶玉今日可好些？」晴雯心內大異，便知有人暗算了她。她本是個聰敏過頂的人，見問寶玉可好些，便不肯以實話對，只說：「我不大到寶玉房裡去，又不常和寶玉在一處，好歹我不能知道，只問襲人、麝月兩個。」王夫人道：「這就該打嘴！妳難道是死人，要妳們做什麼！」晴雯道：「我原是跟老太太的人。因老太太說園裡空大人少，寶玉害怕，所以撥了我去外間屋裡上夜，不過看屋子。我也回過我笨，不能服侍。老太太罵了我，說『又不叫妳管他的事，要伶俐的做什麼』。我聽了這話才去的。不過十天半個月之內，寶玉悶了大家玩一會兒就散了。我閒著還要做老太太屋裡的針線，所以寶玉的事竟不曾留心。太太既怪，從此後我留心就是了。」王夫人忙說：「阿彌陀佛！妳不近寶玉是我的造化，竟不勞妳費心。既是老太太給寶玉的，我明兒回了老太太，再攆妳。」便向王善保家的道：「妳們進去，好生防她幾日，不許在寶玉房裡睡覺。等我回過老太太，再處治她。」喝聲：「去！站在這裡，我看不上這浪樣兒！誰許妳這樣花紅柳綠的裝扮！」晴雯這一氣非同小可，一出門便拿手帕子搗著臉，一頭走，一頭哭，直哭到園門內去。

王夫人向鳳姐等自怨道：「這幾年我更加精神短了，照顧不到。這樣妖精似的東西竟沒看見。只怕這樣的還有，明日倒得查查。」鳳姐見王夫人盛怒之際，又因王善保家的是邢夫人的耳目，常挑唆邢夫人生事，縱有千百樣言詞，此刻也不敢說，只低頭答應著。

王善保家的道：「太太請養息身體要緊，這些小事只交給奴才。如今要查這個主兒也極容易，等到晚上園門關了的時節，內外不通風，我們竟給她們個猛不防，帶著人到各處丫頭們房裡搜尋。想來誰有這個，必定不只有這個，自然還有別的東西。那時翻出別的來，自然這個也是她的。」王夫人道：「這話倒是。若不如此，斷不能清的清白的白。」便問鳳姐如何。鳳姐只得答應說：「太太說的是，就行罷了。」

至晚飯後，寶玉因晴雯不自在正在勸解，忽見鳳姐帶著一干人來，喝命關門，直撲了丫頭們的房門去。鳳姐道：「丟了一件要緊的東西，恐怕有丫頭們偷了，所以大家都查一查去疑。」一面坐下吃茶。襲人因見晴雯這樣，知道必有異事，又見這番抄檢，只得自己先出來打開了箱子和匣子，任她們搜檢一番。到了晴雯的箱子，見問：「是誰的，怎不開了讓搜？」正要代為開時，只見晴雯挽著頭髮闖進來，豁一聲將箱子掀開，兩手捉著底子，朝下盡情一倒。王善保家的也覺沒趣，看了一看，也沒什麼私弊之物。回了鳳姐，要往別處去。鳳姐道：「妳們可細細地查，若這一番查不出來，難回話的。」眾人都道：「都細翻看了，沒什麼差錯東西。」鳳姐聽了，笑道：「既如此咱們就走，再瞧別處去。」

一邊又向王善保家的道：「我有一句話，不知是不是。要抄檢只抄檢咱們家的人，薛大姑娘屋裡，斷乎檢抄不得的。」王善保家的笑道：「這個自然。豈有抄起親戚家來。」一面說著到了瀟湘館內。黛玉已睡了，才要起來，鳳姐忙按住不許起來，只說：「睡吧，我們就走的。」一邊說些閒話。王善保家的帶了眾人從紫鵑房中抄出兩副寶玉常換下來的寄名符兒、荷包等物。王善保家的自以為得了意，忙請鳳姐過來驗視，又說：「這些東西從哪裡來的？」鳳姐笑道：「寶玉和她們從小兒在一處，這自然是寶玉的舊東西。撂下再往別處去是正經。」紫鵑笑道：「直到如今，我們兩下裡的東西也算不清。要問這一個，連我也忘了是哪年月日有的了。」王善保家的也只得罷了。

誰知早有人報與探春了，猜著必有緣故，所以引出這種醜態來，就命眾丫鬟秉燭開門而待。見眾人來了，探春故意問是何事。鳳姐笑道：「因丟了一件東西，連日訪察不出人來，怕旁人賴這些女孩子們，索性大家搜一搜，倒是洗淨她們的好法子。」探春冷笑道：「我們的丫頭自然都是些賊！我就是頭一個窩主。既如此，先來搜我的箱櫃，她們所有偷了來的都交給我藏著呢。」說著便命丫頭們把箱櫃、鏡奩等大小之物一齊打開。鳳姐賠笑道：「我不過是奉太太的命來，妹妹別錯怪我。何必生氣。」就命丫鬟們快快關上。平兒、豐兒等忙著替侍書等關的關，收的收。探春道：「我的東西倒許妳們搜閱，要想搜我的丫頭，這卻不能。我原比眾人歹毒，凡丫頭所有的東西我都知道，都在我這裡間收著，一針一線她們也沒的收藏，要搜所以只來搜我。妳們不依，只管去回太太，只說我違背了太太，該怎麼處治，我去自領。妳們別忙，自然有妳們抄家的日子呢！妳們今日早起不是議論甄家，自己家裡好好地抄家，果然今日真抄了。咱們也漸漸地來了。可知這樣大族人家，若從外頭殺來，一時是殺不死的，這是古人曾說的『百足之蟲，死而不僵』，必須先從家裡自殺自滅起來，才能一敗塗地！」說著，不覺流下淚來。周瑞家的便道：「既是女孩子的東西全在這裡，奶奶且請到別處去吧，也讓姑娘好安寢。」鳳姐便起身告辭。探春道：「可細細地搜明白了？若明日再來，我就不依了。」鳳姐笑道：「既然丫頭們的東西都在這裡，就不必搜了。」探春冷笑道：「妳果然倒乖。連我的包袱都打開了，還說沒翻。明白敢說我護著丫頭們，不許妳們翻了。妳趁日說明，若還要翻，不妨再翻一遍。」鳳姐只得賠笑道：「我已經連妳的東西都搜查明白了。」探春又問眾人：「妳們也都搜明白了不曾？」周瑞家的等都賠笑說：「都翻明白了。」那王善保家的平日雖聞探春的名，以為眾人沒眼力沒膽量罷了，二個姑娘家，況且又是庶出，她敢怎麼。便自恃是刑夫人陪房，連王夫人尚另眼相看，何況探春？她只當是探春單惱鳳姐，便要趁勢作臉獻好。便越眾向前拉起探春的衣襟，故意一掀，嘻嘻笑道：「連姑娘身上我都翻了，果然沒有什麼。」鳳姐忙說：「嬤嬤走吧，別瘋瘋癲癲的。」話音未落，只聽「啪」地一聲，王家的臉上早著了探春一掌。探春頓時大怒，指著王善保家的問道：「妳是什麼東西，敢來拉扯我的衣裳！我不過看著太太的面上，妳又有年紀，叫妳一聲嬤嬤，妳就狗仗人勢，天天作耗，專管生事。如今乾脆了不得了。妳打量我是同妳們姑娘那樣好性兒，由著妳們欺負，就錯了主意！妳搜檢東西我不惱，妳不該拿我取笑。」說著，便親自解衣卸裙，拉著鳳姐姐細細地翻，又說：「省得叫奴才來翻我身上。」鳳姐平兒等忙與探春束裙整衣，口內喝著王善保家的說：「嬤嬤吃兩口酒就瘋瘋癲癲起來。前兒把太太也衝撞了。快出去，不要提起了。」又勸探春休得生氣。探春冷笑道：「我但凡有氣性，早一頭碰死了！不然豈容許奴才來我身上翻賊贓了。明兒一早，我先回過老太太、太太去，然後過去給大娘陪禮，該怎麼，我就領。」那王善保家的討了個沒趣，在窗外只說：「罷了，罷了，這也是頭一遭挨打。我明兒回了太太，仍回老娘家去罷了。這個老命還要她做什麼！」探春喝命丫鬟道：「妳們聽她說的這話，還等我和她對嘴去不成！」侍書等聽說，便出去說道：「您老果然回娘家去，倒是我們的造化了。只怕捨不得去。」鳳姐笑道：「好丫頭，真是有其主必有其僕。」探春冷笑道：「我們做賊的人，嘴裡都有三言兩語的。這還算笨的，背地裡就只不會挑唆主子。」平兒忙賠笑解勸，一面又拉了侍書進來。周瑞家的等人勸了一番，鳳姐直待服侍探春睡下，方帶著人往對過暖香塢來。

從李紈處出來，便到了藕香榭，惜春年少，嚇得不知當有什麼事，故鳳姐也少不得安慰她。誰知竟在入畫箱中尋出一大包金銀錁子來，約共三、四十個，又有一副玉帶板子和一包男人的靴襪等物。入畫也黃了臉，跪下哭訴說：「這是珍大爺賞我哥哥的。因我們老子娘都在南方，如今只跟著叔叔過日子。我叔叔嬸嬸只要吃酒賭錢，我哥哥怕交給他們又花了，所以每次得了，悄悄地煩了老嬤嬤帶進來叫我收著的。」惜春膽小，見了這個也害怕，說：「我竟不知道。這還了得！二嫂子，妳要打她，好歹帶她出去打吧，我聽不慣的。」鳳姐笑道：「這話若是真呢，也倒可恕，只是不該私自傳送進來。這個可以傳遞，什麼不可以傳遞？這倒是傳遞人的不是了。若這話不真，妳可就別想活了。」入畫跪著哭道：「我不敢扯謊。奶奶只管明日問我們奶奶和大爺去，若說不是賞的，就拿我和我哥哥一同打死無怨。」鳳姐道：「這個自然要問的，只是真賞的也有不是。誰許妳私自傳送東西的！妳且說是誰做接應，我便饒妳。下次萬萬不可。」惜春道：「嫂子別饒她這次方可。這裡人多，若不拿一個人作法，那些大的聽見了，又不知怎樣呢。嫂子若饒她，我也不依。」鳳姐道：「素日我看她還好。誰沒一個錯，只這一次。二次犯下，二罪俱罰。但不知傳遞是誰。」惜春道：

「若說傳遞，必是後門上的張媽。她常和這些丫頭們鬼鬼祟祟的，這些丫頭們也都肯照顧她。」鳳姐便命人記下，將東西且交給周瑞家的暫拿著，等明日對證明白再議。

到了紫菱洲，迎春已經睡著了，鳳姐吩咐不必驚動，就往丫鬟們房裡來。因司棋是王善保的外孫女兒，鳳姐倒要看看王家的可藏私不藏，便留神看她搜檢。及到了司棋箱子中搜了一回，王善保家的說：「也沒有什麼東西。」才要蓋箱時，周瑞家的道：「且住，這是什麼？」說著，便伸手掣出一雙男子的錦帶襪和一雙緞鞋來。又有一個小包袱，裡面有一個同心如意和一個字帖兒，一起遞給鳳姐。鳳姐因當家理事，每每看帖看帳目，也識得幾個字了。便看那帖子是大紅雙喜箋帖，上面寫道：「上月妳來家後，父母已覺察妳我之意。但姑娘未出閣，尚不能完妳我之心願。若園內可以相見，妳可托張媽給一資訊。若得在園內一見，倒比來家方便說話。千萬，千萬！再所賜香袋二個，今已查收外，特寄香珠一串，略表我心。千萬收好。表弟潘又安拜具。」鳳姐看罷，不怒反笑。王善保家的見了這鞋襪，心內已是有些毛病，又見有一紅帖，鳳姐又看著笑，她便說道：「必是她們胡寫的帳目，不成個字，所以奶奶見笑。」鳳姐笑道：「正是這個帳竟算不過來。妳是司棋的姥娘，她的表弟也該姓王，怎麼又姓潘呢？」王善保家的見問得奇怪，只得勉強告道：「司棋的姑媽給了潘家，所以她姑表兄弟姓潘。上次逃走了的潘又安就是她表弟。」鳳姐笑道：「這就是了。」便道：「我唸給妳聽聽。」說著從頭唸了一遍，大家都嚇了一跳。這王善保家的一心只要拿人的錯兒，不想反拿住了她外孫女兒，又氣又臊。周瑞家的四人又都問著她：「妳老可聽見了？再沒的話說了。如今據妳老人家，該怎麼樣？」這王善保家的只恨沒地縫兒鑽進去。鳳姐只瞅著她嘻嘻地笑，向周瑞家的笑道：「這倒也好。不用妳們做姥娘的操一點兒心，她鴉雀不聞地給妳們弄了一個好女婿來，大家倒省心。」周瑞家的也笑著湊趣兒。王家的氣無處泄，便自己回手打著自己的臉，罵道：「老不死的娼婦，怎麼造下孽了！說嘴打嘴，現世現報在人眼裡。」眾人見這般，都笑個不住，又半勸半諷的。鳳姐見司棋低頭不語，也並無畏懼慚愧之意，倒覺可異。料此時夜深，且不必盤問，就喚兩個婆子監守起她來。

第四十四回　凸碧堂品笛感淒清　凹晶館聯詩悲寂寞

誰知鳳姐至次日，便覺身體十分軟弱，起來發暈，撐不住。司棋等事便暫未處置。

可巧這日尤氏來看鳳姐，忽見惜春遣人來請去，惜春將昨晚之事細細告訴了，又命將入畫的東西一概要來給尤氏過目。尤氏道：「實是妳哥哥賞她哥哥的，只不該私自傳送，如今官鹽竟成了私鹽了。」便罵入畫糊塗。惜春道：「妳們管教不嚴，反罵丫頭。這些姐妹，獨我的丫頭這樣沒臉，我如何去見人。昨兒我立逼著鳳姐姐帶了她去，她只不肯。我想，她原是那邊的人，鳳姐姐不帶她去，也原有理。我今日正要送過去，嫂子來得正好，快帶了她去。或打，或殺，或賣，我一概不管。」入畫聽說，又跪下哭求，說：「再不敢了。只求姑娘看從小的情面，好歹生死在一處吧。」尤氏和奶娘等人也都說她「不過一時糊塗了，下次再不敢的。從小服侍妳一場，到底留著她為是」。誰知惜春任人怎說，只以為丟了她的體面，更說：「不但不要入畫，如今我也大了，連我也不便往妳們那邊去了。況且近日我每每風聞得有人背地裡議論多少不堪的閒話，我若再去，連我也編派上了。」尤氏道：「誰議論什麼？又有什麼可議論的！姑娘既聽見人議論我們，就該問著她才是。」惜春冷笑道：「我一個姑娘家，只有躲是非的，我反去尋是非，成個什麼人了！我只知道保得住我就夠了，不管妳們。從此以後，妳們有事別帶累我。」尤氏聽了，又好氣又好笑，向眾人道：「怪不得人人都說這四丫頭年輕糊塗，我只不信。妳們聽剛才一篇話，無緣無故，又不知好歹，又沒個輕重。雖然是小孩子的話，卻又能寒人的心。」眾嬤嬤忙笑道：「姑娘年輕，奶奶自然要吃些虧的。」惜春冷笑道：「我雖年輕，這話卻不年輕。妳們不看書不識幾個字，所以都是些呆子，倒說我年輕糊塗。」尤氏道：「妳是狀元榜眼探花，古今第一個才子。我們是糊塗人，不如妳明白，何如？」惜春道：「狀元榜眼難道就沒有糊塗的不成？可知他們也有不能了悟的。」尤氏笑道：「妳倒好，剛才是才子，這會兒又做大和尚了，又講起了悟來了。」惜春道：「我不了悟，我也捨不得入畫了。」尤氏道：「可知妳是個心冷口冷心狠意狠的人。」惜春道：「古人曾也說的，『不做狠心人，難得自了漢。』我清清白白的一個人，為什麼叫妳們帶累壞了我！」尤氏忍耐了大半天，今見惜春又說這句，便按捺不住，問惜春道：「怎麼就帶累了妳了？妳的丫頭的不是，無故說我，我忍了這半日，妳倒更加得了意，只管說這些話。妳是千金萬金的小姐，我們以後就不親近，仔細帶累了小姐的美名。即刻就叫人將入畫帶了過去！」說著，便賭氣起身去了。惜春道：「若果然不來，倒也省了口舌是非，大家清淨。」尤氏也不答話，一徑往前邊去了。

尤氏賭氣出來，正想往王夫人處去。跟從的老嬤嬤們便悄悄地回道：「奶奶且別往上房去。剛才有甄家的幾個人來，還有些東西，不知是做什麼機密事。奶奶這一去恐怕不便。」

尤氏聽了道：「昨日聽見妳爺說，看邸報甄家犯了罪，現今抄沒家私，調取進京治罪。怎麼又有人來？」說著，便往李氏這邊來了，一時猶自坐著出神。李紈正想問她，只見人報：「寶姑娘來了。」忙說快請時，寶釵已走了進來。尤氏忙讓坐，問：「怎麼一個人忽然走來，別的姐妹怎麼不見？」寶釵道：「正是我也沒有見她們。只因我們奶奶身上不自在，我今兒便要出去，給老人家夜裡做個伴兒。本要去回老太太、太太，我想又不是什麼大事，且不用提，等好了我橫豎進來的，所以來告訴大嫂子一聲。」李紈聽說，只看著尤氏笑，尤氏也只看著李紈笑。李紈笑道：「既這樣，且打發人去請姨娘的安。我也病著，不能親自來的。好妹妹，妳去只管去，好歹住一兩天還進來，別叫我落不是。」寶釵笑道：「落什麼不是呢，這也是常情，妳又不曾買放了賊。」

正說著，湘雲和探春也來了。寶釵便說要出去一事，探春道：「很好。就是姨媽便好了不來也使得。」尤氏笑道：「這話奇怪，怎麼攆起親戚來了？」探春冷笑道：「正是呢，有叫人攆的，不如我先攆。咱們倒是一家子親骨肉呢，一個個像烏眼雞，恨不得你吃了我，我吃了你！」尤氏忙笑道：「我今兒是哪裡來的晦氣，偏都碰著妳姐妹的氣頭兒上了。」探春道：「誰叫妳趕熱灶來了！」又問：「誰又得罪了妳呢？」尤氏只含糊答應。探春便笑道：「妳別裝老實了。除了朝廷治罪，沒有砍頭的，妳不必畏首畏尾。實告訴妳吧，我昨日把王善保家那老婆子打了，我還頂著個罪呢。不過背地裡說我些閒話，難道她還打我一頓不成！」寶釵忙問因何又打她，探春把昨夜怎的抄檢，怎的打她，一一說了出來。尤氏見探春已經說了出來，便把惜春方才之事也說了出來。探春道：「這是她的僻性，孤介太過，我們再扭不過她的。」

尤氏等閒話了一回，便辭了李紈，往賈母這邊來。

王夫人正與賈母說甄家因何獲罪，如今抄沒了家產，回京治罪等語，賈母聽了正不自在。見她姐妹們來了，便問：「從哪裡來的?可知鳳姐妯娌兩個的病今日怎樣？」尤氏等忙回道：「今日都好些。」賈母點頭歎道：「咱們別管人家的事，且商量咱們八月十五日賞月是正經。」王夫人笑道：「都已預備下了。不知老太太揀哪裡好，只是園裡空，夜晚風冷。」賈母笑道：「多穿兩件衣服何妨，那裡正是賞月的地方，豈可倒不去的。」

到十五中秋夜，園中正門俱已大開，吊著羊角大燈，嘉蔭堂前月臺上，焚著斗香，秉著風燭，陳獻著瓜餅及各色果品。月明燈彩，人氣香煙，晶豔氤氳。賈母盥手上香拜畢，於是大家都拜過。賈母說：「賞月在山上最好。」於是賈赦、賈政等在前導引，從下逶迤而上，不過百餘步，至山峰一座敞廳名凸碧山莊的，在廳前平臺上設桌，上面居中賈母坐下，左垂首賈赦、賈珍、賈璉、賈蓉，右垂首賈政、寶玉、賈環、賈蘭，團團圍坐。只坐了半壁，下面還有半壁空著。賈母笑道：「常日倒不覺人少，今日看來，咱們的人還是少。想當年過的日子，男女三四十個，何等熱鬧。今日就這樣，太少了，叫女孩們坐過來吧。」於是令人向圍屏後邢夫人等席上將迎春、探春、惜春三個請出來。賈母便命折一枝桂花來，命一媳婦在屏後擊鼓傳花，說了回笑話，又行了一回令。賈母便對賈赦等說：「你們去吧。自然外頭還有相公們候著，也不可輕忽了他們。況且二更多了，你們散了，我和姑娘們再多樂一回，也好歇著了。」賈赦等聽了，大家共進了一杯酒，帶著子侄們出去了。

賈母命將圍屏撤去，兩席並而為一，團團圍繞。賈母看時，寶釵姐妹二人不在坐內，知她們回家圓月去了，李紈、鳳姐二人又病著，少了四個人，便覺冷清了好些。賈母笑道：「往年你老爺們不在家，咱們請過姨太太來，大家賞月，卻十分熱鬧。及至今年你老爺來了，正該大家團圓取樂，又不便請她們娘兒們來說說笑笑。偏又把鳳丫頭病了，有她一人來說說笑笑，還抵得十個人的空兒。可見天下事總難十全。」說畢，不覺長歎一聲。又命將氈毯鋪於階上，令丫頭媳婦們也都團團圍坐賞月。坐了一會兒，終覺冷清，便道：「如此好月，不可不聞笛。不用別的，只吹笛的遠遠地吹起來就夠了。」剛說著，一個媳婦來回說：「方才大老爺出去，被石頭絆了一下，崴了腿。」賈母聽說，忙命兩個婆子快看去，又命邢夫人也快回去。

只聽那邊桂花樹下，嗚嗚咽咽，悠悠揚揚，吹出笛聲來。明月清風，天空地淨，眾人都肅然危坐，默默相賞。一時鴛鴦拿了軟巾兜與大斗篷來，說：「夜深了，恐露水下來，風吹了頭，須要添了這個。坐坐也該歇了。」賈母道：「偏今兒高興，妳又來催。難道我醉了不成？偏到天亮！」便命再斟酒來。一面戴上兜巾，披了斗篷，只聽桂花蔭裡，又發出嫋嫋一縷笛音來，比先更加淒涼悲怨。賈母年老帶酒之人，聽此聲音，不免有觸於心，禁不住墮下淚來。眾人彼此都不禁有淒涼寂寞之意，半日，方知賈母傷感，才忙轉身賠笑，發語解釋。又命暖酒，叫住了笛。尤氏笑道：「我也就學一個笑話，說與老太太解解悶。賈母勉強笑道：『這樣更好，快說來我聽。』尤氏乃說道：「一家子養了四個兒子，大兒子只一個眼睛，二兒子只一個耳朵，三兒子只一個鼻子眼，四兒子倒都齊全，偏又是個啞巴……」剛說到這裡，只見賈母已矇矓雙眼，似有睡去之態。尤氏方住了，忙和王夫人輕輕地請醒。賈母睜眼笑道：「我不睏，白閉閉眼養神。妳們只管說，我聽著呢。」王夫人等笑道：「夜已四更了，風露也大，請老太太安歇吧。明日再賞十六，也不辜負這月色。」賈母道：「哪裡就四更了？」王夫人笑道：「實已四更，她們姐妹們熬不過，都去睡了。」賈母聽說，細看了一看，果然都散了，只有探春在此。賈母笑道：「也罷。妳們也熬不慣，況且弱的弱，病的病，去了倒省心。只是三丫頭可憐見的，尚還等著，妳也去吧，我們散了。」

眾媳婦收拾杯盤碗盞時，就見了紫鵑和翠縷來了。翠縷便問道：「老太太散了，可知我們姑娘哪去了？」那媳婦也是不知。翠縷便向紫鵑道：「沒有悄悄地睡去之理，只怕在哪裡走了一走。我們且往前邊找找去。」

原來黛玉因見賈府中許多人賞月，賈母猶歎人少，不似當年熱鬧。不覺對景感懷，自去俯欄垂淚。寶玉近因晴雯病勢甚重，諸務無心，王夫人再四遣他去睡，他早已去了。只有湘雲去寬慰她，說道：「妳是個明白人，何必自苦。我也和妳一樣，我就不似妳這樣心窄。何況妳又多病，還不自己保養。可恨寶姐姐，早已說今年中秋要大家一處賞月聯詩，到今日便棄了咱們，自己賞月去了。她們不作，咱們兩個竟聯起句來，明日羞她們一羞。」黛玉見她這般勸慰，不好負她的豪興，笑道：「妳看這裡人聲嘈雜，有何詩興？」湘雲笑道：「這山上賞月雖好，終不及近水賞月更妙。山坳裡近水一個所在就是凹晶館，如今就往凹晶館去看看。」

說著，二人便同下了山坡，又聽笛韻悠揚起來。黛玉笑道：「這笛子吹得有趣，倒是助咱們的興趣了。我先起一句現成的俗語吧。」便唸道：

三五中秋夕，

湘雲想了一想，道：

清遊擬上元。撒天箕斗燦，

黛玉也忙聯了下去……

兩人只一路聯下去，湘雲因見黛玉出了一句「壺漏聲將涸」，正欲聯時，黛玉指池中黑影給湘雲看道：「妳看那河裡怎麼像個人在黑影裡去了，敢是個鬼吧？」湘雲笑道：「可是又見鬼了。我是不怕鬼的，等我打它一下。」便彎腰拾了一塊小石片向池中打去，只聽打得水響，一個大圓圈將月影蕩散了又復聚。那黑影裡嘎然一聲，卻飛起一個大白鶴來，直往藕香榭去了。黛玉笑道：「原來是牠，反嚇了一跳。」湘雲笑道：「這個鶴有趣，倒助了我了。」因聯道：

窗燈焰已昏。寒塘渡鶴影，

黛玉聽了，又叫好，又跺足，說：「了不得，這鶴真是助她的了！叫我對什麼才好，『影』字只有一個『魂』字可對，況且『寒塘渡鶴影』何等自然，何等現成，何等有景且又新鮮，我竟要擱筆了。」湘雲笑道：「大家細想就有了，不然就放著明日再聯也可。」黛玉只看天，不理她，半日，猛然笑道：「妳不必說嘴，我也有了，妳聽聽。」因對道：

冷月葬花魂。

湘雲拍手贊道：「果然好極！非此不能對。好個『葬花魂』！」又歎道：「詩固新奇，只是太頹喪了些。妳現病著，不該作此過於清奇詭譎之語。」黛玉笑道：「不如此如何壓倒妳。下句竟還未得……」一語未了，只見欄外山石後轉出一個人來，笑道：「好詩，好詩，只是太悲涼了。不必再往下聯，若底下只這樣去，不顯這兩句，反堆砌牽強了。」二人嚇了一跳，一看卻是妙玉，便詫異道：「妳如何到了這裡？」妙玉笑道：「我聽見你們大家賞月，又吹得好笛，我也出來玩賞這清池皓月。順腳走到這裡，忽聽見妳兩個聯詩便聽住了。只是方才我聽見這一首中，有幾句雖好，只是過於頹敗悽楚。如今她們都已散了，妳們也不怕冷了？快同我來，到我那裡去喝杯茶，只怕就天亮了。」黛玉笑道：「誰知道就這個時候了。」

妙玉忙命小丫鬟引她們到那邊去坐著歇息吃茶。自取了筆硯紙墨出來，將方才的詩命她二人唸著，從頭寫出來，又加了幾句，道：「休要見笑。依我必須如此，方翻轉過來，雖前頭有悽楚之句，亦無甚礙了。」二人接了看時，都讚賞不已，說：「可見我們天天是捨近而求遠。現有這樣詩仙在此，卻天天去紙上談兵。」妙玉笑道：「明日再潤色。此時想也快天亮了，到底要歇息歇息才是。」林史二人聽說，便起身告辭出來。

次日，賈母因受了些風寒，眾人也便無興致了。賈珍等便在東府會芳園，帶領眾姬妾自開家宴。一直鬧到將三更，正添衣飲茶、換盞更酌之際，忽聽那邊牆下有人長歎之聲。大家明明聽見，都悚然起來。賈珍厲聲問道：「誰在那裡？」連問幾聲，無人答應。尤氏說：「必是牆外邊家裡人也未可知。」賈珍道：「胡說！那緊靠著祠堂，哪裡有人。」一語未了，只聽一陣風聲，竟過牆去了。恍惚聞得祠堂內門窗開合之聲，只覺風氣森森，更覺悽慘起來。看那月色，也是淡淡的，不似先前明朗。眾人都覺毛骨悚然。賈珍酒已醒了一半，心中也十分疑畏，強自撐持著，勉強坐了一會兒，便大家歸房了。

第四十五回 俏丫鬟抱屈夭風流 痴公子飲泣誄芙蓉

寶玉卻因晴雯一事，正自愁悶，又不知什麼緣故。後來又聽說了入畫已去，司棋被監，想著去迎春處問問。快到時，見周瑞家的等人帶了司棋出去，忙攔住問道：「哪裡去？」周瑞家的等都知寶玉平日行為，便笑道：「不干你事，快念書去吧。」寶玉笑道：「好姐姐們，且站一站，我有道理。」周瑞家的便道：「太太不許少挨一刻，我們只知遵太太的話，管不得許多。」司棋見了寶玉，便拉住哭道：「她們做不得主，你好歹求求太太去。」寶玉含淚說道：「我不知妳們做了什麼大事，晴雯也病了，如今妳又去。都要去了，這卻怎麼好。」周瑞家的急躁起來，向司棋道：「妳如今不是副小姐了，若不聽話，我就打得妳。別想著往日姑娘護著，任妳們作耗。如今又和小爺們拉拉扯扯，成個什麼體統！」便拉著司棋出去了。寶玉恨得只瞪著看她們去遠，指著恨道：「奇怪，奇怪，怎麼這些人只一嫁了漢子，染了男人的氣味，就這樣混帳起來，比男人更可殺了！」守園門的婆子聽了，也不禁好笑起來。忽見幾個老婆子走來道：「妳們傳齊了伺候。此刻太太帶了人在那裡查人，只怕快查到這裡來了呢。」寶玉一聽，即想到晴雯，早飛也似的趕了回去。

只見王夫人一臉怒色，見寶玉也不理。晴雯懨懨弱息，從炕上被拉了下來，蓬頭垢面，兩個女人才架起來去了。王夫人吩咐，只許把她貼身衣服撂出去，剩下的好衣服留給好丫頭們穿。又命把這裡所有的丫頭們都叫來一一過目。便問：「誰是和寶玉一日的生日？」四兒不敢答應，老嬤嬤指道：「這一個蕙香，又叫做四兒的，是同寶玉一日生日的。」

王夫人細看了一看，雖比不上晴雯一半，卻有幾分水秀。視其行止，聰明都露在外面，且也打扮得不同，便冷笑道：「這也是個不怕臊的。她背地裡說的，同日生日就是夫妻。這可是妳說的？打量我隔得遠，都不知道呢。可知道我身子雖不大來，我的心耳神意時時都在這裡。難道我通共一個寶玉，就白放心憑妳們勾引壞了不成！」四兒不禁紅了臉，低頭垂淚。王夫人即命快把她家的人叫來，領出去配人。又問：「誰是芳官？」芳官答應，王夫人一見了，又道：「唱戲的女孩子，自然是狐狸精了！上次放妳們，又不願出去，就該安分守己才是。妳就成精鼓搗起來，挑唆著寶玉無所不為。」芳官哭辯道：「並不敢挑唆什麼。」王夫人罵道：「妳還強嘴。」便喝命：「喚她乾娘來領去，就賞她外頭自尋個女婿去吧，把她的東西一概給她。」又吩咐凡原是唱戲的女孩子們，一概不許留，都令各人的乾娘帶出去嫁人。

王夫人又滿屋裡搜檢寶玉之物。凡略有眼生的，一併命收的收，捲的捲，讓人拿到自己房內去了，說道：「這才乾淨，省得旁人口舌。」又吩咐襲人、麝月等人：「妳們小心！往後再有一點分外之事，我一概不饒。今年不宜遷挪，挨過今年，明年一併給我仍舊搬出去心淨。」說畢，茶也不吃，遂帶領眾人又往別處去閱人。

寶玉只當王夫人不過來搜檢搜檢，沒什麼大事，誰知竟這樣雷嗔電怒地來了。所責之事又都是平日之語，一字不差。想著必是不能挽回，雖恨不能一死，但王夫人盛怒之際，也不敢多說一句。一直跟送到沁芳亭，王夫人命：「回去好生念念那書，仔細明兒問你。剛才已發下狠了。」

寶玉一面進來一面想著，是誰這樣犯舌？況這裡事也無人知道，如何就都說著了？只見襲人在那裡垂淚。自己便也倒在床上也哭起來。襲人知他心內別的猶可，獨有晴雯是第一件大事，推他勸道：「哭也不中用了。你起來我告訴你，晴雯已經好了，她這一回去，倒可心淨養幾天。你果然捨不得她，等太太氣消了，你再求老太太，慢慢地叫進來也不難。太太不過偶然信了人的誹言，一時氣頭上如此罷了。」寶玉哭道：「我不知晴雯犯了何等滔天大罪！」襲人道：「太太只嫌她生得太好了，未免輕佻些。在太太是深知這樣美人似的人必不安靜，所以嫌她。像我們這粗粗笨笨的倒好。」寶玉道：「這也罷了。咱們私下的玩話怎麼也知道了？又沒外人走風的，這可奇怪。」襲人道：「你有什麼忌諱的，一時高興了，你就不管有人無人了。我也曾使過眼色，遞過暗號，別人倒知道了，你反不覺。」寶玉道：「怎麼人人的不是太太都知道，單不挑出妳和麝月秋紋來？」襲人心內一動，低頭半日，無可回答，便笑道：「正是呢。若論我們也有玩笑不留心的孟浪時候，怎麼太太竟忘了？想是還有別的事，等完了再處置我們也未可知。」寶玉笑道：「妳是頭一個出了名的至善至賢之人，她兩個又是妳陶冶教育的，哪裡還有孟浪該罰之處！只是芳官尚小，過於伶俐些，未免倚強壓倒了人，惹人厭。四兒是我誤了她，還是那年我和妳拌嘴的那日起，叫上來做些細活，未免奪占了地位，故有今日。只是晴雯也是和妳一樣，從小兒在老太太屋裡過來的，雖然她生得比人強，也沒什麼妨礙別人的。就是她的性情爽利，口角鋒芒些，到底也沒有得罪過哪一個。想是她過於生得好了，反被這好所誤。」說畢，又哭起來。

襲人細揣此話，似有疑她之意，便歎道：「天知道罷了。此時也查不出人來了，白哭一會兒也無益。倒是養著精神，等老太太喜歡時，回明白了再要了她回來是正理。」寶玉冷笑道：「妳不必虛寬我的心，知她的病等得等不得。她自幼上來何嘗受過一日委屈，連我知道她的性格，還時常衝撞了她。她這一下回去，就如同一盆才抽出嫩箭來的蘭花送到豬窩裡去一般。況又是一身重病，一肚子的悶氣。也沒有親爺熱娘，只有一個醉泥鰍姑舅哥哥。這一去，哪裡還等得幾日。知道還能見她一面兩面不能了！」說著更加傷心起來。襲人笑道：「可是你『只許州官放火，不許百姓點燈』。我們偶然說一句兩句的，就說是不吉利，你如今好好地咒她，就是該的了？她便比別人嬌些，也不至這樣起來。」寶玉道：「不是我妄口咒她，今年春天已有兆頭的。這階下好好地一株海棠花，竟無故死了半邊，我就知有異事，果然應在她身上。」襲人又笑起來：「我待不說，又撐不住，你也太婆婆媽媽的了。這樣的話，豈是你讀書的男人說的。草木怎又關係起人來？」寶玉歎道：「妳們哪裡知道，不但草木，凡天下之物，都是有情有理的，和人一樣，得了知己，便極有靈驗的。」襲人便笑道：「真真的這話更說上我的氣來了。那晴雯是個什麼東西，她縱好，也越不過我的次序去。便是這海棠，也該先來比我，還輪不到她。想是我要死了。」寶玉聽說，忙搗她的嘴，勸道：「這是何苦！一個未清，妳又這樣起來。罷了，再別提這事，別弄的去了三個，又饒上一個。」襲人聽說，心下暗喜：若不如此，也沒個了局。

寶玉又道：「我還有一句話要和妳商量，不知妳肯不肯？現有她的東西，悄悄地打發人送出去給她。再拿幾吊錢出去給她養病，也是妳姐妹好了一場。」襲人笑道：「你太把我們看得又小氣又沒人心了。這話還等你說？我已都放在那裡了。只等晚上人少，悄悄地叫宋媽送去。我還有攢下的幾吊錢也給了她。」寶玉聽了，感謝不盡。襲人笑道：「我原是久已出了名的賢人，連這一點好名兒還不會買來不成！」寶玉聽她這話，忙賠笑撫慰一回。

晴雯被攆回家，又受了她哥嫂的一番話，病上加病，咳了一日，才朦朧睡了。忽聞有人喚她，睜眼一見竟是寶玉，又驚又喜，又悲又痛，忙一把死攥住他的手。哽咽了半日，方說出半句話來：「我只當見不到你了。你怎麼來了？」說著又咳了起來，好容易止住了，便道：「阿彌陀佛，你來得正好，把那茶倒半碗我喝。渴了這半日，叫半個人也叫不著。」寶玉忙拭淚問：「茶在哪裡？」晴雯道：「那爐臺上就是。」寶玉看時，雖有個黑沙吊子，卻不像個茶壺。只得桌上去拿了一個碗，先就聞得油膻之氣。寶玉只得先拿些水洗了兩次，復又涮過，才提起沙壺斟了半碗。看時，絳紅的，也不成茶。晴雯扶枕道：「快給我喝一口吧！這就是茶了，哪裡比得咱們的茶！」寶玉先嚐了一嚐，只一味苦澀，略有茶意而已。卻見晴雯如得了甘露一般，一氣灌了下去，看得也自是心酸，流淚問道：「妳有什麼說的，趁著沒人告訴我。」晴雯嗚咽道：「有什麼可說的！不過挨一刻是一刻，我已知橫豎不過三五日的光景，就好回去了。只是一件，我死也不甘心的。我雖生得比別人略好些，並沒有私情勾引你怎樣，如何一口死咬定了我是個狐狸精！不是我說一句後悔的話，早知如此，我當日……」說著又哭。寶玉拉著她的手，只覺瘦如枯柴，腕上猶戴著四個銀鐲，便泣道：「且卸下這個來，等好了再戴上吧。」便替她卸下來，塞在枕下。又說：「可惜這兩個指甲，好容易長了二寸長，這一病好了，又損好些。」晴雯拭淚，把手擱在嘴邊，用力一咬，將兩根蔥管一般的指甲齊根咬下，拉了寶玉的手，將指甲擱在他手心。又伸手向被內，連揪帶脫，將貼身穿著的一件舊紅綾襖脫下，遞給寶玉，早已喘成一團了。寶玉會意，便將自己的襖兒褪下來披在她身上。晴雯哭道：「你去吧！這裡骯髒，你哪裡受得？今日這一來，我就死了，也不枉擔了虛名。」

「我就死了，也不枉擔了虛名。」一時寶玉滿腦子只是晴雯的這一句話，也不知是怎麼到得家裡的，只在枕上長吁短歎，覆去翻來。直至三更以後，方漸漸地安頓了。襲人也才放心，朦朧睡著。沒半盞茶時，只聽寶玉叫「晴雯」。襲人忙睜開眼連聲答應，卻是要茶，寶玉笑道：「我近來叫慣了她，卻忘了是妳。」襲人笑道：「她剛來時你也曾睡夢中直叫我，半年後才改了。我知道這晴雯人雖去了，這兩個字只怕是不能去的。」

寶玉又翻轉了一個更次，至五更方睡去時，只見晴雯從外頭走來，仍是往日形景，進來笑向寶玉道：「你們好生過吧，我從此就別過了。」說罷回身便走。寶玉忙叫時，又將襲人叫醒。襲人還只當他叫慣了口，卻見寶玉哭了，說道：「晴雯死了。」襲人笑道：「這是哪裡的話！你就知道胡鬧，被人聽著什麼意思。」寶玉恨不得一時亮了就遣人去問信。及至天亮時，就有小丫頭傳話，老爺要帶他出門，寶玉無法，只得忙忙地前去。

等回來一到房中，麝月侍候寶玉脫了外面的大衣服，只穿著一件松花綾子夾襖，襖內露出血點般大紅褲子來。秋紋見是晴雯手內針線，不覺歎道：「這條褲子以後收了吧，真是物件在人去了。」麝月忙將秋紋拉了一把，笑道：「這褲子配著松花色襖兒，石青靴子，越顯出這靛青的頭，雪白的臉來了。」寶玉只裝沒聽見，歪在床上想了一回，道：「我要出去走一走，這怎麼好？」麝月道：「大白日裡，還怕什麼？還怕丟了你不成！」便命兩個小丫頭跟著。

寶玉因想著秋紋說的「物件在人去了」，知晴雯已是逝了，不覺悲涼上來。出來問了幾句小丫頭晴雯死時情形，早已忍不住淚流滿面，便只管在前面走，卻不覺到了瀟湘館。誰知黛玉不在，寶玉出來，也不知何往。悠悠蕩蕩的，一抬頭看那園中香藤異蔓，雖然仍是翠翠青青，突然之間卻都似淒涼了一般。又見沁芳橋也是半日無人來往，不似當日各處房中丫鬟不約而來，絡繹不絕，俯身看那橋下之水只管流將過去。心想：「天地間竟有這樣無情的事！」又回到了芙蓉池旁，見那芙蓉帶水流淚似的，寶玉坐在一旁的山子石上，只是怔忡。一會兒想到夢中晴雯說：「你們好生過吧，我從此就別過了。」一會兒又想到小丫頭說的：「晴雯姐姐是做了芙蓉花神了，她親口告訴我的，只叫我『告訴寶玉一人』。」繼而又想到，如她這樣的一個人，原也必有一番事業的，這芙蓉花神也正配她來做。竟是忽悲忽喜。回來後，思來想去，一夜不曾安睡。襲人知是為了晴雯，但也無從揣測他的心思，也是一夜不曾睡得。又見他一早便起來，又不知寫了些什麼。到黃昏之時，也不說什麼，只叫昨天跟的那小丫頭與他出去。襲人見他如此，不便阻攔，只是吩咐了那小丫頭幾句。

寶玉也不說話，只一直走，到了昨天來的山子石畔芙蓉池邊，又看著芙蓉嗟歎了一會兒。心想：「如今若學那世俗的奠禮，斷然不可，也辜負了妳我二人的為人，竟也是要風流奇異，於世無涉才好。」想了一想，便將早起寫好的誄文掛於芙蓉枝上，流淚唸道：

維太平不易之元，蓉桂競芳之月，無可奈何之日，怡紅院濁玉，謹以群花之蕊、冰鮹之穀、沁芳之泉、楓露之茗，四者雖微，聊以達誠申信，乃致祭於白帝宮中撫司秋豔芙蓉女兒

之前日……

一時悼完，猶依依不捨，小鬟催至再四才回身。忽聽山石之後有一人笑道：「且請留步。」二人都是一驚。卻是個人影從芙蓉花中走出來，那小丫頭便大叫：「晴雯……晴雯姐姐真來了！」走出來卻是黛玉，滿面含笑，口內說道：「好新奇的祭文！」寶玉不覺紅了臉，笑答道：「我想著世上這些祭文都蹈於熟濫了，所以改個新樣，原不過是我一時的玩意，誰知又被妳聽見了。有什麼大使不得的，何不幫著改改？」黛玉道：「原稿在哪裡？倒要細細一讀。長篇大論，不知說的是什麼，只聽見中間兩句，什麼『紅綃帳裡，公子多情；黃土壟中，女兒薄命』。這一聯意思卻好，只是『紅綃帳裡』未免俗了些。放著現成的真事，為什麼不用？咱們如今都是霞影紗糊的窗子，何不說『茜紗窗下，公子多情』呢？」寶玉不禁跌足笑道：「好極，是極！到底是妳想得出，說得出。可知天下古今現成的好景妙事盡多，只是愚人蠢子說不出想不出罷了。但只一件：這一改固然新妙之極，妳居此則可，在我實不敢當。」黛玉笑道：「這又何妨。我的窗即可為你的窗，何必分得如此生疏。」寶玉笑道：「只是這唐突閨閣，萬萬使不得的。如今我索性將『公子』『女兒』改去，就算是妳誄她的倒妙。況且妳平日又待她甚厚，不如改做『茜紗窗下，小姐多情；黃土壟中，丫鬟薄命』。」黛玉笑道：「她又不是我的丫頭，何用作此語。況且小姐丫鬟等也不雅，等我的紫鵑死了，我再如此說，還不算遲。」寶玉忙笑道：「這是何苦又咒她。」黛玉笑道：「是你要咒的，並不是我說的。」寶玉道：「我又有了，這一改可妥當了。不如說『茜紗窗下，我本無緣；黃土壟中，卿何薄命』。」黛玉聽了，徒然變色，外面卻不肯露出，反連忙含笑點頭稱妙，說：「果然改得好，竟叫『芙蓉女兒誄』吧。再不必亂改了。」說著咳嗽起來。寶玉忙道：「這裡風冷，咱們只顧呆站在這裡，快回去吧。」黛玉道：「我也家去歇息了，明兒再見吧。」說著，便自取路去了。寶玉只得悶悶地轉步，忽又想起黛玉無人跟隨，忙命小丫頭跟了送回去。

第四十六回　美香菱受辱河東獅　蹇迎春誤嫁中山狼

一日，王夫人見賈母歡喜，趁便把晴雯、芳官等出去的話回了。賈母道：「但晴雯那丫頭我看她甚好，言談針線人多不及她，將來只她還可以給寶玉使喚得，誰知竟變了。」王夫人趕緊賠笑道：「老太太挑的人原不錯，誰知她沒造化，一年之中病不離身。前日又病了十幾天，大夫說是女兒癆，所以我就讓她回家了。」正說著，只見迎春裝扮了前來告辭出去。原來近日賈赦已將迎春許給孫家，邢夫人回稟了賈母將迎春接出大觀園。

寶玉聽說了，不免又是悵然，且又聽說不過今年就要過門的，要陪過去四個丫頭，便跌足自歎道：「從今後這世上又少了五個清淨的女兒了。」因此天天到紫菱洲一帶徘徊，見軒窗寂寞，屏帳蕭然，再看那岸上的蓼花葦葉，池內的翠荇香菱，也都覺搖搖落落，似有追憶故人之態。寶玉正覺傷心不禁，忽聞背後有人笑道：「你又發什麼呆呢？」回頭忙看時，原來是香菱。寶玉便轉身笑問道：「我的姐姐，妳這會兒跑到這裡來做什麼？許多日子也不進來逛逛。」香菱拍手笑嘻嘻地說道：「我何曾不來。如今你哥哥回來了，哪裡比得先時的自由自在。襲人姐姐這幾日可好？怎麼忽然把個晴雯姐姐也歿了，到底是什麼病？二姑娘搬出去得好快，你瞧瞧這地方好空落落的。」寶玉應答不迭，又讓她同到怡紅院去吃茶。香菱道：「此刻竟不能，剛才聽平兒姐姐說，璉二奶奶到園裡來了，等找著了，說完了正經事再來。」寶玉道：「什麼正經事這麼忙？」香菱道：「為你哥哥娶嫂子的事，所以要緊。」寶玉道：「正是。說的到底是哪一家的？只聽見吵嚷了這半年，今兒又說張家的好，明兒又要李家的，後兒又議論王家的。這些人家的女兒也不知道造了什麼罪了，叫人家好端端議論。這如今定了誰家的？」香菱道：「如今可定下了，這長安城中都稱是『桂花夏家』。凡城裡城外桂花局都是她家的，宮裡一應陳設盆景也是她家貢奉，連姑娘的名字也叫金桂呢。」寶玉忙道：「只是這姑娘可好？你們大爺怎麼就中意了？」香菱笑道：「也是天緣，當年就是通家來往，敘起親也是姑舅兄妹，誰知這次到了她家，見這姑娘出落得花朵似的，你哥哥一回來便求我們奶奶去求准了。只是娶的日子太急，所以我們忙亂得很。我也巴不得早些過來，又添一個作詩的人了。」香菱又說了幾句便忙忙地去了。

寶玉因剛才香菱提起晴雯，心中鬱悶，又想到逐司棋別迎春種種悲戚之事，一時更是若有所失，呆呆地站了半天，滴下淚來，無精打采地回來。睡夢之中猶喚晴雯，只覺魘魘驚怖種種不寧。次日便懶進飲食，身體發熱，竟因百感交集，成了一病，臥床不起。一月之後，才漸漸痊癒。賈母又命好好休養，過百日方可出門行走。

寶玉便只在園中廝混，連迎春出嫁也不能過去一望。又聽得薛蟠擺酒唱戲，熱鬧非常，已娶親入門，聞得這夏家小姐十分俊俏，也略通文墨，恨不得就過去一見才好。隨後卻又聽說，這夏金桂竟十分不容人，只是作踐香菱，漸漸又鬧到家口不寧，人人煩惱。寶玉又不免心中深為香菱擔憂。等到過了百日，寶玉出來，也曾見過金桂，見她舉止形容也不怪厲，一般是鮮花嫩柳，與眾姐妹不差上下的人，怎是這樣的情性，可為奇怪至極。因此心下納悶。想著香菱這時候又不知怎麼樣了，更是歎息連連。

這日賈母打發人來說，要往天齊廟還願。寶玉久拘之人，巴不得馬上就去。次日一早，隨了兩三個老嬤嬤，坐車去天齊廟，又隨處散誕頑耍了一回。寶玉睏倦，復回至靜室安歇。眾嬤嬤生恐他睡著了，便請當家的老王道士來陪他說話兒。這老王道士常在寧榮兩宅走動，因他在廟外掛著招牌，賣些丸散膏丹，便給他起了個諢號「王一貼」，說他膏藥靈驗，只一貼百病皆除之意。當下王一貼進來，寶玉正歪在炕上想睡，茗煙等一見，都笑道：「來得好，來得好。王師父，你極會說古記的，說一個給我們小爺聽聽。」王一貼笑道：「正是呢。哥兒別睡，小心肚裡麵筋作怪。」說著，滿屋裡人都笑了。寶玉也笑著起身整衣道：「可是呢，天天只聽見你的膏藥好，到底治什麼病？」王一貼道：「哥兒若問我的膏藥，說來話長，一言難盡。百病可治，其效如神，貼過的便知。」寶玉道：「我不信一張膏藥就治這些病。我且問你，有一種病可也貼的好嗎？」王一貼道：「若不見效，哥兒只管揪著鬍子打我這老臉，拆我這廟何如？只說出病源來。」寶玉笑道：「你猜，若你猜的著，便貼得好了。」王一貼尋思一會，笑道：「這倒難猜，只怕膏藥有些不靈了。」寶玉問道：「我問你，可有貼女人的妒病方子沒有？」王一貼拍手笑道：「這可罷了。不但沒有，就是聽也沒有聽見過。」寶玉笑道：「這樣還算不得什麼。」王一貼忙道：「倒有一種湯藥或者可醫，只是慢些兒，不能立竿見影。」寶玉道：「什麼湯藥，怎麼吃法？」王一貼道：「這叫做『療妒湯』：用極好的秋梨一個，二錢冰糖，一錢陳皮，水三碗，梨熟為度，每日清早吃這麼一個梨，吃來吃去的就好了。」寶玉道：「這也不值什麼，只怕未必見效。」王一貼道：「一劑不效吃十劑，今日不效明日再吃，今年不效吃到明年。橫豎這三味藥都是潤肺開胃不傷人的，甜絲絲的，又止咳嗽，又好吃。吃過一百歲，人橫豎是要死的，死了還妒什麼！那時就見效了。」說著，寶玉茗煙都大笑不止，罵「油嘴的牛頭」。王一貼笑道：「不過是閒著解午睏罷了。實告你們說，連膏藥也是假的。我有真藥，我還吃了做神仙呢，還跑到這裡來混？」正說著，吉時已到，便請寶玉出去焚化錢糧散福，完了方進城回家。

次日起來，早有小廝們傳進話來說：「老爺叫二爺說話。」寶玉只得來到賈政書房中，請了安站著。賈政道：「你近來做些什麼功課？雖有幾篇字，也算不得什麼。我看你近來的光景，更加比頭幾年散蕩了，況且每每聽見你推病不肯念書。我還聽見你天天在園子裡和姐妹玩玩笑笑，甚至和那些丫頭們混鬧，把自己的正經事，總丟在腦袋後頭。我可囑咐你：自今日起，再不許作詩作對的了，單要學習八股文章。限你一年，若毫無長進，你也不用念書了，我也不願有你這樣的兒子了。」便叫李貴來，說：「明兒一早，傳茗煙跟了寶玉去收拾應念的書籍，一齊拿過來我看看，親自送他到家學裡去。」說著喝命寶玉：「去吧！明日起早來見我。」寶玉聽了，半日竟無一言可答，便到賈母處，想叫攔阻。賈母說：「只管放心先去，別叫你老子生氣。有什麼難為你，有我呢。」寶玉只得回來。襲人正在著急聽信，見說取書，倒也歡喜。

第二天寶玉進了學裡，見過去的那些人不見了幾個，又來了些新的，不禁觸景傷情。想那時與秦鐘同進同出，何等親密，不由又發起呆來。好容易到散學，見過賈母等，便趕著出來，恨不得一走就走到瀟湘館才好。剛進門口，便拍著手笑道：「我依舊回來了！」猛可裡[1]倒嚇了黛玉一跳。寶玉道：「了不得！我今兒不是被老爺叫了念書去了嗎，心上倒像沒有和妳們見面的日子了。好容易熬了一天，這會兒瞧見妳們，竟如死而復生的一樣，真真古人說『一日三秋』，這話再不錯的。」黛玉微微一笑，便叫紫鵑：「把我的龍井茶給二爺沏一碗。二爺如今念書了，比不得原先。」紫鵑笑著答應。寶玉忙說道：「還提什麼念書，我最厭這些道學話。更可笑的是八股文章，誆功名混飯吃，老爺口口聲聲叫我學這個，我又不敢違拗，妳這會兒還提念書呢。」黛玉一笑，也不答言。紫鵑正斟了茶過來，便說道：「二爺可知道芳官她們的事了？」寶玉忙問：「又有什麼事了不成？」紫鵑道：「我聽說她和藕官、蕊官出去後，尋死覓活，只要剪了頭髮做尼姑去呢，現今這三人果真就去了。」寶玉一時不知說什麼好，只歎了一聲：「如今園裡更加地冷落了。正不知妳我……」突然想到黛玉原就多愁善感，便硬生生地吞了回去，黛玉卻早已垂頭黯然。

忽聽外面秋紋的聲音道：「襲人姐姐叫我到老太太那裡接去，誰知卻在這裡。」紫鵑道：「我們這裡才沏了茶，索性喝了再去吧。」寶玉喝了茶，又說了幾句閒話，才起身同了秋紋回去。

剛進房中，便見襲人從裡間迎出來問：「回來了嗎？」秋紋應道：「二爺早來了，在林姑娘那邊來著。」襲人又說：「鴛鴦姐姐來吩咐我們，如今老爺發狠叫你念書，如有丫鬟們再敢和你玩笑，都要照著晴雯、司棋的例辦。我想，服侍你一場，賺了這些言語，也沒什麼趣兒。」說著，便傷起心來。寶玉忙道：「好姐姐，妳放心。我只好生念書，太太再不說妳們了。我今兒晚上還要看書，明日師父叫我講書呢。我要使喚，橫豎有麝月、秋紋呢，妳歇歇去吧。」襲人道：「你要真肯念書，我們服侍你也是歡喜的。」

一天，從學裡回來到王夫人房中，卻見眾人都在，迎春正在哭哭啼啼地，說孫紹祖「一味好色，好賭酗酒，略勸過兩三次，便罵我是『醋汁子老婆擰出來的』。又說老爺曾收著他五千銀子，不該使了他的。指著我的臉說道：『妳別和我充夫人娘子，妳老子使了我五千銀子，把妳准折賣給我的。好不好，打一頓攆在下房裡睡去。當日有妳爺爺在時，希圖上我們的富貴，趕著相與的。論理我和妳父親是一輩，如今強壓我的頭，低了一輩。又不該做了這門親，倒沒的叫人看著趕勢利似的。』」王夫人和眾姐妹無不落淚，只得用言語解勸，一面又問她隨意要在哪裡安歇。迎春道：「乍乍地離了姐妹們，只是眠思夢想。二則還記掛著我的屋子，還得在園中舊房子裡住得三五天，死也甘心了。不知下次還可能得住不得住了呢！」王夫人忙勸道：「快休亂說。不過年輕的夫妻們，閒牙鬥齒，也是萬萬人之常事，何必說這喪氣話。」忙命人收拾紫菱洲房屋，又叫姐妹陪伴著勸慰，又吩咐寶玉：「不許在老太太跟前走漏一些風聲，老太太若是知道了這些事，都是你說的。」

寶玉無精打采地出來了，憋著一肚子悶氣，無處可泄，走到園中，一徑往瀟湘館來。剛進了門，便放聲大哭起來。黛玉倒嚇了一跳，問：「是怎麼了？和誰嘔了氣了？」連問幾聲。寶玉只伏在桌子上，嗚嗚咽咽，哭得說不出話來。黛玉便在椅子上怔怔地瞅著他，一會兒問道：「到底是別人和你嘔了氣了，還是我得罪了你呢？」寶玉搖手道：「都不是，都不是。」黛玉道：「那為什麼這麼傷起心來？」寶玉道：「我只想著咱們大家越早些死的越好，活著真真沒有趣兒！」聽得黛玉也垂頭無語，一會兒又道：「我想人到了大的時候，為什麼要嫁？嫁出去受人家這般苦楚！還記得咱們那時，吟詩做東道，何等熱鬧。如今寶姐姐也回家去了，連香菱也不能過來，二姐姐又是這個樣子。這不多幾時，你瞧瞧，園中光景，已經大變了。若再過幾年，又不知怎麼樣了。」

黛玉聽了，把頭漸漸地低了下去，身子慢慢地退至炕上，一言不發，歎了口氣，便向裡躺下去了。紫鵑剛拿進茶來，見他兩個這樣，正在納悶。卻見襲人來了，進來看見寶玉，便道：「老太太那裡叫呢。我估量著二爺就是在這裡。」黛玉聽見是襲人，便欠身起來讓坐，兩個眼圈兒已是哭得通紅了。寶玉看見道：「妹妹，我剛才說的不過是些呆話，妳也不用傷心。妳要想我的話時，身子更要保重才好。妳歇歇兒吧，老太太那邊叫我，我看看去就來。」說著，往外走了。襲人悄問黛玉道：「你兩個人又為什麼？」黛玉道：「他為他二姐姐傷心，我是剛才眼睛發癢揉的，並不為什麼。」襲人也不言語，忙跟了寶玉出來。

❶猛可裡：突然、猛然。

第四十七回　病瀟湘痴魂驚惡夢　惑怡紅驚心通靈犀

寶玉去後，黛玉因想起剛才說的那話，恰又當此黃昏人靜，千愁萬緒，堆上心來。看寶玉的光景，心裡雖沒別人，但是老太太、舅母又不見有半點意思。只是自己的病竟似一年不如一年，也不知能否久遠？深恨父母在時，何不早定了這頭婚姻。又轉念一想道：「若父母在時，別處定了婚姻，怎能夠似寶玉這般人才心地？還不如此時。」心內輾轉纏綿，竟似轉轆轤一般。歎了一回氣，掉了幾點淚，無情無緒，和衣倒下，漸漸朦朧起來。

只見小丫頭走來說道：「外面雨村賈老爺請姑娘。」黛玉心想，我雖跟他讀過書，卻不比男學生，要見我做什麼？便叫小丫頭回覆：「身上有病不能出來，與我請安道謝就是了。」小丫頭道：「只怕是來給姑娘道喜，過幾日南京還有人來接。」說著，又見鳳姐同邢夫人、王夫人、寶釵等都來笑道：「我們一來道喜，二來送行。」黛玉慌道：「妳們說什麼話？」鳳姐道：「妳還裝什麼呆。妳難道不知道林姑爺升了湖北的糧道，娶了一位繼母，十分合心合意。如今想著妳撂在這裡，不成事體，因托了賈雨村做媒，將妳許了妳繼母的什麼親戚，還說是續弦，所以來接妳回去，叫妳璉二哥哥送去呢。」說得黛玉一身冷汗。又恍惚父親果真在那裡做官的樣子，心上急著硬說道：「沒有的事，都是鳳姐姐混鬧。」只見邢夫人向王夫人使個眼色兒，「她還不信呢，咱們走吧。」黛玉含著淚道：「二位舅母坐坐去。」眾人不言語，都冷笑而去。黛玉此時心中乾急，又說不出來，哽哽咽咽。恍惚又是和賈母在一處似的，心中想道：「此事只有求老太太了。」於是跪下去，抱著賈母的腰說道：「老太太救我！我南邊是死也不去的！況且有了繼母，又不是我的親娘。我是情願跟著老太太一塊兒的。」見老太太只呆著臉兒笑道：「這個不干我事。」又道：「續弦也好，倒多一副妝奩。」黛玉哭道：「我若能在老太太跟前，絕不使這裡分外的閒錢，只求老太太救我。」賈母道：「不中用了。做了女人，終是要出嫁的。」黛玉道：「我在這裡情願自己做個奴婢過活，自做自吃，也是願意。只求老太太做主。」老太太總不言語。黛玉抱著賈母的腰哭道：「老太太，妳向來最是慈悲的，又最疼我的，到了緊急的時候怎麼全不管！不要說我是妳的外孫女兒，是隔了一層了的，我的娘是妳的親生女兒，看我娘分上，也該護庇些。」說著，撞在懷裡痛哭，聽見賈母道：「鴛鴦，妳來送姑娘出去歇歇。我倒被她鬧乏了。」黛玉深痛自己沒有親娘，便是外祖母與舅母姐妹們，平時何等的好，可見都是假的。又一想：「今日怎麼獨不見寶玉？或見一面，看他還有法兒？」便見寶玉站在面前，笑嘻嘻地說：「妹妹大喜呀。」黛玉更加急了，也顧不得什麼了，把寶玉緊緊拉住說：「好，寶玉，我今日才知道你是個無情無義的人了。」寶玉道：「我怎麼無情無義？妳既有了人家，咱們各自幹各自的了。」黛玉哭道：「好哥哥，你叫我跟了誰去？」寶玉道：「妳要不去，就在這裡住著。妳原是許了我的，所以妳才到我們這裡來。我待妳是怎麼樣的，妳也想想。」黛玉恍惚又像果真曾許過寶玉的，心內忽又轉悲作喜，問寶玉道：「我是死活打定主意的了。你到底叫我去不去？」寶玉道：「我說叫妳住下。妳不信我的話，妳就瞧瞧我的心。」說著，就拿著一把小刀子往胸口上一劃，只見鮮血直流。黛玉嚇得魂飛魄散，忙用手摀著寶玉的心窩，哭道：「你怎麼做出這個事來，你先來殺了我吧！」寶玉道：「我拿我的心給妳瞧。」還把手在劃開的地方兒亂抓。黛玉又驚又怕，抱住寶玉痛哭。忽聽寶玉道：「不好了，我的心沒有了，活不得了。」說著，「咕咚」一聲就倒了，黛玉放聲大哭。

只聽見紫鵑叫道：「姑娘，姑娘，怎麼魘住了？快醒醒兒。」黛玉一翻身，原來是一場噩夢。猶是哽咽不絕，心上還是亂跳，枕頭上已經濕透。復又想著夢中情景，無依無靠，再真把寶玉死了，那可怎麼樣好！一時神魂俱亂，又哭了一回，翻來覆去，只聽得外面淅淅颯颯，又像風聲，又像雨聲。自己掙扎著爬起來，圍著被坐了一會。覺得窗縫裡透進一縷涼風來，吹得寒毛直豎，便又躺下。正要朦朧睡去，聽得竹枝上雀兒的聲兒，啾啾唧唧，叫個不停，那窗裡漸漸地透進清光來，一會兒又咳嗽起來。紫鵑道：「姑娘，妳還沒睡著嗎？又咳嗽起來了，想是著了風了。別盡著想長想短的了。」黛玉道：「我何嘗不要睡，只是睡不著。妳睡妳的吧。」說了又咳。

紫鵑連忙起來，捧著痰盒。黛玉道：「妳不睡了嗎？」紫鵑笑道：「天都亮了，還睡什麼呢。」說著出來去倒那盒子時，只見滿盒子痰，痰中好些血星，紫鵑不覺失聲道：「噯喲，這還了得！」黛玉在裡面問是什麼，紫鵑自知失言，連忙改口道：「手裡一滑，幾乎摺了痰盒子。」黛玉道：「不是盒子裡的痰有了什麼？」紫鵑道：「沒有什麼。」心中一酸，那眼淚直流下來，聲兒早已岔了。黛玉因為喉間有些甜腥，早已疑惑，方才聽見紫鵑在外邊詫異，這會兒又聽見紫鵑說話聲音帶著悲慘的光景，心中覺了八九分，便叫紫鵑：「進來吧，外頭看涼著。」紫鵑答應了一聲，這一聲更比剛才悽慘，竟是鼻中酸楚之音。黛玉聽了，涼了半截。看紫鵑推門進來道：「姑娘今夜大概比往常醒的時候更多吧，我聽見咳嗽了大半夜。姑娘身上不大好，依我說，還得自己開解著些。俗語說的，『留得青山在，不怕沒柴燒。』況這裡自老太太、太太起，哪個不疼姑娘。」只這一句話，又勾起黛玉的夢來。覺得心頭一撞，眼中一黑，神色俱變，紫鵑連忙端著痰盒，雪雁捶著脊樑，半日才吐出一口痰來。痰中一縷紫血，簌簌亂跳。紫鵑、雪雁臉都嚇黃了。兩個旁邊守著，黛玉便昏昏躺下。紫鵑看著不好，連忙努嘴讓雪雁叫人去。

此時，探春、湘雲正在惜春那邊看惜春所畫大觀園圖，大家又議著題詩，便讓翠縷、翠墨去請黛玉來商議。忽見她二人回來，神色匆忙。湘雲先問道：「林姑娘怎麼不來？」翠縷道：「林姑娘昨日夜裡又犯了病了，直咳嗽了一夜。我們聽見雪雁說，吐了一盒子痰血。」探春詫異道：「這話真嗎？」翠墨道：「我們剛才進去瞧了瞧，臉色不成臉色，說話兒的氣力兒都微了。」湘雲道：「不好得這麼著，怎麼還能說話呢。」探春道：「怎麼妳這麼糊塗，不能說話不是已經……」說到這裡卻咽住了。惜春道：「林姐姐那樣一個聰明人，我看她總有些瞧不破，一點半點兒都要認起真來。天下事哪裡有多少真的呢。」探春道：「咱們都過去看看。若病得厲害，咱們好過去告訴大嫂子回老太太，傳大夫進來瞧瞧，也得個主意。」湘雲道：「正是這樣。」惜春道：「姐姐們先去，我回頭再過去。」

探春、湘雲進來看了黛玉這般光景，也自傷感。此時黛玉卻已覺清醒了過來，探春便道：「姐姐怎麼身上又不舒服了？」黛玉道：「也沒什麼要緊，只是身子軟得很。」紫鵑在黛玉身後偷偷地用手指那痰盒兒。湘雲到底年輕，性情又直爽，伸手便把痰盒拿起來看，嚇得驚疑不止：「這是姐姐吐的？這還了得！」探春見湘雲冒失，連忙解說道：「這不過是肺火上炎，帶出一半點來，也是常事。偏是雲丫頭，不拘什麼，就這樣蠍蠍螫螫的！」湘雲紅了臉，自悔失言。探春見黛玉精神短少，似有煩倦之意，連忙起身說道：「姐姐靜靜地養養神吧，我們回來再瞧妳。」黛玉道：「累妳兩位惦著。」探春道：「我來看妳是姐妹們應該的，妳又少人服侍。只要妳安心肯吃藥，心上把喜歡事兒想想，能夠一天一天地硬朗起來，大家依舊結社作詩，豈不好呢？」湘雲道：「可不是三姐姐說的，那麼著不樂？」黛玉哽咽道：「妳們只顧要我喜歡，可憐我哪裡趕得上這日子，只怕不能夠了！」探春道：「妳這話說得太過了。誰沒個病兒災兒的。妳好生歇歇兒吧，我們到老太太那邊，回來再看妳。妳要什麼東西，只管叫紫鵑告訴我。」說著，才同湘雲出去了，便囑咐湘雲道：「妹妹，回頭見了老太太，別像剛才那樣冒冒失失的了。」湘雲點頭笑道：「我剛才是叫嚇得忘了神了。」

黛玉閉著眼躺了半晌，覺得園裡頭平日只見寂寞，如今躺在床上，偏聽得風聲、蟲鳴聲、鳥語聲、腳步聲，一陣一陣聒噪得煩躁起來。

一會兒又聽窗外有人悄悄問道：「紫鵑妹妹在家嗎？」雪雁連忙出來，見是襲人，便悄悄說道：「姐姐屋裡坐著。」襲人問道：「姑娘怎麼著？」雪雁告訴了夜間及方才之事。正說著，只見紫鵑從裡間掀起簾子望外看，見是襲人，便點頭兒叫她。襲人輕輕走過來問道：「姑娘睡著了嗎？」紫鵑點點頭兒，問道：「姐姐剛才聽說了？」襲人也點點頭兒，蹙著眉道：「終究怎麼樣好呢！那一位昨夜也把我嚇了個半死。」紫鵑忙問怎麼了，襲人道：「昨日晚上睡覺還是好好兒的，誰知半夜裡一疊連聲嚷起心疼來，嘴裡胡說白道，只說好像刀子割了去似的。直鬧到天亮以後才好些了。今日不能上學，還要請大夫來吃藥呢。」只聽黛玉在帳子裡又咳嗽起來。紫鵑、襲人連忙過來。咳了一回，見她問道：「剛才是說誰半夜裡心疼起來？」襲人道：「是寶二爺偶然魘住了，不是認真怎麼樣。」黛玉知道是襲人怕自己又懸心的緣故，又感激，又傷心。便趁勢問道：「既是魘住了，沒聽見他還說什麼？」襲人道：「也沒說什麼。」黛玉點點頭兒，半日，歎了一聲，才說道：「妳們別告訴寶二爺說我不好，看耽擱了他的工夫，又叫老爺生氣。」襲人答應了，又寬慰了一回。回去對寶玉只說黛玉身上略覺不適，也沒什麼大病。寶玉才放了心。

賈母聽說了自是心煩，說道：「偏是這兩個玉兒多病多災的。林丫頭一來二去的大了，她這個身子也要緊。我看那孩子太是個心細。」眾人也不敢答言。賈母便向鴛鴦道：「妳告訴他們，明兒大夫來瞧了寶玉，就叫他到林姑娘那屋裡去。」

誰知宮裡這天又傳出元妃病了，請親屬四人進宮看視。倒把賈母等嚇了一大跳，忙忙地穿戴好了就和王夫人等去宮裡探視。所幸元春只是痰症，過了些日便也痊癒了。因家中省問勤勞，賜下物件銀兩來，賈政正向賈母稟明元春賞賜之物。賈母忽然想起，便和賈政笑道：「娘娘心裡卻著實惦記著寶玉，前兒還特特地問他來著呢。我說他近日文章都作上來了。」賈政笑道：「哪裡能像老太太的話呢。」賈母道：「你們時常叫他出去作詩作文，難道他都沒作上來嗎？小孩子家慢慢地教導他，可是人家說的，一口吃不成胖子。」賈政忙賠笑道：「老太太說的是。」賈母又道：「提起寶玉，我還有一件事和你商量。如今他也大了，你們也該留神看一個好孩子給他定下。這也是他終身的大事。也別論遠近親戚，什麼窮啊富的，只要深知那姑娘的脾性好，模樣兒周正的就好。」賈政道：「老太太吩咐得很是。前些時倒有人給提了一個張家的。聽說和那邊大老爺相識，只是不知道那人家底細如何。」賈母道：「也不急在一時，我告訴你是讓你留意著，慢慢訪著。」賈政便答應著退出。

寶玉散學回來，先過老太太這邊來。丫鬟們見了，連忙打起簾子，悄悄告訴道：「姨太太在這裡呢。」寶玉趕忙進來給薛姨媽請安，一邊問道：「寶姐姐在哪裡坐著呢？」薛姨媽笑道：「你寶姐姐沒過來，家裡和香菱做活呢。」寶玉聽了，心中索然，又不好就走。只聽賈母問道：「可是剛才姨太太提香菱，我聽見前兒丫頭們說『秋菱』，不知是誰，問起來才知道是她。怎麼那孩子好好地又改了名字呢？」薛姨媽滿臉飛紅，歎了一口氣道：「老太太再別提起。自從蟠兒娶了這個不知好歹的媳婦，成日家咕咕唧唧，如今鬧得也不成個人家了。我也說過幾次，又不聽，我也沒那麼大精神和她們盡著吵去，只好由她們去。只可憐了寶丫頭。這可不是嫌這丫頭的名兒不好改的，她哪裡是為這名兒不好，聽見說是寶丫頭起的，她才有心要改。」賈母道：「這又是什麼緣故呢？」薛姨媽拿手絹子不住地擦眼淚，又道：「老太太還不知道呢，這如今媳婦專和寶丫頭嘔氣。前日老太太打發人看我去，我們家裡正鬧呢。」賈母勸道：「依我，姨太太竟別放在心上。我看寶丫頭性格兒溫厚和平，雖然年輕，比大人還強幾倍。前日那小丫頭回來說，我們這邊還都讚歎了她一會兒。都像寶丫頭那樣心胸脾氣，真是百裡挑一的。不是我說句冒失話，那給人家做了媳婦兒，怎麼叫公婆不疼，家裡上上下下不賓服呢？」薛姨媽便又問了一回黛玉的病。賈母道：「林丫頭那孩子倒罷了，只是心重些，所以身子就不大結實了。要賭靈性兒，也和寶丫頭不差什麼，要賭寬厚待人裡頭，卻不如她寶姐姐有擔待，有盡讓了。」寶玉只呆呆地聽著，又不好說什麼，便回說還要回去念書先走了。回想賈母剛才說的話，也不知何意，心裡便有些悶悶的。

第四十八回　感秋心撫琴傳幽緒　坐禪寂迷情惑天魔

邢、王二夫人、鳳姐等還在賈母房中說閒話，一時說起黛玉前兒的病來。賈母道：「我正要告訴妳們，寶玉和林丫頭是從小在一處的，我只說小孩子們，怕什麼？以後時常聽得林丫頭忽然病，忽然好，都以為有些知覺了。所以我想他們若盡著擱在一塊兒，畢竟不成體統。妳們怎麼說？」王夫人便呆了一呆，只得答應道：「林姑娘是個有心計兒的。至於寶玉，呆頭呆惱，不避嫌疑是有的，看起外面，卻還都是個小孩兒形象。此時若忽然或把那一個分出園外，不是倒露了什麼痕跡了嗎？」

賈母皺了一皺眉，說道：「一年小，二年大了，這也終究不是個法兒。林丫頭的乖僻，雖也是她的好處，我的心裡不把林丫頭配他，也是為這點。況且林丫頭這樣虛弱，恐不是有壽的。」王夫人道：「不但老太太這麼想，我們也是這樣想。只是寶玉也大了，也該給他留意留意了。」賈母轉向邢夫人道：「說起這事，上次妳老爺提到張家的女兒，不知是怎麼樣的人品。」邢夫人忙笑著道：「這張家我們老爺倒知道，恐怕使不得，太吝嗇，沒得玷辱了我們寶玉。況且只一個女兒，又嬌養得很，聽說不捨得嫁出去，要找個進來幫著料理家事的。」話未說完，賈母便道：「這斷然使不得，我們家寶玉別人侍候他還不夠呢，倒給人家當家去。」

鳳姐便笑道：「不是我在老祖宗太太面前說句大膽的話，現放著天配的金玉良緣，何用別處去找？」賈母聽了一笑，也不再說。一會兒邢夫人先告辭走了，賈母看著王夫人道：「寶丫頭看來倒是個妥貼有福的人，只是不知寶玉心裡怎樣。姨太太那邊呢，也不知是做何想。」王夫人道：「不如讓鳳丫頭先去姨媽那邊說說，看她的意思如何。」賈母點頭道：「也好。」又說了些閒話大家方散了。這裡鳳姐自去說了，薛姨媽自然也願意。

一日，寶玉從北靜王府拜壽回來，卻見門前吵吵嚷嚷的，都是報喜的人。又見李貴迎出來道：「二爺回來了？正要告訴二爺，老爺升了郎中了，老太太打發人出來叫奴才去給二爺告幾天假，聽說還要唱戲賀喜呢。」寶玉聽說不用去學裡了，不禁笑容滿面。到了賈母房中，卻見黛玉挨著賈母左邊坐著呢，右邊是湘雲，地下邢王二夫人。探春、惜春、李紈、鳳姐、李紋、李綺、邢岫煙一干姐妹，都在屋裡，只不見寶釵、寶琴二人。寶玉便向賈母王夫人道了喜，一一見過邢夫人和眾姐妹。然後把北靜王賜他的那塊寶玉拿出給賈母看：「北靜王爺說上次看我那玉有趣，回去說了個式樣，特意找人做了來的。」眾人看著笑了一回。賈母便命人：「給他收起去吧，別丟了。」又問：「你那塊玉好生戴著吧？別鬧混了。」寶玉在項上摘了下來，說：「這不是我那一塊玉？哪裡就混了呢。比起來，兩塊玉差遠著呢，哪裡混得過。」賈母道：「你去坐下，我們正在商議著明兒給你老爺慶賀呢。」

寶玉便挨著黛玉坐了，一邊便向黛玉笑道：「妹妹身體可大好了？」黛玉也微笑道：「大好了。聽見說二哥哥身上也欠安，好了嗎？」寶玉道：「可不是，我那日夜裡忽然心裡疼起來，」黛玉不等他說完，早扭過頭和探春說話去了。鳳姐在地下站著笑道：「你兩個哪裡像天天在一處的，倒像是客一般，有這些套話，可是人說的『相敬如賓』了。」說得大家一笑。黛玉滿臉飛紅，又不好說，又不好不說，遲了一回兒，才說道：「妳懂得什麼？」眾人更加笑了。鳳姐一時回過味來，才知道自己出言冒失，正要拿話岔時，只見寶玉忽然向黛玉道：「林妹妹，妳瞧芸兒這冒失鬼，剛給我送了個帖子——」說了一句，突然又不言語了。招得大家又都笑起來，黛玉也摸不著頭腦，跟著訕訕地笑。寶玉無可說的，半日才又道：「剛才我聽見有人要送戲，說是什麼時候？」大家都瞅著他笑。鳳姐道：「你在外頭聽見，你來告訴我們，你這會兒問誰呢？」寶玉一笑，便不再答言了。

當時寶玉從賈母房中出來，回到房中坐了一會兒，忽然想起剛才人多，沒有和黛玉說上話，便站起來就要去。襲人道：「這會兒剛回來，又要去哪裡，倒不如靜靜兒地念會兒書。」寶玉也不答言，一徑出來，去了瀟湘館。

卻見黛玉靠在桌上看書，寶玉走到跟前笑道：「妹妹早回來了？」黛玉也笑道：「你不理我，我還在那裡做什麼！」寶玉笑說：「他們人多說話，我插不下嘴去，所以沒有和妳說話。」黛玉卻又不答話了。停了半晌，寶玉突然說：「剛剛鳳姐姐說的……」話才出口，又不知從何說起，又怕衝撞了她，便停住了；黛玉聽他一說，也已會意，一時也在細細回味著鳳姐剛才的話，便自怔怔地。紫鵑進來笑道：「二爺這一向忙，也不大來了。」寶玉道：「可不，天天被老爺逼著讀書，也不能每天來了，反顯得疏遠了似的。」紫鵑不等說完，便道：「正是呢，二爺如今是上學的人了，哪裡還顧得到我們。」寶玉笑道：「還說上學呢，我倒想咱們還像那時候一樣，天天在一起。」

正說著，忽見探春、湘雲也笑著進來了。探春一見寶玉，笑道：「二哥哥也在這裡？」寶玉道：「正是呢，來看看林妹妹，妳看現在這園子冷落了，想那時候我們大家天天在一起，倒不覺什麼，如今二姐姐嫁人了，寶姐姐也不來了，冷清了不少。」黛玉也笑道：「寶姐姐自從挪了出去，來了兩遭，如今索性有事也不來了，真真奇怪。」探春微笑道：「如今是她們尊嫂有些脾氣，你們也知道，她哥哥又在外鬧出人命的事，現在還不知如何呢。姨媽又是上了年紀的人，自然得寶姐姐照料一切，哪裡還比得先前有工夫呢。」寶玉道：「難怪呢，所以我也納悶，寶姐姐為什麼總是不來。」說著又提起當時海棠起社，菊花賦詩，何等熱鬧。

正說之間，忽聽得呼啦啦一片風聲，吹了好些落葉，打在窗紙上，又透過一陣清香來。寶玉道：「這是何處來的香風？」黛玉道：「好像木樨香。」探春笑道：「林姐姐終不脫南邊人的話，這大九月裡的，哪裡還有桂花呢。」湘雲笑道：「三姐姐，妳也別說，妳可記得

『十里荷花，三秋桂子』？在南邊，正是晚桂開的時候了。妳只沒有見過罷了，等妳明日到南邊去的時候，妳自然知道了。」探春也笑道：「我有什麼事到南邊去？」

黛玉道：「這可說不好。俗話說，『人是地行仙』，今日在這裡，明日就不知在哪裡。比如我，原是南邊人，怎麼到了這裡呢？」寶玉拍手道：「三妹妹可被問住了。我想，大凡地和人總是各自有個緣分的。」說了一陣子，各人也便回去了。

卻見寶釵打發人來問好，並送了一封書信來。黛玉打開一看，卻道是家運多艱，竟多煩難之事，不能進園來與姐妹們一起談笑賦詩，又另附了一首長詩。黛玉看了，不勝傷感。又想：「寶姐姐不寄給別人，單寄給我，也是惺惺惜惺惺的意思。」正沉吟間，忽聽窗外的風更加地大了，簷下的鐵馬也只管叮叮咚咚地亂敲起來。

雪雁將一包小毛衣服抱來，打開氈包，給黛玉自揀，道：「風大了，姑娘到底也該添件衣服才是。」黛玉伸手拿起打開看時，只見內中夾著個絹包兒，卻是寶玉病時送來的舊手帕，自己題的詩，上面淚痕猶在，裡頭卻包著那剪破了的香囊扇袋和那通靈玉上的穗子。黛玉看了時也不說穿哪一件衣服，手裡只拿著那兩方手帕，呆呆地看著，不覺地簌簌淚下。紫鵑剛從外間進來，見了這樣，只得笑著道：「姑娘還看那些東西做什麼，那都是那幾年寶二爺和姑娘小時一時好了，一時惱了，鬧出來的笑話兒。」紫鵑這話原是給黛玉開心，不料更提起黛玉初來時和寶玉的舊事來，更是珠淚連綿起來。紫鵑又勸道：「雪雁這裡等著呢，姑娘披上一件吧，也好歇歇了。」

第二天寶玉剛從賈母處請安回來，只坐了一坐兒，便往外走。襲人道：「往哪裡去，這樣忙法？待會兒又該吃酒聽戲的了，依我說也該養養神兒了。」寶玉站住腳，低了頭，說道：「妳的話也是。但是好容易放一天學，還不散散去，妳也該可憐我些兒了。」說著一溜煙往黛玉房中去了。

走到門口，只見雪雁在院中晾絹子呢。寶玉便問：「姑娘吃了飯了嗎？」雪雁道：「早起喝了半碗粥，這時候打盹兒呢。二爺且到別處走走，回頭再來吧。」寶玉只得回來。因無處可去，忽然想起惜春有好幾天沒見，便信步走到藕香榭來。剛到窗下，只見靜悄悄一無人聲，寶玉打量她也睡午覺。才要走時，只聽屋裡微微一響，寶玉站住再聽，半日又啪地一響。只聽一個人道：「妳在這裡下了一個子兒，那裡妳不應嗎？」寶玉方知是下棋，只急切中聽不出這聲音是誰。底下方聽見惜春道：「怕什麼，妳這麼一吃我，我這麼一應，妳又這麼吃，我又這麼應。還緩著一著兒呢，終究連得上。」那一個又道：「我要這麼一吃呢？」惜春道：「哎呀，還有一著『反撲』在裡頭呢！我倒沒防備。」寶玉輕輕地掀簾進去。見是妙玉，寶玉也不敢驚動，只在一旁站著看。妙玉和惜春正在凝思之際，也沒理會。只見妙玉低著頭問惜春道：「妳這個『畸角兒』不要了嗎？」惜春道：「怎麼不要。妳那裡頭都是死子兒，我怕什麼。」妙玉道：「且別說滿話，試試看。」卻微微笑著，把邊上子一接，又搭轉一吃，把惜春的一個角兒都打起來了，笑著說道：「這叫做『倒脫靴勢』。」

寶玉在旁情不自禁，哈哈一笑，把兩個人都嚇了一大跳。惜春道：「你這是怎麼說，進來也不言語，這麼使促狹嚇人。你多早晚進來的？」寶玉道：「我頭裡就進來了，看著妳們兩個爭這個『畸角兒』。」說著，一面給妙玉施禮，一面又笑問道：「妙公輕易不出禪關，今日何緣下凡一走？」妙玉聽了，忽然把臉一紅，也不答言，低了頭自看那棋。寶玉連忙賠笑道：「倒是出家人比不得我們在家的俗人，頭一件心是靜的。靜則靈，靈則慧。」寶玉尚未說完，只見妙玉微微地把眼一抬，看了寶玉一眼，復又低下頭去，那臉上的顏色漸漸地紅暈起來。寶玉見她不理，只得訕訕地在旁邊坐了。妙玉半日說道：「再下吧。」便起身理理衣裳，重新坐下，痴痴地問著寶玉道：「你從何處來？」寶玉巴不得這一聲，好解釋前頭的話，忽又想道，這或者是妙玉的機鋒？轉紅了臉答應不出來。妙玉微微一笑，自和惜春說話。惜春笑道：「二哥哥，這有什麼難答的，你沒聽見人家常說的『從來處來』嗎？這也值得把臉紅了，見了生人似的。」

妙玉聽了這話，想起自家，心上一動，臉上一熱，必然也是紅的，倒覺不好意思起來。便站起來說道：「我來得久了，要回庵裡去了。」惜春知妙玉為人，也不深留，送出門口。妙玉笑道：「久已不來這裡，彎彎曲曲的，回去的路頭都要迷住了。」寶玉道：「這倒要我來指引指引何如？」妙玉道：「不敢，二爺前請。」於是二人別了惜春，一會兒，快近瀟湘館，忽聽得叮咚之聲。妙玉道：「哪裡的琴聲？」寶玉道：「想必是林妹妹那裡撫琴呢。」妙玉道：「難怪呢。」便微微點頭。寶玉說：「咱們去看她。」妙玉道：「從古只有聽琴，再沒有『看琴』的。」寶玉笑道：「是了，我原說我是個俗人。」妙玉瞥了他一眼，又低了頭，不知不覺坐在了山子石上，但靜靜聽著，甚覺音調清切。

妙玉道：「這又是一拍。何憂思之深也！」寶玉道：「我雖不懂得，但聽她音調，也覺得過悲了。」裡頭又調了一回弦。妙玉道：「君弦太高了，與無射律只怕不配呢。」聽裡邊復又低聲曼吟。妙玉聽了，訝然失色道：「如何忽做變徵之聲？音韻可裂金石，只是太過。」寶玉道：「太過便怎麼？」妙玉道：「恐不能持久。」話音未落，聽得君弦嘣地一聲斷了。

妙玉站起來連忙就走。寶玉道：「怎麼樣？」妙玉道：「日後自知，你也不必多說。」逕自走了。弄得寶玉滿肚疑團，不知不覺又轉回了瀟湘館。

黛玉正在添香，見是寶玉便道：「你怎麼不去聽戲？」寶玉道：「那邊熱鬧得很，我看妹妹不在，便回來了，沒想到倒在牆外聽了一回琴。」黛玉笑道：「你又不懂，只管聽，可不是對……」說到這裡，突然想起心中的事，便縮住口，不肯往下說了。寶玉便笑道：「只要妳彈，我便愛聽，也不管牛不牛了。」黛玉紅了臉一笑。寶玉卻似心裡有許多話，卻再無可講似的。黛玉也看著香爐中嫋嫋縈繞的煙出神，只不說話。好一會兒，寶玉方道：「妹妹近來可也作詩？我聽到妹妹吟到什麼『素心如何天上月』的，正想問妳，好好的，怎麼突然轉為仄韻了？」黛玉道：「這只是人心自然之音，作到哪裡就到哪裡，原沒有一定的。這你又有何不解？」

寶玉去後，黛玉在裡間屋裡床上歪著，只是慢慢地細想，心裡竟不知如何，只是亂亂的。

妙玉歸去，自己屏息垂簾，跏趺坐下。誰知三更過後，聽得外面風聲一陣緊似一陣，便下了禪床，出到前軒。但見雲影橫空，月華如水。獨自一人憑欄站了一回，忽聽房上兩個貓兒一遞一聲廝叫。妙玉忽想起日間寶玉之言，不覺一陣心跳耳熱。連忙自己收攝心神，走進禪房，仍到禪床上坐了。怎奈神思恍惚，覺得禪床晃蕩起來，不知身之所至，心裡卻急。一會兒似是寶玉站在她面前，笑嘻嘻地，只不說話；一會兒又似有許多王孫公子要求娶她，又有些媒婆扯扯拽拽扶她上車，只得哭喊著：「我是有菩薩保佑的，你們到底要怎麼樣！」妙玉這一叫，早驚醒了庵中女尼道婆等眾，急去看時，只見她兩眼矇，兩頰通紅，口中猶自哭喊著。眾人都嚇得沒了主意，說道：「我們在這裡呢，快醒轉來吧。」一邊使勁推她。妙玉被推醒過來，心中似有些明白，卻又有些糊塗，只管怔忡著，呆呆地坐著。一連幾天，雖然屏息跏趺，終是神思未復，恍恍惚惚的。

第四十九回　布疑陣寶玉談心禪　失通靈海棠示異兆

惜春因聽說妙玉那天晚上回去後便病了說胡話，如今還是未曾全好，心想：「妙玉雖然潔淨，畢竟塵緣未斷。可惜我生在這種人家不便出家。我若出了家時，哪有邪魔纏擾，一念不生，萬緣俱寂。」剛想到這裡，驀與神會，若有所得，便口占一偈云：

大造本無方，雲何是應住。
既從空中來，應向空中去。

占畢，命丫頭焚香，自己靜坐了一回。忽然聽到外頭丫頭吵吵嚷嚷的，一會兒彩屏進來說：「老太太請姑娘去賞花呢。怡紅院的海棠本來已經枯了的，昨日寶玉去看，枝頭上好像有了骨朵兒似的，也沒人信他，忽然今日開出很好的海棠花呢，大家都詫異，爭著去看呢。」

惜春見眾人都已在了，只有鳳姐、寶釵因病未來，湘雲因她叔叔調任回京，接回了家去沒來。大家說笑了一回，講究這花開得古怪。邢夫人道：「我聽見這花已經萎了一年，怎麼這回又開了，必有個緣故。」賈母道：「這花兒應在三月裡開的，如今雖是十一月，因節氣遲，還算十月，應著小陽春的天氣，這花開因為和暖是有的。」王夫人道：「老太太見得多，說得是。此時便開也不為奇。」李紈笑道：「老太太與太太說得都是。據我的糊塗想頭，必是寶玉有喜事來了，此花先來報信。」探春心內想：「此花必非好兆。大凡順者昌，逆者亡。草木知運，不按時而發，必是妖孽。」只不好說出來。正說著，賈赦、賈政、賈環、賈蘭都進來看花。賈赦便說：「據我的主意，把它砍去，必是花妖作怪。」賈政道：「見怪不怪，其怪自敗。不用砍，隨它去就是了。」賈母聽見，便說：「誰在這裡混說！人家有喜事好處，什麼怪不怪的。若有好事，你們享去，若是不好，我一個人當去。你們不許混說。」賈政不敢言語，訕訕地同賈赦等賞了一回便出來了。

大家因要討老太太的歡喜，便彼此說些興頭話。賈母又叫人傳話到廚房裡，快快預備酒席，大家賞花。寶玉想起：「晴雯死的那年海棠死的，今日海棠復榮，我們院內這些人自然都好。但是晴雯不能像花死而復生了。」頓覺轉喜為悲。忽又想起前日鳳姐打趣說是喜事來了，再看看黛玉也在暗中沉吟，一接觸他的眼光，便紅了臉，低下頭。莫非此花因此而開，也未可知，卻又轉悲為喜，依舊說笑。

只見平兒笑嘻嘻地進來說：「我們奶奶知道老太太在這裡賞花，自己不得來，叫奴才來服侍老太太、太太們，還有兩匹紅送給寶二爺包裹這花，當作賀禮。」賈母笑道：「偏是鳳丫頭行出點事兒來，叫人看著又體面，又新鮮，很有趣兒。」襲人笑著向平兒道：「回去替寶二爺給二奶奶道謝，要有喜大家喜。」襲人送出平兒，平兒悄悄道：「奶奶說，這花開得奇怪，叫妳鉸塊紅綢子掛掛，便應在喜事上去了。以後也不必只管當作奇事混說。」襲人點頭答應。

次日起來，寶玉只管出來看一回，賞一回，歎一回，愛一回的，心中無數悲喜離合，都弄到這株花上去了。忽然又想到黛玉身上，便披上一件狐腿外褂就要出去，襲人一見，便道：「二爺這會兒又匆匆忙忙到哪裡去？依我看，不如坐著靜靜地養一會倒好。」寶玉道：「我出去走走就來的。」說著便走了。先去賈母處坐了一會兒，便到了瀟湘館，掀簾進去，紫鵑接著，見裡間屋內無人，寶玉道：「姑娘哪裡去了？」紫鵑道：「知道姨太太過來，姑娘請安去了。二爺沒有到上屋裡去嗎？」剛說著，只見黛玉帶著雪雁回來了。一見寶玉，便問道：「你上去看見姨媽沒有？」寶玉道：「見過了。只是奇怪，見了我也不像先時親熱。我問起寶姐姐病來，她不過笑了一笑，並不答言。難道怪我這兩天沒有去瞧她嗎？」黛玉笑道：「你去瞧過沒有？」寶玉道：「頭幾天不知道她病了，這兩天知道了，也還沒有去。」黛玉道：「可不是。」寶玉道：「論理，也該去看看了。若是像從前這扇小門走得通的時候，要我一天瞧她十趟也不難。如今把門堵了，要打前頭過去，自然不便了，再說老太太、太太又不叫去。」黛玉道：「她哪裡知道這個緣故。」寶玉道：「寶姐姐為人是最體諒我的。」黛玉道：「你不要自己打錯了主意。若論寶姐姐，更不體諒，又不是姨媽病，是寶姐姐病。向來在園中，作詩賞花飲酒，何等熱鬧，如今隔開了，你看見她家裡有事了，她又病了，你像沒事人一般，她怎麼不惱呢。」寶玉道：「這樣難道寶姐姐便不和我好了不成？」黛玉道：「她和你好不好我卻不知，我也不過是照理而論。」寶玉呆了半晌。黛玉也不睬他，只是自己叫人添了香，又翻出書來細看了一會。只見寶玉把眉一皺，把腳一跺道：「我想這個人生他做什麼！天地間沒有了我，倒也乾淨！」黛玉道：「原是有了我，便有了人，有了人，便有無數的煩惱生出來，恐怖、顛倒、夢想，更有許多的障礙。」寶玉道：「可不是。」黛玉微微一笑：「剛才我說的都是玩笑話，你不過是看見姨媽沒精打采，如何便疑到寶姐姐身上去？姨媽原是為家中的事情煩心，哪裡還來應酬你？這都是你自己心上胡思亂想，鑽入魔道裡去了。」寶玉豁然開朗，笑道：「很是，很是。妳的性靈比我強遠了，怨不得前年我生氣的時候，妳和我說過幾句禪語，我實在對不上來。我雖丈六金身，還借妳一莖所化。」黛玉抿嘴一笑，說道：「我便問你一句話，你如何回答？」寶玉盤著腿，合著手，道：「講來。」黛玉道：「寶姐姐和你好你怎麼樣？寶姐姐不和你好你怎麼樣？寶姐姐前兒和你好，如今不和你好你怎麼樣？今兒和你好，後來不和你好你怎麼樣？你和她好她偏不和你好你怎麼樣？你不和她好她偏要和你好你怎麼樣？」寶玉呆了半晌，忽然大笑道：「任憑弱水三千，我只取一瓢飲。」黛玉道：「瓢之漂水，奈何？」寶玉道：「非瓢漂水，水自流，瓢自漂耳！」黛玉道：「水止珠沉，奈何？」寶玉道：「禪心已做沾泥絮，莫向春風舞鷓鴣。」黛玉道：「禪門第一戒是不打誑語的。」寶玉道：「有如三寶。」黛玉低頭不語。

忽見秋紋走來說道：「請二爺回去，老爺叫人來喚二爺呢。」嚇得寶玉站起身來往外忙走。出了門一邊問秋紋：「老爺叫我做什麼？」秋紋笑道：「沒有叫，襲人姐姐叫我請二爺，我怕你不來，才哄你的。」寶玉聽了才放下心，便說：「妳們請我也罷了，何苦來嚇我。」

一到便見襲人迎了出來，笑問道：「你這好半天到哪裡去了。」寶玉笑道：「在林妹妹那裡說了會兒話。」襲人道：「說了什麼呢。」寶玉笑道：「我們在打禪。」襲人道：「什麼不好說，你們參禪參翻了，又像那時候一樣，叫我們跟著打悶葫蘆了。」寶玉笑道：「妳不知道，我們有我們的禪機，別人是插不下嘴的。頭裡我也年紀小，她也孩子氣，所以我說了不留神的話，她就惱了；如今我也留神了，她也就沒有惱的了。」

正說著，賈政傳話來，要帶他出門。寶玉無奈，只得匆匆忙忙地換了衣服去了。

至晚間回來，仍舊換衣，襲人見寶玉脖子上那玉沒有掛著，便問：「那塊玉呢？」寶玉道：「那會兒忙亂換衣，摘下來放在炕桌上，我並沒有戴。」襲人回看桌上並沒有玉，便向各處找尋，蹤影全無，嚇得襲人滿身冷汗。寶玉道：「不用著急，少不得在屋裡的。問她們就知道了。」襲人當作麝月等藏起嚇她玩，便向麝月等笑著說道：「小蹄子們，玩呢到底有個玩法。把這件東西藏在哪裡了?別真弄丟了，那可就大家活不成了。」麝月等都正色道：「這是哪裡的話!玩是玩笑是笑，這個事非同兒戲，妳可別混說。妳自己昏了心了，想想吧，想想擱在哪裡了。這會兒又混賴人了。」襲人便著急道：「皇天菩薩小祖宗，到底你擺到哪裡去了?」寶玉道：「我記得明明放在炕桌上的，妳們到底找啊。」襲人等也不敢叫人知道，大家偷偷兒地各處搜尋。鬧了大半天，甚至翻箱倒籠，實在沒處去找，便疑到方才這些人進來，不知誰撿了去了。襲人說道：「進來的誰不知道這玉是性命似的東西呢，誰敢撿了去呢?」寶玉也嚇怔了，襲人急得只是乾哭。找沒處找，回又不敢回。

次日，襲人只得道：「妳們好歹先別聲張，快到各處問去。若有姐妹們撿著嚇我們玩呢，妳們給她磕頭要了回來，若是小丫頭偷了去，問出來也不回上頭，不論把什麼送給她換了出來都使得的。這可不是小事，真要丟了這個，比丟了寶二爺還厲害呢。」麝月秋紋剛要往外走，襲人又趕出來囑咐道：「剛才在這裡吃飯的倒先別問去，找不成再惹出些風波來，更不好了。」麝月等依言分頭各處追問。

大家正在發呆，只見各處知道的都來了。探春叫把園門關上，先命個老婆子帶著兩個丫頭，再往各處去尋去，一面又叫告訴眾人：若誰找出來，重重賞銀。誰知那塊玉竟像繡花針兒一般，找了一天，總無蹤影。李紈急了，說：「這件事不是玩的，我要說句無禮的話了。事情到了這個地步，也顧不得了。現在園裡除了寶玉，都是女人，要求各位姐姐、妹妹，都要叫跟來的丫頭脫了衣服，大家搜一搜。若沒有，再叫丫頭們去搜那些老婆子和粗使的丫頭。」大家說道：「這話也說得有理。現在人多手亂，魚龍混雜，倒是這麼一來，妳們也洗洗清。」獨探春不言語。平兒說道：「打我先搜起。」於是各人自己解懷，李紈一氣兒混搜。探春嗔著李紈道：「大嫂子，妳也學那起不成才的樣子來了。那個人既偷了去，還肯藏在身上？況且這件東西在家裡是寶，到了外頭，不知道的是廢物，偷它做什麼？我想來必是有人促狹使壞。」眾人聽說，又見環兒不在這裡，昨兒是他滿屋裡亂跑，都疑到他身上，只是不肯說出來。探春又道：「使促狹的只有環兒。妳們叫個人去悄悄地叫了他來，背地裡哄著他，叫他拿出來，然後嚇著他，叫他不要聲張。這就完了。」大家點頭稱是。

李紈便向平兒道：「這件事還是得妳去才弄得明白。」平兒答應著忙去了。不多時同了賈環進來，眾人假意裝出沒事的樣子，故意搭訕著走開。平兒便笑著向環兒道：「你二哥哥的玉丟了，你瞧見了沒有？」賈環急得紫漲了臉，瞪著眼說道：「人家丟了東西，妳怎麼又叫我來查問，疑我。我是犯過案的賊嗎！」平兒見這樣子，倒不敢再問，忙賠笑道：「不是這麼說，怕三爺要拿了去嚇她們，所以問問瞧見了沒有，好叫她們找。」賈環道：「他的玉在他身上，看見不看見該問他，怎麼問我。捧著他的人多著咧！得了什麼不來問我，丟了東西就來問我！」說著，起身就走，眾人又不好攔他。寶玉倒急了，說道：「都是這勞什子鬧事，我也不要它了，你們也不用鬧了。環兒一去，必是嚷得滿院裡都知道了，這可不是鬧事了嗎？」大家明知此事掩飾不來，只得要商議定了話，好回賈母諸人。寶玉道：「你們也不用商議，就說我砸了就完了。」平兒道：「我的爺，好輕巧話兒！上頭要問為什麼砸的呢，她們也是個死啊。若要起那砸破的碴兒來，那又怎麼樣呢？」寶玉道：「不然便說我前日出門丟了。」眾人一想，這句話倒還混得過去，但是這兩天又沒上學，又沒往別處去。寶玉道：「怎麼沒有，大前兒還到南安王府裡聽戲去了呢，便說那日丟的。」探春道：「那也不妥。既是前兒丟的，為什麼當日不來回。」眾人正在胡思亂想，只聽得趙姨娘的聲兒哭著喊著走來說：「你們丟了東西自己不找，怎麼叫人背地裡拷問環兒。我把環兒帶了來，索性交給你們，該殺該剮，隨你們吧。」說著，將賈環一推說：「你是個賊，快快招吧！」氣得賈環也哭喊起來。

忽聽丫頭來說：「太太來了。」王夫人見眾人都有驚惶之色，才信方才聽見的話，便道：「那塊玉真丟了嗎？」眾人都不敢做聲。寶玉生恐襲人告訴出來，便說道：「太太，這事不與襲人她們相干。是我前日到南安王府那裡聽戲，在路上丟了。」王夫人道：「為什麼那日不找？」寶玉道：「我怕她們知道，沒有告訴她們。我叫茗煙等在外頭各處找過的。」王夫人道：「胡說！如今脫換衣服不是襲人她們服侍的嗎？大凡哥兒出門回來，手巾荷包短了，還要問個明白，何況這塊玉不見了，便不問的嗎？」寶玉無言可答。趙姨娘聽見，便得意了，忙接過口道：「外頭丟了東西，也賴環兒！」話未說完，被王夫人喝道：「這裡說這個，妳倒說那些沒要緊的話！」趙姨娘便不敢言語了。還是李紈、探春從實告訴了王夫人一遍，王夫人也急得淚如雨下，索性要回明賈母，去問邢夫人那邊跟來的這些人去。

一時鳳姐病中也聽說了，便扶了豐兒來到園裡。王夫人道：「妳也聽見了嗎，這可不是奇事嗎？我要回了老太太，認真地查出來才好，不然是斷了寶玉的命根子了。」鳳姐回道：「咱們家人多手雜，哪裡保得住誰是好的。但是一吵嚷已經都知道了，偷玉的人若叫太太查出來，明知是死無葬身之地，他著了急，反要毀壞了滅口，那時可怎麼辦呢。據我的糊塗想法，只說寶玉本不愛它，撂丟了，也沒有什麼要緊。只要大家嚴密些，別叫老太太、老爺知道。一邊暗暗地派人去各處察訪，哄騙出來，那時玉也可得，罪名也好定。不知太太心裡怎麼樣？」王夫人遲疑了半日，才說道：「妳這話雖也有理，但只是老爺跟前怎麼瞞得過呢。」便叫環兒過來道：「你二哥哥的玉丟了，問了你一句，怎麼就亂嚷。若是嚷破了，人家把那個毀壞了，我看你活得活不得！」賈環嚇得哭道：「我再不敢嚷了！」

王夫人便吩咐眾人道：「想來自然有沒找到的地方兒，好端端地在家裡的，還怕它飛到哪裡去不成。只是不許聲張，限襲人三天內給我找出來，要是三天找不著，只怕也瞞不住，大家那就不用過安靜日子了。」說著，便叫鳳姐跟到邢夫人那邊去商議。

襲人心裡著忙，便捕風捉影地混找，沒一塊石底下不找到，只是沒有。回到院中，寶玉也不問有無，只管傻笑。麝月著急道：「小祖宗！你到底是哪裡丟的，說明了，我們就是受罪也在明處啊。」寶玉笑道：「我說外頭丟的，妳們又不依。妳如今問我，我知道嗎？」李紈、探春道：「今兒鬧到現在，已三更天了。我們也該歇歇兒了，明兒再鬧吧。」說著，大家散去。寶玉即便睡下。可憐襲人等哭一回，想一回，一夜無眠。

第五十回　探宮闈元妃歸大夢　瞞消息鳳姐設奇謀

黛玉回去後，也覺奇怪，因心裡記掛著，又不能睡。一時想起金玉的舊話來，心想，和尚道士的話真個信不得。果真金玉有緣，寶玉如何能把這玉丟了呢？或者因我之事，拆散他們的金玉，也未可知？故反而歡喜。又想到海棠花上，心想這塊玉原是胎裡帶來的，非比尋常之物，若是這花主好事呢，不該失了這玉呀？看來此花開得不祥，莫非他有不吉之事？不覺又傷起心來。轉而又想到喜事上頭，此花又似應開，此玉又似應失，如此一悲一喜，直想到五更。

接下來幾天，眾人雖然盡著找，卻始終不見那玉。寶玉卻自失了玉後，終日懶怠走動，說話也糊塗了。襲人看這光景又不敢以實情回覆賈母，只說是有病。賈母便親自到園看視，王夫人也隨過來。襲人等忙叫寶玉接去請安，賈母等進屋坐下，問他的話，襲人教一句，他說一句，大不似往常，直是一個傻子似的。賈母越看越疑，便說：「我才進來看時，不見有什麼病，如今細細一瞧，這病果然不輕，竟是神魂失散的樣子。到底因什麼起的呢？」王夫人知事難瞞，又瞧瞧襲人怪可憐的樣子，只得便依著寶玉先前的話，悄悄地告訴了一遍，心裡也彷徨得很。賈母果然著急：「這還了得！這是寶玉的命根子。因丟了，所以他是這麼失魂落魄的。叫人快快請老爺，我跟他說，叫人無論如何也要找回來。」一邊便叫人：「將寶玉動用之物都搬到我那裡去，只派襲人秋紋跟過來。」寶玉只是嘻嘻笑著，也不言語。賈母便攜了寶玉起身，襲人等攙扶出園。

又叫鴛鴦找些安神定魂的藥，讓吃了，寶玉方睡下。一連幾天，雖有大夫來看了，寶玉也不見有什麼好。這裡賈璉和鳳姐裡裡外外地遍尋，這玉就是杳無蹤影，賈母等即使著急也沒其他辦法。那天，王夫人等又在賈母房中勸解，因說起不僅那花開得奇怪，那玉也是丟得奇怪。鳳姐便道：「老太太、太太，目下有一個辦法也許還可以找出那塊玉來。」賈母趕緊問是什麼辦法。鳳姐道：「老太太也知道寶姑娘那金鎖，或者還可以去求求姨太太，早點給寶兄弟成了親，借那金鎖引出玉來也未可知，不知老太太、太太以為如何？」賈母沉吟了半晌，看著王夫人。王夫人道：「如今也說不得太多，倒是寶玉的命根子要緊。就讓鳳丫頭去說說，就說好歹都是為了寶玉。」

這裡商量定了，又問了賈政的主意，賈政雖覺不甚妥當，因是賈母的意思，便也無可無不可了。鳳姐又特意去了薛姨媽處，薛姨媽聽說是賈母的意思，又因最近薛蟠的官司，托了賈政上下關照。雖覺此事倉促了些，卻因關係寶玉的病，便也答應了。鳳姐便又把賈政的意思說了，如今年底，家中也忙亂，且寶玉畢竟還有些糊塗，不如先定了下來，明春再過禮，過了老太太的生日，就定日子娶。薛姨媽想著自然也不無道理。

這裡一切就緒，賈母卻想到寶玉、黛玉平常的情景，隱隱約約地有些擔憂，鳳姐看出賈母的心思，便笑道：「老太太，若依我的說法，這事竟不必聲張，等以後寶兄弟明白了再告訴也不遲。」賈母點頭道：「就這樣吧。我想寶玉在病中，先讓他靜養也有好處。」

鳳姐便吩咐眾丫頭們：「妳們聽到了，寶二爺定親的話，不許混吵嚷。若有多嘴的，提防著她的皮。」

誰知寶玉的病連日來更加重了，整天只是怔怔的，時而清醒，時而糊塗。寶釵因許了寶玉，自是不能過來探視。黛玉來過幾次，兩個人見面卻又訕訕的，寶玉只管看著她笑嘻嘻的，黛玉反不好意思起來，因想到這玉丟得奇怪，許是應到自己的親事上頭，故更覺無話可說了。

那一天，王夫人等正在賈母房中，忽見有人來稟告，說是老爺請王夫人，王夫人趕緊出來，見賈政滿臉淚痕，喘吁吁地說道：「妳快去稟知老太太，即刻進宮。不用多人的，是妳服侍進去。因娘娘忽得暴病，現在太監在外立等，太醫院已經奏明痰厥，不能醫治。」王夫人聽說，便大哭起來。賈政道：「這不是哭的時候，快快去請老太太，說得寬緩些，不要嚇壞了老人家。」賈政說著，出來吩咐家人伺候。王夫人收了淚，去請賈母，只說元妃有病，進去請安。賈母唸佛道：「怎麼又病了！前番嚇得我了不得，後來又打聽錯了。這回情願再錯了也罷。」

一時進了宮，見元妃痰塞口涎，不能言語，見了賈母，只有悲泣之狀，卻少眼淚。賈母才知病已沉重，又不敢啼哭，唯有心內悲感。

出來不多時，便有小太監傳諭：「賈娘娘薨逝。」正是十二月十八立春之日，家人自是悲泣，王夫人因接連不順心的事出來，不久也就病倒了。

到了二月，皇上念賈政勤儉謹慎，即放了江西糧道，已奏明啟程日期。賈政正念家中人口不寧，心裡不願，又不敢耽延在家。正在無奈之際，只聽見賈母那邊叫：「請老爺。」

賈政即忙進去，看見王夫人帶著病也在那裡，便向賈母請了安。賈母叫他坐下，說道：「你不日就要赴任，我有多少話與你說，不知你聽不聽？」說著，掉下淚來。賈政忙站起來說道：「老太太有話只管吩咐，兒子怎敢不遵命呢。」賈母咽哽著說道：「我今年八十一歲的人了，你又要做外任去。你這一去了，我所疼的只有寶玉，偏偏又病得糊塗，還不知道怎麼樣呢。我想著要娶了金命的人幫扶他，必要沖沖喜才好，不然只怕保不住。我知道你不信那些話，所以叫你來商量。你的媳婦也在這裡，你們兩個也商量商量，是要寶玉好呢，還是隨他去呢？」賈政賠笑說道：「老太太當初疼兒子這麼疼的，難道做兒子的就不疼自己的兒子嗎？只為寶玉不上進，所以時常恨他，也不過是恨鐵不成鋼的意思。老太太既要給他成家，這也是該當的，豈有逆著老太太不疼他的理。如今寶玉病著，兒子也是不放心。因老太太不叫他見我，所以兒子也不敢言語。我到底瞧瞧寶玉是個什麼病。」賈母便叫扶出寶玉來，賈政見他臉面消瘦，目光無神，不覺眼圈就紅了。便叫人扶了進去，復站起來說：

「老太太主意該怎麼便怎麼就是了。只是貴妃的事雖不禁婚嫁，但寶玉按規矩有九個月的功服，此時也難娶親。再者我的起身日期已經奏明，不敢耽擱，這幾天怎麼辦呢？」賈母想了一想說：「也只可越禮些辦了才好。你若給他辦呢，我自然有個道理，包管都礙不著。況且寶玉病著，也不可真叫他成親，不過是沖沖喜，趕著挑個娶親日子，一概鼓樂不用，按宮裡的樣子，用十二對提燈，一乘八人轎子抬了來拜堂成親。或者寶丫頭過來，因金鎖倒招出他那塊玉來也未定。從此一天好似一天，豈不是大家的造化。待寶玉好了，過了功服，然後再擺席請人。只有這麼著都趕得上，你也看見了他們小倆口的事，也好放心地去。」賈政賠笑說道：「老太太想得極是，也很妥當。只是要吩咐家下眾人，不許吵嚷得裡外皆知，這是要擔不是的。姨太太那邊，只怕不肯，若是果真應了，也只好按著老太太的主意辦去。」賈母道：「姨太太那裡有我呢，寶丫頭又是個極明白的人。你要同意，就這麼辦了。」賈政答應著出來。

寶玉見過賈政，便又昏昏沉沉地睡去，賈母與賈政所說的話，竟一句也沒有聽見。襲人卻靜靜地聽得明白，心裡又喜又憂，想了好半天，待賈政出去，叫秋紋照看著寶玉，便從裡間出來，走到王夫人身旁，悄悄地請了王夫人到賈母身後屋裡去說話。

到了後間，襲人跪下便哭了：「這話奴才是不該說的，這會兒因為沒有法兒了。太太看去寶玉和寶姑娘好，還是和林姑娘好呢？」王夫人道：「他兩個因從小兒在一處，所以寶玉和林姑娘又好些。」襲人道：「不是好些。」便將寶玉平日與黛玉那些光景一一說了，還說：「這些事都是太太親眼見的。」王夫人拉著襲人道：「我看外面兒已瞧出幾分來了。妳今兒一說，更加是了。但是剛才老爺說的話他想必都聽見了，妳看他的神情兒怎麼樣？」襲人道：「幸虧寶玉並沒聽見。若他仍舊是以前的心事，太太也知道，初見林姑娘便要摔玉砸玉，況且那年夏天在園裡把我當作林姑娘，說了好些私心話，後來因為紫鵑說了句玩話兒，便哭得死去活來。若是如今和他說要娶寶姑娘，竟把林姑娘撂開，除非是他人事不知還可，若稍明白些，只怕不但不能沖喜，竟是催命了！我再不把話說明，那不是一害三個人了嗎？還得求太太想個萬全的主意才好。」王夫人低頭想了半晌，道：「既這麼著，妳去幹妳的，等我瞅空兒回明老太太，再作道理。」說著，仍到賈母跟前，見賈母問起，便趁勢把襲人的話回了。

賈母半日沒言語，歎道：「別的事都好說。若寶玉果真是這樣，這可叫人作了難了。」鳳姐想了一想，道：「依我想，這件事只有一個掉包兒的法子。」賈母道：「怎麼掉包兒？」鳳姐道：「如今不管寶兄弟明白不明白，大家吵嚷起來，說是老爺做主，將林姑娘配了他了。瞧他的神情兒怎麼樣。要是他全不管，這個包兒也就不用掉了。若是他有些喜歡的意思，這事卻要大費周折呢。」王夫人道：「就算他喜歡，妳怎麼樣辦法呢？」鳳姐附耳說了一遍。王夫人點點頭兒，笑道：「也罷了。」賈母便問道：「妳娘兒兩個搗鬼，到底告訴我是怎麼著呀？」鳳姐便又向賈母耳邊輕輕地告訴了一遍。賈母笑道：「這麼著也好，可就只太苦了寶丫頭了。若吵嚷出來，林丫頭又怎麼樣呢？」鳳姐道：「這個話原只說給寶玉聽，外頭一概不許提起，有誰知道呢？」

鳳姐等便進了裡間，襲人見她們進來，便扶起寶玉坐著。鳳姐說道：「寶兄弟大喜，老爺已擇了吉日要給你娶親了。你喜歡不喜歡？」寶玉聽了，只管瞅著鳳姐笑，微微地點點頭兒。鳳姐笑道：「給你娶林妹妹過來好不好？」寶玉卻大笑起來。鳳姐看著，也猜不透他是明白還是糊塗，便又問道：「老爺說你好了才給你娶林妹妹呢，若還是這麼傻，便不給你娶了。」寶玉忽然正色道：「我不傻，你才傻呢。」說著，便站起來說：「我去瞧瞧林妹妹去，叫她放心。」鳳姐忙扶住了，說：「林妹妹早知道了。她如今要做新媳婦了，自然害羞，不肯見你的。」寶玉道：「娶過來她到底是見我不見？」鳳姐又好笑，又著忙，心裡想：「襲人的話不差。提了林妹妹，雖說仍舊說些瘋話，卻覺得明白些。若真明白了，將來不是林妹妹，那饑荒才難打呢。」便忍笑說道：「你好好兒地便見你，若是瘋瘋癲癲的，她就不見你了。」寶玉說道：「我有一個心，前兒已交給林妹妹了。她要過來，橫豎給我帶來，還放在我肚子裡頭。」鳳姐聽著竟是瘋話，賈母聽了，又是笑，又是疼，便說道：「如今且不用理他，叫襲人好好地安慰他便是了。」

寶玉認以為真，心裡大樂，精神便覺得好些，只是語言總還是有些瘋傻。

第五十一回　林黛玉焚稿斷痴情　薛寶釵出閣成大禮

一日，黛玉帶著紫鵑到賈母這邊來，忽然想起忘了手絹來，便叫紫鵑回去取，自己卻慢慢地走著等她。剛走到沁芳橋那邊山石背後，忽聽有嗚嗚咽咽的哭聲。黛玉想著，一大早的是誰在這裡哭，心裡疑惑，便慢慢地走去，卻見一個濃眉大眼的丫頭在那裡哭呢。那丫頭見黛玉來了，便也不敢再哭，站起來拭眼淚。黛玉一看，長得粗粗蠢蠢的樣兒，並不認得，想是哪一房裡做粗活的丫頭，受了大女孩的氣。便問道：「妳好好地為什麼在這裡傷心？」那丫頭聽了這話，又流淚道：「林姑娘妳評評這個理。她們說話我又不知道，我就說錯了一句話，我姐姐也犯不著就打我呀。」黛玉不懂她說的是什麼，便笑問道：「妳姐姐是哪一個？」那丫頭道：「就是珍珠姐姐。」黛玉這才知道她是賈母屋裡的，便問：「妳叫什麼？」那丫頭道：「我叫傻大姐兒。」黛玉笑了一笑，又問：「妳姐姐為什麼打妳？妳說錯了什麼話了？」那丫頭道：「就是為我們寶二爺娶寶姑娘的事情。」黛玉聽了這一句，如同一個疾雷，心頭亂跳。略定了定神，便叫那丫頭跟她到了一個僻靜的地方，正是那畸角上葬花之處，問道：「寶二爺娶寶姑娘，她為什麼打妳呢？」傻大姐道：「我只是和襲人姐姐說了一句：『咱們明兒更熱鬧了，又是寶姑娘，又是寶二奶奶，這可怎麼叫呢！』林姑娘妳說我這話害著珍珠姐姐什麼了，她走過來就打了我一個嘴巴，說我混說，不遵上頭的話，要攆出我去。我哪知道上頭為什麼不叫言語呢，妳們又沒告訴我，就打我。」說著，又哭起來，一邊嘴裡還在嘟嚕著。

黛玉此時心裡竟是油兒醬兒糖兒醋兒倒在一處的一般，甜苦酸鹹，說不上什麼味兒來了，她後頭究竟再說了些什麼也沒聽到。停了一會兒，才顫巍巍地說道：「妳別混說了。妳再混說，叫人聽見又要打妳了，妳去吧。」說著，自己移身要回瀟湘館去。那身子竟有千百斤重似的，兩隻腳卻像踩著棉花一般，走了半天，還沒到沁芳橋畔。原來心裡只是迷迷痴痴，便信著腳從那邊繞過來，更添了兩箭地的路。這時剛到沁芳橋畔，卻又不知不覺地順著堤往回裡走起來。紫鵑取了絹子來，卻不見黛玉。正在那裡看時，見黛玉臉色雪白，身子晃晃蕩蕩的，眼睛也直直的，在那裡東轉西轉。又見一個丫頭往前頭走了，離得遠，也看不出是哪一個來。心中驚疑不定，忙趕過來輕輕地問道：「姑娘怎麼又回去？是要往哪裡去？」黛玉也只模糊聽見，隨口應道：「我問問寶玉去！」紫鵑也摸不著頭腦，只得攙著她到賈母這邊來。

黛玉走到賈母門口，心裡微覺明晰，回頭看見紫鵑攙著自己，便站住了問道：「妳做什麼來的？」紫鵑賠笑道：「我找了絹子來了。頭裡見姑娘在橋那邊呢，我趕著過來問姑娘，姑娘沒理會。」黛玉笑道：「我打量妳來瞧寶二爺來了呢，不然怎麼往這裡走呢。」紫鵑見她心裡迷惑，便知黛玉必是聽見那丫頭什麼話了，唯有點頭微笑而已。只是心裡怕她見了寶玉，那一個已經是瘋瘋傻傻，這一個又這樣恍恍惚惚，那時如何是好？

黛玉也不用人打簾子，自己掀起簾子就進來了，裡面卻是寂然無聲。因賈母在屋裡歇中覺，丫頭們也有玩去的，也有打盹兒的，也有在那裡伺候老太太的。倒是襲人聽見簾子響，從屋裡出來，見是黛玉，便讓道：「姑娘屋裡坐吧。」黛玉笑著道：「寶二爺在家嗎？」只見紫鵑在黛玉身後和她努嘴兒，指著黛玉，又搖搖手兒。襲人不解何意，也不敢言語。黛玉卻也不理會，自己走進房來。看見寶玉在那裡坐著，也不起來讓坐，只瞅著嘻嘻地傻笑。黛玉自己坐下，卻也瞅著寶玉笑。兩個人也不問好，也不說話，也無推讓，只管對著臉傻笑起來。襲人看見這番光景，心裡大不得主意。忽然聽著黛玉說道：「寶玉，你為什麼病了？」寶玉笑道：「我為林姑娘病了。」襲人、紫鵑兩個嚇得面目改色，連忙用言語來岔。兩個卻又不答言，仍舊傻笑起來。襲人見了這樣，知道黛玉此時心中迷惑不減於寶玉，便悄悄和紫鵑說道：「姑娘才好了，我叫秋紋妹妹同著妳攙回姑娘歇歇去吧。」秋紋忙來同著紫鵑攙起黛玉。

那黛玉也就起來，瞅著寶玉只管笑，只管點頭兒。紫鵑又催道：「姑娘回家去歇歇吧。」黛玉道：「可不是，我這就是回去的時候兒了。」說著，便回身笑著出來了，仍舊不用丫頭們攙扶，自己卻走得比往常飛快，紫鵑、秋紋後面趕忙跟著走。出了賈母院門，只管一直走去。紫鵑連忙攙住叫道：「姑娘往這邊來。」黛玉仍是笑著隨了往瀟湘館來。離門口不遠，紫鵑道：「阿彌陀佛，可到了家了！」只這一句話沒說完，只見黛玉身子往前一栽，哇地一聲，一口血直吐出來，紫鵑和秋紋大驚，趕緊扶著躺在床上，秋紋才去了。

黛玉漸漸甦醒過來，見紫鵑、雪雁在床邊守著，眼中滿是淚，便問紫鵑道：「妳們守著哭什麼？我哪裡就能夠死呢？」一句話沒完，又喘成一處。心中卻漸漸地明白過來，方模糊想起傻大姐的話來，又想起那日夢中情景，那心早灰了一半，此時反不傷心，唯求速死。

哪知秋紋回去，正值賈母睡起中覺來，看見秋紋神情驚慌，以為寶玉出了什麼事，忙問是怎麼了，秋紋嚇得連忙把剛才的事回了一遍。賈母大驚說：「這還了得！」鳳姐道：「我都囑咐到了，這是什麼人走了風呢。這不更是一件難事了嗎？」賈母道：「且別管那些，先瞧瞧去是怎麼樣了。」說著便起身，帶著王夫人、鳳姐過去。

見黛玉臉色如雪，神氣昏沉，氣息微細。半日又咳嗽了一陣，吐出來都是痰中帶血的，大家都慌了。那黛玉微微睜眼，看見賈母在她旁邊，便喘吁吁地說道：「老太太，妳白疼了我了！」賈母一聞此言，心中十分難受，便道：「好孩子，妳養著吧，不怕的。」黛玉微微一笑，把眼又閉上了。

賈母看黛玉神氣不好，心裡只是納悶，孩子們從小兒在一處兒玩，好些是有的。如今大了懂得人事，就該要分別些，才是做女孩兒的本分，我才心裡疼她。她如今這樣，可不是白疼了她了。心中竟是說不上的滋味，也不覺滴下淚來。王夫人忙在一旁勸解，又與鳳姐攙了賈母請回去歇歇。

賈母出來，告訴鳳姐等道：「我看這孩子的病，不是我咒她，只怕難好。你們也該替她預備預備，沖一沖，或者好了也未定。就是怎麼樣，也不至臨時忙亂。偏又咱們家裡這兩天正有事。」說時只覺哽咽。鳳姐忙道：「林妹妹的事老太太倒不必掛心，橫豎有他二哥哥天天同著大夫瞧著。倒是寶兄弟那邊的事要緊，還得老太太照管著。」

賈母道：「咱們這種人家，別的事自然沒有的，這心病也是斷斷有不得的。林丫頭若不是這個病呢，我憑著花多少錢都使得。若是這個病，不但治不好，我也沒心腸了。」

黛玉此後，心裡卻也明白，只是這病卻日重一日。那日，紫鵑等又在一旁苦勸，說是意外之事是再沒有的，姑娘別聽瞎話，自己安心保重才是。黛玉微笑一笑，也不答言，又咳嗽數聲，吐出好些血來。紫鵑等看去，只有一息奄奄，明知勸不過來，唯有守著流淚。

黛玉便扎掙❶著向紫鵑說道：「妹妹，妳是我最知心的，雖是老太太派妳服侍我這幾年，我拿妳就當我的親妹妹。」說到這裡，氣又接不上來。紫鵑一陣心酸，早哭得說不出話來。遲了半日，黛玉一面喘一面說道：「妳扶起我來靠著坐坐。」紫鵑同雪雁把她扶起，兩邊用軟枕靠住，自己卻倚在旁邊。

黛玉哪裡坐得住，狠命地撐著：「我的詩本子。」說著又喘。雪雁料是要她前日所理的詩稿，便找來送到黛玉跟前。黛玉點點頭兒，又抬眼看那箱子。雪雁不解，只是發怔。紫鵑料是要絹子，便叫雪雁開箱，拿出一塊白綾絹子來。黛玉瞧了，撂在一邊，使勁說道：「有字的。」紫鵑明白是要那塊題詩的舊帕，叫雪雁拿出來遞給黛玉。一邊勸道：「姑娘歇歇吧，何苦又勞神，等好了再瞧吧。」只見黛玉接到手裡，也不瞧詩，掙扎著伸出那隻手來狠命地撕那絹子，卻是只有打顫的份兒。紫鵑知她心情，卻也不敢說破，只說：「姑娘何苦自己又生氣！」黛玉點點頭兒，掖在袖裡，便叫雪雁點燈。雪雁答應著忙點上燈來。

黛玉瞧瞧，又閉了眼坐著，喘了一會兒，又道：「籠上火盆。」紫鵑說道：「姑娘躺下，多蓋一件吧。那炭氣只怕擔不住。」黛玉又搖頭兒。雪雁只得籠上，黛玉點頭，意思叫挪到炕上來。雪雁只得端上來，出去拿那張火盆炕桌。黛玉卻又把身子欠起，紫鵑只得兩隻手來扶著她。黛玉這才將方才的絹子拿在手中，瞅著那火點點頭兒，往上一撂。紫鵑嚇了一跳，想要搶時，兩隻手卻不敢動。此時那絹子已經燒著了。紫鵑勸道：「姑娘這是怎麼說呢。」黛玉只做沒聽見，回手又把那詩稿拿起來，瞧了瞧又搆下了。紫鵑怕她也要燒，連忙將身倚住黛玉，騰出手來拿時，黛玉又早拾起，撂在火上。紫鵑搆不著，只能乾著急。雪雁正拿進桌子來，看見黛玉一撂，不知何物，趕忙搶時，那紙沾火就著，早已烘烘地著了。雪雁也顧不得燒手，從火裡抓起來撂在地下亂踩，卻已燒得所餘無幾了。黛玉把眼一閉，往後一仰，幾乎不曾把紫鵑壓倒。紫鵑連忙叫雪雁上來將黛玉扶著放倒，心裡突突亂跳。又不敢就回老太太，因天天三四趟去告訴賈母，紫鵑測度著賈母近日比以前疼黛玉的心差了些，也不好太過添煩。好容易熬了一夜，到了次日早起，覺黛玉又緩過一點兒來。飯後，卻又嗽又吐，又緊起來。紫鵑看著不好了，連忙將雪雁等都叫進來看守，自己卻來回賈母。

哪知到了賈母上房，靜悄悄地，只有兩三個老嬤嬤和幾個做粗活的丫頭在那裡看屋子呢。紫鵑便問道：「老太太呢？」那些人都說不知道。紫鵑聽這話詫異，就到寶玉屋裡去看，竟也無人。問屋裡的丫頭，也說不知。紫鵑已知八九，但這些人怎麼竟這樣狠毒冷淡！又想到黛玉這幾天竟連一個人問的也沒有，越想越悲，索性激起一腔悶氣來，一扭身便出來了。自己想了一想，今日倒要看看寶玉是何形狀！看他見了我怎麼樣過得去！那一年我說了一句謊話他就急病了，今日竟公然做出這件事來！一面想著，早已來到怡紅院。只見院門虛掩，裡面卻又寂靜得很。紫鵑忽然想到，他要娶親，自然是有新屋子的，但不知他這新屋子在何處？正在那裡徘徊瞻顧，看見墨雨飛跑著過來，紫鵑便叫住他。墨雨笑嘻嘻地道：「姐姐在這裡做什麼？」紫鵑道：「我聽見寶二爺娶親，我要來看看熱鬧兒。誰知不在這裡，也不知是哪兒？」墨雨悄悄地道：「我這話只告訴姐姐，妳可別告訴雪雁她們。上頭吩咐了，連妳們都不叫知道呢。就是今日夜裡娶，哪裡是在這裡，老爺派璉二爺另收拾了房子了。」說著又問：「姐姐有什麼事嗎？」紫鵑道：「沒什麼事，你去吧。」

自己發了一回呆，忽然想起黛玉來，這時候還不知是死是活。便兩淚汪汪，咬著牙發狠道：「寶玉，我看她明兒死了，你算是躲得過不見了！你過了你那如心如意的事兒，拿什麼臉來見我！」嗚嗚咽咽地自回去了。還未到瀟湘館，只見兩個小丫頭在門裡往外探頭探腦的，一眼看見紫鵑，那一個便嚷道：「那不是紫鵑姐姐來了嗎？」紫鵑知道不好了，趕忙進去看時，只見黛玉奶媽王奶奶在大哭。紫鵑一時也不知如何是好，忽然想起李紈來，寡居的人，寶玉成親必沒有去的理。便命小丫頭急忙去請。

李紈見冒冒失失地進來一個丫頭回說：「大奶奶，只怕林姑娘不好了，那裡都哭呢。」嚇了一大跳，也來不及問了，一頭走著，一頭落淚，想著，姐妹在一處一場，更兼她那容貌才情。偏偏鳳姐想出一條偷樑換柱之計，自己也不好過瀟湘館來，竟未能稍盡姐妹之情。真真可憐可歎。一頭想著，已走到瀟湘館的門口。裡面卻又寂然無聲，李紈倒著起忙來，連忙三步兩步走進屋子來。

裡間門口一個小丫頭已經看見，便說：「大奶奶來了。」紫鵑忙往外走，和李紈走了個對臉。李紈忙問：「怎麼樣？」紫鵑唯有喉中哽咽的份兒，卻一字說不出。那眼淚一似斷線珍珠一般，只將一隻手回過去指著黛玉。李紈看了更覺心酸，看時，那黛玉已不能言。李紈輕輕叫了兩聲，黛玉卻還微微地開眼，似有知識之狀，卻要一句話一點淚也沒有了。李紈回身找紫鵑，卻不在跟前，雪雁道：「她在外頭屋裡呢。」李紈連忙出來，只見紫鵑在外間空床上躺著，臉色青黃，閉了眼只管流淚。李紈道：「傻丫頭，這是什麼時候，且只顧哭妳的！林姑娘的衣衾還不拿出來給她換上，還等多早晚呢。難道她個女孩兒家，妳還叫她赤身露體精著來光著去嗎？」紫鵑聽了這句話，更止不住地痛哭起來。李紈一面也哭，一面著急，一面拭淚，一面拍著紫鵑的肩膀說：「好孩子，妳把我的心都哭亂了，快著收拾她的東西吧，再遲一會兒就了不得了。」

忽外邊一個人慌慌張張跑進來，看時卻是平兒。平兒跑進來看見這樣，站住了只是呆呆地發怔。李紈道：「妳這會兒不在那邊，做什麼來了？」說著，林之孝家的也進來了。平兒道：「奶奶不放心，叫來瞧瞧。既有大奶奶在這裡，我們奶奶就只顧那一頭兒了。」李紈點點頭兒。平兒道：「我也見見林姑娘。」說著，早已流下淚來。

李紈便和林之孝家的道：「妳來得正好，快出去告訴管事的預備林姑娘的後事。妥當了叫他來回我。」林之孝家的答應了，還站著。李紈道：「還有什麼話呢？」林之孝家的道：「剛才二奶奶和老太太商量了，那邊用紫鵑姑娘使喚使喚呢。」李紈還未答言，只聽紫鵑道：「林奶奶，妳先請吧。等著人死了我們自然是出去的，哪裡用這麼——」說到這裡卻又不好說了，又改說道：「況且我們在這裡守著病人，身上也不潔淨。林姑娘還有氣兒呢，不時地叫我。」李紈在旁解說道：「當真這林姑娘和這丫頭也是前世的緣法兒，我看她兩個一時也離不開。」林之孝家的聽了剛才紫鵑的話，未免不受用，被李紈這麼一說，卻也沒的說。又見紫鵑哭得淚人一般，只好瞅著她微微地笑道：「紫鵑姑娘這些閒話倒不要緊，只是她卻說得，我可怎麼回老太太呢。況且這話是告訴得二奶奶的嗎？」正說著，平兒擦著眼淚出來道：「這麼著吧，就叫雪雁姑娘去吧，也是一樣的。」便叫了雪雁出來，讓換了新鮮衣服，雪雁雖然傷心不願意，也只能跟著林之孝家的去了。

❶ 扎掙：勉強支撐。

第五十二回　苦絳珠魂歸離恨天　病神瑛淚灑相思地

寶玉因聽說要娶林妹妹為妻，樂得手舞足蹈，雖依舊還有幾句傻話，但精神旺健，與病時光景大相懸絕了。只管問襲人道：「林妹妹打園裡來，為什麼這麼費事，還不來？」襲人忍著笑道：「等好時辰。」

大轎從大門進來，家裡細樂迎出去，十二對宮燈，排著進來。寶玉見是雪雁扶著，心想：「怎麼不是紫鵑，倒是她呢？」轉而一想，雪雁原是她南邊家裡帶來的，紫鵑仍是我們家的，自然不必帶來，見了雪雁竟如見了黛玉的一般歡喜。雪雁見今日寶玉居然像個好人一般，想起姑娘，又是生氣，又是悲傷，又不敢露出來。一時禮畢，見寶玉走到新人跟前說道：「妹妹身上好了？好些天不見了，蓋著這勞什子做什麼！」就要揭去，反把賈母急出一身冷汗來。寶玉又轉念一想道：「林妹妹是愛生氣的，不可莽撞。」又歇了一歇，仍是按捺不住，只得上前揭了。喜娘接去蓋頭，雪雁走開，鶯兒等上來伺候。寶玉睜眼一看，好像寶釵，心裡只是不信，便自己一手持燈，一手擦眼，一看，可不是寶釵嗎！寶玉發了一回怔，又見鶯兒立在旁邊，不見了雪雁。自己反以為是夢中了，輕輕地叫襲人道：「我是在哪裡呢？這不是做夢嗎？」襲人道：「你今日好日子，什麼夢不夢的混說。老爺可在外頭呢。」

寶玉悄悄拿手指著道：「坐在那裡這一位美人是誰？」襲人握了自己的嘴，笑得說不出話來，歇了半日才說道：「是新娶的二奶奶。」眾人也都回過頭去，忍不住地笑。寶玉又道：「好糊塗，妳說二奶奶到底是誰？」襲人道：「寶姑娘。」寶玉道：「林姑娘呢？」鳳姐便走上來說道：「老爺做主娶的是寶姑娘，怎麼混說起林姑娘來。寶姑娘在屋裡坐著呢。別混說，回頭得罪了她，老太太不依的。」寶玉聽了，這會兒糊塗更厲害了，口口聲聲鬧著只要找林妹妹去。

黛玉白日已昏暈過去，心頭口中卻一絲微氣不斷。到了晚間，又緩了過來，心裡似明似暗的。睜開眼一看，只有紫鵑坐在身邊哭泣，她便一手攥了紫鵑的手，使著勁說道：「我是不中用的人了。妳服侍我幾年，我原指望咱們兩個總在一處。不想我……」說著，又喘了起來，閉了眼歇著。半天又道：「妹妹，我這裡並沒親人。我的身子是乾淨的，妳好歹叫他們送我回去。」說到這裡又閉了眼不言語了。那手卻漸漸緊了，喘成一處，只是出氣大入氣小，已經促疾得很了。可巧，李紈同著探春來了。紫鵑見了，忙悄悄地說道：「三姑娘，瞧瞧林姑娘吧。」說著，淚如雨下。

猛聽黛玉直聲叫道：「寶玉！寶玉！你好……」說到「好」字，便渾身冷汗，不做聲了。紫鵑等急忙扶住，那汗越出，身子便漸漸地冷了。

只聽得遠遠一陣音樂之聲，側耳一聽，卻又沒有了。唯竹梢風動，月影移牆。

正是寶玉娶寶釵的這個時辰。

寶玉只口口聲聲要找林妹妹去，一會兒說：「你們聽，林妹妹在哭了。」一會兒又說：「我要死了！我有一句心裡的話，只求老太太、太太，橫豎林妹妹也是要死的，我如今也不能保。將我同林妹妹兩個抬在那裡，活著也好一處醫治服侍，死了也好一處停放。」一連幾日，寶玉更加昏聵，索性連人也認不明白了。寶釵見此，唯暗中垂淚，一日又聽見寶玉說胡話，便說道：「實告訴你說吧，林妹妹已經亡故了。」說著也不禁哭了出來。寶玉忽然坐起來，怔怔看著她：「這是果真？」不禁放聲大哭，倒在床上。

忽然眼前漆黑，辨不出方向，心中只想找黛玉去，卻不知黛玉在何處，正自恍惚徘徊，眼前彷彿有人來了，寶玉茫茫然問道：「這是何處？林妹妹可在此地？」那人冷笑道：「黛玉生不同人，死不同鬼，無魂無魄，何處尋訪！你何必苦苦追尋？」寶玉聽得只怔怔地在那裡，卻聽那人又道：「且她已歸太虛幻境，你想一見，終不能了。」說畢，便向袖中取出一石，向寶玉心口擲來。寶玉「啊呀」一聲，又聽那邊有人喚他。回首看時，卻是賈母、王夫人、寶釵、襲人等圍繞哭泣叫著。依舊案上紅燈，窗前皓月，仍是錦繡叢中，繁華世界。

寶玉略一定神，心內反而清爽了，仔細一想，真正無可奈何，不過數聲長歎而已。到晚間，因見襲人一人在身邊，便悄悄問道：「妳林妹妹是什麼時候的事？」襲人只得回道：「聽說就在你娶親的那個時辰。」

寶玉便馬上要去瀟湘館，襲人攔著。倒是寶釵道：「就讓他去哭哭他林妹妹去吧。」說著也不覺淚下。賈母聽說了，因知不能勸止，又想著黛玉死時，自己正為了寶玉的事忙著而不能再看一面，便要自己也一起去，王夫人、鳳姐只得也跟著來了。

瀟湘館內但見竹梢風動，花影移牆。寶玉想起未病之時園中情景，如今物是人非，不禁嚎啕大哭。賈母也眼淚交流說道：「是我弄壞了她了。但只是這個丫頭也太傻氣！」眾人勸解了一番。寶玉便要進房去，眾人也阻攔不住。剛至房門前，忽聽得一聲長歎，大似平日黛玉嗟呀❶聲調：「儂今葬花人笑痴，他年葬儂知是誰。」一看，是鸚鵡在廊前簷下學舌。寶玉只呆呆地看著，那淚早又流了下來。一進門，寶玉必要叫紫鵑來見，問明姑娘臨死有何話說。紫鵑本來深恨寶玉，見如此，心裡已回過來些，又見賈母王夫人都在這裡，不敢灑落寶玉，便哭著一一告訴了。寶玉又哭得氣噎喉乾。鳳姐便請賈母等回去，寶玉哪裡肯捨，還是賈母說好做歹逼著，只得勉強回房。

賈母有了年紀的人，打從寶玉病起，日夜不寧，今又大痛一陣，已覺頭暈身熱。雖是不放心惦著寶玉，卻也掙扎不住，吩咐襲人道：「寶玉若再悲戚，速來告訴我們。」寶釵知寶玉一時必不能捨，也不相勸，只任由他。歇了一夜，倒也安穩。明日一早，眾人都來瞧他，但覺氣虛身弱，心病倒覺去了幾分。於是加意調養，有時寶釵也拿人死不能復生的大道理勸解他，寶玉倒恐寶釵多心，只得飲泣收心。那日薛姨媽過來探望，看見寶玉精神略好，也就稍覺放心。

一日，賈母特請薛姨媽過去商量圓房的事。說：「寶玉的命都虧姨太太救的，想來不妨了，獨委屈了妳的姑娘。如今寶玉身體復舊，又過了功服，正好圓房。要求姨太太做主，另擇個上好的吉日。」薛姨媽便道：「老太太主意很好。」正說著，鳳姐進來，笑道：「我剛才聽了個笑話兒來了，意思說給老太太和姑媽聽。」賈母微笑道：「妳又不知要編派誰呢，妳說來我和姨太太聽聽，說不笑我們可不依。」鳳姐未說先笑道：「老太太和姑媽打量是哪裡來的笑話兒？就是咱們家的新姑爺新媳婦啊。」賈母道：「怎麼了？」鳳姐拿手比著道：「一個這麼坐著，一個這麼站著。一個這麼扭過去，一個這麼轉過來。一個又……」說到這裡，賈母已經大笑起來，說道：「妳好生說吧，倒不是他們兩口兒，妳倒把人嘔得受不得了。」薛姨媽也笑道：「妳往下直說吧，不用比了。」鳳姐才說道：「剛才我到寶兄弟屋裡，我看見好幾個人笑。我只道是誰，巴著窗戶眼兒一瞧，原來寶妹妹坐在炕沿上，寶兄弟站在地下。寶兄弟拉著寶妹妹的袖子，口口聲聲只叫：『寶姐姐，妳為什麼不會說話了？妳這麼說一句話，我的病包管全好。』寶妹妹卻扭著頭只管躲。寶兄弟卻作了一個揖，上前又拉寶妹妹的衣服。寶妹妹急得一扯，寶兄弟自然病後是腳軟的，索性一撲，撲在寶妹妹身上了。寶妹妹急得紅了臉，說道：『你更加比先不尊重了。』」說到這裡，賈母和薛姨媽都笑起來。

鳳姐又道：「寶兄弟便立起身來笑道：『虧得跌了這一跤，好容易才跌出妳的話來了。』」薛姨媽笑道：「這是寶丫頭古怪。這有什麼的，既做了兩口兒，說說笑笑地怕什麼。她沒見妳璉二哥和妳。」鳳姐笑道：「這是怎麼說呢，我說笑話給姑媽解悶兒，姑媽反倒拿我打起卦來了。」說著笑了。

賈母便又與鳳姐商議了一回圓房的事，鳳姐方回來。因忽然想起探春，便叫豐兒與小紅跟著，要到探春處看看。剛走至茶房窗下，聽見裡面有人嘰嘰喳喳的，又似哭，又似笑，又似議論什麼的。鳳姐知道不過是家下婆子們又不知搬什麼是非，心內大不受用，便命小紅進去，裝做無心的樣子細細打聽著，用話套出原委來。小紅答應著去了。鳳姐只帶著豐兒來至園裡，只見園中月色比著外面更覺明朗，重重樹影，杳無人聲，卻甚是淒涼寂靜。剛想往秋爽齋這條路來，只聽呼地一聲風過，吹得那樹枝上落葉滿園中唰喇喇地作響，將那些寒鴉宿鳥都驚飛起來。鳳姐被風一吹，只覺身上發噤起來。那豐兒也把頭一縮說：「好冷！」鳳姐撐不住，叫豐兒：「快回去把那件銀鼠坎肩兒拿來，我在三姑娘那裡等著。」豐兒巴不得一聲，也要回去穿衣裳來，答應了一聲，回頭就跑了。

鳳姐剛舉步走了不遠，只覺身後嗤嗤似有聞嗅之聲，不覺毛骨悚然起來。回頭一看，只見黑油油一個東西在後面伸著鼻子聞她呢。鳳姐嚇得魂不附體，不覺失聲咳了一聲。卻是一隻大狗。那狗被驚動，一氣跑上大土山上方站住了，回身猶向鳳姐拱爪兒。鳳姐此時心跳神移，急急向秋爽齋來。方轉過山子，只見迎面有一個人影兒一晃。鳳姐心中疑惑，心裡想著必是哪一房裡的丫頭，便問：「是誰？」問了兩聲，並沒有人出來，已經嚇得神魂飄蕩。恍恍惚惚地背後似乎有人說道：「嬸娘連我也不認得了！」鳳姐忙回頭，只覺十分眼熟。那人又說道：「嬸娘只管享榮華受富貴的心盛，把我那年說的立萬年永遠之基都付於東洋大海了。」鳳姐聽說，低頭尋思。那人冷笑道：「嬸娘那時怎樣疼我了，如今就忘在九霄雲外了。」鳳姐才恍然大悟：「唉呀，妳是死了的人哪，怎麼跑到這裡來了呢！」啐了一口，方轉回身，不防被一塊石頭絆了一跤，猶如夢醒一般，渾身汗如雨下，卻見小紅豐兒影影綽綽地來了。鳳姐恐怕落人的褒貶，連忙爬起來說道：「妳們做什麼呢，去了這半天？快拿來我穿上吧。」豐兒走至跟前服侍穿上，小紅過來攙扶。鳳姐道：「我剛才到那裡，她們都睡了。咱們回去吧。」

回到房中，賈璉也已回來了，只是神色更變，不似往常，待要問他，又知他素日性格，不敢突然相問，只得睡了。

至次日五更，賈璉就起來要往總理內庭都檢點太監裘世安家去打聽事務。因太早了，見桌上有昨日送來的抄報，便拿起來閒看。見第一件是私帶神槍火藥出邊之事，共有十八名人犯。頭一名鮑音，口稱系太師鎮國公賈化家人。第二件是縱放家奴，倚勢凌辱軍民，以致因奸不遂殺死節婦一家人命三口事。兇犯姓時名福，自稱系世襲三等職銜賈范家人。賈璉看見這兩件，心中早又不自在起來，待要看第三件，又恐遲了不能見裘世安的面，便急急地穿了衣服出去了。

此時鳳姐尚未起來，平兒便說道：「今兒夜裡我聽著奶奶沒睡什麼覺，我這會兒替奶奶捶著，好生打個盹兒吧。」鳳姐不言語，半日方歎了一口氣：「我的心也操夠了，看來也不久了。」平兒一邊捶著一邊笑道：「奶奶這怎麼說！大五更的，何苦來呢！」鳳姐冷笑道：「妳哪裡知道，我是早已明白了。雖然活了二十五歲，人家沒見的也見了，沒吃的也吃了，也算全了。所有世上有的也都有了。氣也算賭盡了，強也算爭足了，就是壽字兒上頭缺一點兒，也罷了。」平兒聽說，由不得滾下淚來。鳳姐笑道：「妳這會兒不用假慈悲，我死了你們只有歡喜的。你們一心一計和和氣氣的，省得我是你們眼裡的刺似的。只有一件，你們知好歹只疼我那孩子就是了。」平兒聽說這話，更加哭得淚人似的。鳳姐笑道：「別扯妳娘的臊了，哪裡就死了呢？哭得那麼痛！我不死還叫妳哭死了呢。」平兒哽咽道：「奶奶說得這麼傷心。」一面又捶，半日不言語，鳳姐又朦朧睡去。

❶ 嗟呀：歎息。

第五十三回　驚幽魂感生離死別　悲遠嫁歎風流雲散

平兒見鳳姐睡了，方下炕來要去，只聽外面腳步響。誰知賈璉去遲了，那裘世安已經上朝去了，不遇而回，心中正沒好氣，進來就問平兒道：「那些人還沒起來嗎？」平兒回說：「沒有呢。」賈璉一路摔簾子進來，冷笑道：「好，好，這會兒還都不起來，安心打擂臺打撒手兒！」一疊聲又要喝茶，平兒忙倒了一碗茶來。原來那些丫頭老婆見賈璉出了門便又睡了，不打量這會兒回來，原不曾預備。平兒便把溫過的拿了來，賈璉更加生氣，舉起碗來，嘩啷一聲摔了個粉碎。

鳳姐驚醒，嚇了一身冷汗，噯喲一聲，睜開眼，只見賈璉氣狠狠地坐在旁邊，平兒彎著腰拾碗片子呢。鳳姐道：「你怎麼就回來了？」見半日不答應，只得又問一聲。賈璉嚷道：「妳不要我回來，叫我死在外頭吧！」鳳姐笑道：「這又是何苦來呢！常時我見你不像今兒回來得快，問你一聲，也沒什麼生氣的。」賈璉又嚷道：「又沒遇見，怎麼不快回來呢！我這裡一大堆的事沒個動秤兒的，沒來由為人家的事，瞎鬧了這些日子，當什麼呢！正經那有事的人還在家裡擺酒唱戲做生日呢。我可瞎跑他娘的腿子！」一面往地下啐了一口，又罵平兒。鳳姐聽了，氣得乾咽，想了一想，又忍住了，勉強賠笑道：「何苦來生這麼大氣，大清早起和我叫喊什麼。誰叫你應了人家的事？你既應了，就得耐煩些，少不得替人家辦辦。也沒見這個人自己有為難的事還有心腸唱戲擺酒的鬧！」賈璉道：「妳可說嗎，妳明兒倒也問問他！」鳳姐詫異道：「我問誰？」賈璉道：「問誰！問妳哥哥。」鳳姐道：「是他嗎？他又有什麼事叫你替他跑？」賈璉道：「妳還在罈子裡呢。」鳳姐道：「真真這就奇了，我連一個字兒也不知道。」賈璉道：「妳怎麼能知道呢，這個事連太太和姨太太還不知道呢。頭一件怕她們不放心，二則妳身上又常嚷不好，所以我在外頭壓住了，不叫裡頭知道的。說起來真真可人惱！妳打量妳哥哥行事像個人呢，妳知道外頭人都叫他什麼？」鳳姐道：「叫他什麼？」賈璉道：「叫他什麼，叫他『忘仁』！」鳳姐噗嗤地一笑：「他可不叫王仁叫什麼呢。」賈璉道：「妳打量那個王仁嗎？是忘了仁義禮智信的那個『忘仁』哪！」鳳姐道：「這是什麼人這麼刻薄糟蹋人。可是呢，你說生日又是什麼？誰又生日了？」賈璉道：「今兒索性告訴妳，妳也知道知道妳那哥哥的好處，什麼過生日，他不過是指著二叔隨便說了個生日收人家的賀禮。」鳳姐道：「二叔不是冬天的生日嗎？怎麼著是現在。」賈璉道：「不過變了個法子想著再弄幾個錢罷了。也不管親戚朋友人家知道不知道，這麼丟臉！妳知道我起早為什麼？這如今因海疆的事情御史參了一本，說是大舅太爺的虧空，本員已故，應著落弟弟王子勝、侄兒王仁賠補。爺兒兩個急了，找了我給他們託人情。我見他們嚇得那麼個樣兒，再者又關係著太太和妳，才應了。想著找找老裘替辦辦，或者前任後任挪移挪移。偏又去晚了，他進裡頭去了。我白起來跑了一趟，他們家裡還在那裡定戲擺酒呢。妳說說，叫人生氣不生氣！」鳳姐聽了，才知王仁所行如此。但她素性要強護短，便道：「憑他怎麼樣，到底是你的親大舅兒。再者，這件事死的大太爺活的二叔都感激你。罷了，沒什麼說的，我們家的事，少不得我低三下四地求你了，省得帶累別人受氣，背地裡罵我。」說著，眼淚早流下來，掀開被窩一面坐起來，一面挽頭髮，一面披衣裳。賈璉道：「妳倒不用這麼著，是妳哥哥不是人，我並沒說妳呀。況且我出去了，妳身上又不好，我都起來了，她們還睡覺。咱們老輩子有這個規矩嗎？妳如今做好好先生不管事了。我說了一句妳就起來，明兒我要嫌這些人，難道妳都替了她們嗎？好沒意思啊！」鳳姐聽了這些話，才把淚止住了，說道：「天呢不早了，我也該起來了。你有這麼說的，你替他們家在心地辦辦，那就是你的情分了。再者也不光為我，就是太太聽見也喜歡。」賈璉道：「是了，知道了。『大蘿蔔還用屎澆。』」

平兒道：「奶奶這麼早起來做什麼，哪一天奶奶不是起來有一定的時候兒呢。爺也不知是哪裡的邪火，拿著我們出氣。何苦來呢，奶奶也算替爺掙夠了，哪一點兒不是奶奶擋頭陣。不是我說，爺現成也不知吃了多少，這會兒替奶奶辦了一點兒事，又關係著好幾層兒呢，就是這麼拿糖做醋地起來，也不怕人家寒心。我們起遲了，原該爺生氣，左右到底是奴才呀。奶奶累得成了個病包兒了，這是何苦來呢。」說著，自己的眼圈兒也紅了。那賈璉本是一肚子悶氣，見了她們這樣倒沒氣了，便笑道：「夠了，算了吧。她一個人就夠使的了，不用妳幫著。左右我是外人，多早晚我死了，妳們就清淨了。」鳳姐道：「你也別說那個話，誰知道誰怎麼樣呢。你不死我還死呢，早死一天早心淨。」說著，又哭起來。平兒只得又勸了一回。那時天已大亮，日影橫窗。賈璉也不便再說，站起來出去了。

鳳姐也起來梳洗了，到了賈母房中來，見王夫人等正在看賈政的家書。一見鳳姐，便道：「正要使人去請妳呢。」原來信中除了報一切平安，又提到海疆總制為其子求聘探春一事，如今回明賈母，如若願意，即將三姑娘接到任所。

賈母道：「好便好，但只道兒太遠。雖然老爺現在那裡，若將來調任，可不是我們孩子太單了嗎？」王夫人道：「兩家都是做官的，也是拿不定。或者那邊還調進來，再不然，也終有個葉落歸根。況且老爺既在那裡做官，上司已經說了，好意思不給嗎？想來老爺的主意定了，只是不做主，故遣人來回老太太的。」賈母道：「你們願意更好。只是三丫頭這一去了，不知三年兩年的那邊可能回家？若再遲了，恐怕我趕不上再見她一面了。」說著，掉下淚來。王夫人道：「也說不得遠近，只要那孩子好就好。譬如迎姑娘倒配得近呢，偏常聽見她被女婿打鬧，甚至不給飯吃。前兒打發人去瞧她，迎丫頭藏在耳房裡不肯出來。老婆子們必要進去，看見我們姑娘這樣冷天還穿著幾件舊衣裳。一包眼淚地告訴婆子們說：『回去別說我這麼苦，也不用送什麼衣服東西來，不但摸不著，反要添一頓打。』老太太想想，這倒是近處眼見的，若不好更難受。我想老爺既看見過女婿，定然是好才許的。」賈母半晌方道：「既如此，妳就揀個長行[1]的日子送去，也就定了一件事。」王夫人答應著「是」。一面又吩咐鳳姐打點料理。

寶釵一旁聽著，也不敢做聲，只是心裡叫苦，我們家姑娘裡頭就算她是個尖兒，如今又要遠嫁，眼看著這裡的人一天少似一天了。見王夫人告辭出來，她也送了出來，一徑回來，又見寶玉若有所思呆呆地坐著，便也不理他。進入裡間，襲人獨自一人在那兒做活，寶釵便將剛才聽到的話說了。

不想寶玉因剛才探春來時，細細地問了黛玉死時的情景，正自愁歎；繼而想到探春所說，黛玉死時卻聞一陣音樂自天際縹緲，便想到黛玉或者是離凡返仙去了，反又喜歡。一人正忽悲忽喜的。忽又聽見襲人和寶釵在那裡講究探春出嫁之事，寶玉聽了，啊呀地一聲，哭倒在炕上。嚇得寶釵襲人都來扶起說：「怎麼了？」寶玉早哭得說不出來，定了一回神，說道：「這日子過不得了！姐妹們都一個一個地散了！林妹妹是成了仙去了。大姐姐呢已經死了；二姐姐呢，碰著了一個混帳不堪的東西；三妹妹又要遠嫁，總不得見的了；史妹妹又不知要到哪裡去；薛妹妹是有了人家的。這些姐姐妹妹，難道一個都不留在家裡，單留我做什麼！」寶釵聽得又好笑又好氣，問著寶玉道：「據你的心裡，要這些姐妹都在家裡陪到你老了，都不要為終身的事嗎？打量天下獨是你一個人愛姐姐妹妹呢，若是都像你，就連我也不能陪你了。大凡人念書，原為的是明理，怎麼你反而更加糊塗了。這麼說起來，我同襲姑娘各自一邊兒去，讓你把姐姐妹妹們都邀了來守著你。」寶玉聽了，兩隻手拉住寶釵襲人道：「我也知道。為什麼散得這麼早呢？等我化了灰的時候再散也不遲。」襲人掩著他的嘴道：「又胡說。這兩天才身上好些，二奶奶也才吃些飯。若是你又鬧翻了，我也不管了。」寶玉聽她兩個人說話都有道理，只是心上不知怎麼才好，只得勉強說道：「我卻明白，但只是心裡鬧得慌。」

晚間時候，寶玉輕輕央襲人道：「把紫鵑叫來，有話問她。但紫鵑見了我，臉上總是有氣，須得妳去解勸開了再來才好。」襲人道：「她不是二奶奶叫是不來的，有話你明兒問不得？」寶玉道：「所以妳得去說明了才好。好姐姐，妳快去叫她來。」襲人道：「叫我說什麼？」寶玉道：「妳還不知道我的心和她的心嗎？都為的是林妹妹。妳說我並不是負心，我如今叫妳們弄成了一個負心的人了！」說著這話，他瞧瞧裡間屋子，用手指著說：「她是我本不願意的，都是老太太她們捉弄的，好端端把個林妹妹弄死了。就是她死，也該叫我見見，說個明白。那紫鵑為她們姑娘，也是恨得我了不得。妳想我是無情的人嗎？晴雯死了，我實告訴妳吧，我還作個祭文祭她呢，這是林妹妹親眼見的。如今林妹妹死了，難道倒不及晴雯嗎？我連祭都不能祭一祭，她不是更抱怨我嗎？」襲人道：「你要祭就祭去，誰攔著你呢？」寶玉道：「我自從好了起來，就想要作一篇祭文，不知道怎一點靈性都沒有了。要祭別人呢，胡亂還使得，祭她是斷斷粗糙不得一點的。所以叫紫鵑來問問。妳倒說林妹妹已經好了，怎麼忽然死的？她好的時候我不去，她怎麼說來著？我病的時候，她不來，她來又怎說來著？林妹妹既是念我為什麼臨死把詩稿燒了，不留給我做個紀念？又聽見說天上有音樂響，必是她成了神，或是登了仙去。我雖見過了棺材，到底不知道棺材裡有她沒有。」襲人道：「你這話更加糊塗了，怎麼一個人沒死就擱在棺材裡當死了的呢！」寶玉道：「大凡成仙的人，或是肉身去的，或是脫胎去的。好姐姐，妳到底叫了紫鵑來。」襲人道：「如今等我細細地說明了你的心，她要肯來還好，要不肯來，還得費多少話；就是來了，見你也不肯細說。據我的主意，明日等二奶奶上去了，我慢慢地問她，或是倒可得個仔細。遇著閒空兒，我再慢慢地告訴你。」寶玉道：「妳說得也是，妳不知道我心裡的著急。」

正說著，麝月出來說：「二奶奶說，天已四更了，請二爺進去睡吧，襲人姐姐必是說高了興了，忘了時候。」襲人道：「可不是該睡了，有話明兒再說吧。」寶玉無奈，只得進去，又向襲人耳語道：「明兒好歹別忘了。」襲人笑道：「知道了。」麝月抹著臉笑道：「你們兩個又鬧鬼兒了。為什麼不和二奶奶說明了，就到襲人那邊睡去？由著你們說一夜，我們也不管。」寶玉擺手道：「不用言語。」襲人恨道：「小蹄子兒，妳又嚼舌根，看我明兒撕妳的嘴！」回頭對寶玉道：「這不是你鬧的？說了四更天的話。」一面送寶玉進屋。

過了幾日，便見探春來告辭了，寶玉一心不願分別，然也無可奈何，想著探春這一去，山高水闊的，姐妹們再不得一塊。不禁又想起黛玉來，心裡鬱結竟是無人可說。

不久賈政來信，說探春已嫁，夫婿人品甚好，一切安好，賈母等方稍覺安慰。眾人正在談論之間，賈璉進來說道，卻聽說是賈政被參了。已打聽明白，旨意著降職三級，加恩仍然在工部任職，並令即日回京。王夫人自是詫異。賈璉道：「正在吏部說話的時候，來了一個江西知縣，說起我們二叔，但說是個好上司，只是用人不當，那些家人在外招搖撞騙，欺凌屬員，已經把好名聲都弄壞了。據侄兒想來，想是忒鬧得不好了，恐將來弄出大禍，所以借了一件失察的事情參的，倒是避重就輕的意思也未可知。」賈母聽說了，便道：「這也罷了，一家人可得團聚，比在外頭強。只是探丫頭又落了單了。」於是一家人又忙著準備迎接賈政回來的事。

❶長行：遠行。

第五十四回　忽喇喇似大廈傾倒　昏慘慘如燈油將盡

不日，賈政回來，覆了旨，便去見賈母，說了些別後之話。又說探春那邊，親家老爺太太帶話請老太太的安。還說今冬明春大約還可調進京來，如今聞海疆有事，恐怕一時還不能調。又見寶玉果然比起身之時臉面豐滿，倒覺安靜，獨不知他心裡糊塗，所以心裡也喜。

次日，至宗祠行禮畢，賈政便叫了賈珍、賈璉過來，問起家中事務，道：「我初回家，不便來細細查問。只是聽見外頭說起，更不比往前，諸事要謹慎才好。孩子們該管教管教，別叫他們在外頭得罪人。因我有所聞才說的，你們更該小心些。」賈珍等臉漲得通紅，只得點頭。

眾親朋因賈政回家，都要送戲接風。賈政便推辭道：「唱戲不必，倒是在家中備了水酒，請親朋過來大家談談。」

那天賈政正在那裡設宴請酒，忽見賴大急忙著來回賈政道：「有錦衣府堂官趙老爺帶領好幾位司官說來拜望，一徑走進來了。請老爺同爺們快接去。」賈政正心想：「趙老爺並無來往，怎麼也來？」只見二門上家人又報進來說：「趙老爺已進二門了。」賈政等搶步接去，只見趙堂官滿臉笑容，並不說什麼，一徑走上廳來。後面跟著五六位司官，但是總不答話。眾親友也有認得趙堂官的，見他仰著臉不大理人，只拉著賈政的手，笑著說了幾句寒暄的話。又見家人慌張報告：「西平王爺到了。」賈政慌忙去接，已見王爺進來。趙堂官搶上去請了安，便說：「王爺已到，隨來各位老爺就該帶領府役把守前後門。」眾官應了出去。賈政等知事不好，連忙跪接。西平郡王用兩手扶起，笑嘻嘻地說道：「無事不敢輕造，有奉旨交辦事件，要赦老接旨。如今滿堂中筵席未散，想有親友在此未便，且請眾位府上親友各散，獨留本宅的人聽候。」那些親友先見來頭不好，這時聽見，就一溜煙如飛地出去了。趙堂官便轉過一副臉來回王爺道：「請爺宣旨意，就好動手。」這些番役卻撩衣捋臂，專等旨意。西平王慢慢地說道：「小王奉旨帶領錦衣府趙全來查看賈赦家產。」賈赦等聽見，俱俯伏在地。王爺便站在上頭說：「有旨意：『賈赦交通外官，依勢凌弱，辜負朕恩，有忝祖德，著革去世職。欽此。』」趙堂官一疊聲叫：「拿下賈赦，其餘都看守。」又即叫他的家人：「分頭按房抄查登帳。」西平王便說：「不必忙，先傳信後宅，且請內眷迴避，再查不遲。」一言未了，老趙家奴番役早已經分頭查抄去了。王爺喝命：「不許囉唆！待本爵自行看。」說著慢慢地站起來，又吩咐說：「跟我的人一個不許動，都給我站在這裡候著，回來一起瞧著登數。」只見錦衣司官跪稟：「查出御用衣裙併多少禁用之物。」一會兒，又見人稟：「抄出兩箱房地契，又一箱借票，都是違例取利。」正報著，只見王府長史來稟說：「守門軍傳進來說，主上特命北靜王到這裡宣旨，請爺接去。」

只見北靜王已到大廳，就向外站著，說：「有旨意，錦衣府趙全聽宣。」說：「奉旨意：『著錦衣官唯提賈赦質審，餘交西平王遵旨查辦。欽此。』」西平王著趙堂官提取賈赦回衙，一邊與北靜王坐下道：「我正與老趙生氣。幸得王爺到來降旨，不然這裡很吃大虧。」北靜王說：「我在朝內聽見王爺奉旨查抄賈宅，我甚放心。不料老趙這麼混帳。但不知現在政老及寶玉在哪裡，裡面不知鬧到怎麼樣了。」

裡面賈母那邊女眷也正擺家宴，王夫人說：「寶玉不到外頭，恐他老子生氣。」鳳姐說：「我看寶玉也不是怕人，他見前頭陪客的人也不少了，所以在這裡照應。若老爺想起外頭少個人在那裡照應，太太便把寶兄弟獻出去，可不是好？」賈母笑道：「鳳丫頭病著，這張嘴還是那麼尖巧。」正說到高興，只聽見邢夫人那邊的人一連聲地嚷進來說：「老太太，太太，不……不好了！多多少少的穿靴帶帽的強……強盜來了，翻箱倒籠的來拿東西。」賈母等聽著發呆。又見平兒披頭散髮哭啼啼地來說：「不好了，我正吃飯，只見來旺被人拴著進來說：『姑娘快快傳進去，請太太們迴避，外面王爺就進來查抄家產。』正要進房拿要緊東西，被一夥人渾推渾趕地出來了。」王邢二夫人等聽得，俱魂飛天外，不知怎樣才好。獨見鳳姐先前圓睜兩眼聽著，後來便一仰身栽倒了。那時一屋子人拉那個，扯那個，鬧得翻天覆地。

各門上婦女也是亂糟糟的，只見人人淚痕滿面，王夫人、寶玉等圍住賈母，寂靜無言，各各掉淚，唯有邢夫人哭做一團。寶玉忽然一腦子都是當時王夫人帶人抄檢大觀園的情形，便又想起晴雯、芳官等人來……也不哭也不勸，一時只是呆呆的。

忽見賈政進來，眾人都說：「好了，好了！」便告訴老太太說：「老爺仍舊好好地進來，請老太太安心吧。」賈母微開雙目說：「我的兒，不想還見得著你！」賈政見滿屋裡人哭個不停，恐哭壞老母，即收淚說：「老太太放心吧。本來事情原不小，蒙主上天恩，兩位王爺的恩典，萬般體恤，如今家裡一些也不動了。就是大老爺暫時拘質，等問明白了，主上還有恩典。」賈母見賈赦不在，又傷心起來，道：「我活了八十多歲，自做女孩兒起到你父親手裡，都托著祖宗的福，從沒有聽見過那些事。如今到老了，見你們若受罪，叫我心裡過得去嗎！倒不如闔上眼隨你們去罷了。」說著，又傷感起來。

眾人都不敢走散，獨邢夫人回至自己那邊，見門總封鎖，丫頭婆子也鎖在幾間屋內。邢夫人無處可走，不由放聲大哭起來，只得往鳳姐那邊去。見二門旁舍也上了封條，只有屋門開著，裡頭嗚咽不絕。又見鳳姐面如紙灰，闔眼躺著，平兒在旁暗哭。邢夫人打量鳳姐死了，又哭起來。平兒迎上來說：「太太不要哭。奶奶抬回來覺著像是死的了，幸得歇息一回甦醒過來，哭了幾聲，如今痰息氣定，略安一安神。太太也請定定神吧。」邢夫人也不答言，仍走到賈母那邊。賈母便讓李紈令人收拾房屋請邢夫人暫住，王夫人又撥人服侍。

不久，打聽得內廷消息，只將東府賈赦的家產入官，其餘都給還，賈政仍在工部供職，賈赦賈珍依舊在押。賈政連連歎氣：賈家何至一敗如此！我瞧這些子侄沒一個長進的。不覺淚滿衣襟。見家人稟報各親友進來看候，賈政一一道謝，說起：「家門不幸，是我不能管教子侄，所以至此。」有的說：「我久知令兄赦大老爺行事不妥，那邊珍哥更加驕縱。若說因官事錯誤得個不是，於心無愧，如今自己鬧出的，倒帶累了二老爺。」有的說：「我們聽見說是府上的家人同幾個泥腿子在外頭哄嚷出來的。我想府上待下人最寬的，為什麼還有這事。」有的說：「奴才們是一個養活不得的。今兒在這裡都是好親友我才敢說，就是尊駕在外任，我保不得——雖沒聽見實據，只聞外面人說你在糧道任上怎麼叫門上家人要錢，那外頭的風聲也不好，你是不愛錢的，都是奴才們鬧的。你該防些才是。」賈政聽說，心裡又多了層隱患。又知抄去文書之中，有重利放息之事，心中不悅，便叫賈璉來教訓了一頓，一邊又命繼續打聽賈赦賈珍之事。

賈璉打聽得父兄之事不很妥，無法可施，只得回到家中。又知放息一事屬鳳姐之為，心裡深怨，見平兒守著鳳姐哭泣，鳳姐又奄奄一息，也不好說得。平兒哭道：「如今事已如此，東西已去不能復來。奶奶這樣，還得再請個大夫調治調治才好。」賈璉啐道：「我的性命還不保，我還管她嗎！」鳳姐聽見，睜眼一瞧，雖不言語，那眼淚流個不盡，見賈璉出去，便與平兒道：「妳別不達事務了，到了這樣田地，妳還顧我做什麼。我巴不得今兒就死才好。只要妳能夠眼裡有我，我死之後，妳關照著巧姐兒，我在陰司裡也感激妳的。」平兒聽了，放聲大哭。鳳姐道：「妳也是聰明人。他們雖沒有來說我，也必抱怨我。雖說事是外頭鬧的，我若不貪財，如今也沒有我的事。不但是枉費心計，掙了一輩子的強，如今落在人後頭。我只恨用人不當，恍惚聽得那邊珍大爺的事說是強占良民妻子為妾，不從逼死，有個姓張的在裡頭，妳想想還有誰？若是這件事審出來，咱們二爺是脫不了的，我那時怎樣見人。妳倒還要請大夫，可不是妳為顧我倒害了我嗎？」平兒越聽越慘，想來實在難處，恐鳳姐自尋短見，只得緊緊守著。

賈母因近日身子稍好了些，又見賈政無事，寶玉寶釵在旁天天不離左右，略覺放心。素來最疼鳳姐，便叫鴛鴦「將我體己東西拿些給鳳丫頭，再拿些銀錢交給平兒，好好地服侍好了鳳丫頭，我再慢慢分派」。一面自己掙扎坐起，叫鴛鴦等至各處佛堂上香，自己又在院內焚起斗香，跪下磕了好些頭，含淚祝告了一番：「總有闔家罪孽，情願一人承當，只求饒恕兒孫。」默默說到此，不禁傷心，嗚嗚咽咽地哭泣起來。

寶釵因想想哥哥也在外監，這裡又眼見家業蕭條，寶玉依然瘋傻，毫無志氣。想到後來終身，更比賈母王夫人哭得痛切。寶玉見寶釵如此大慟，不免想起眾姐妹風流雲散，一日少似一日。追想在園中吟詩起社的熱鬧，自從林妹妹一死，鬱悶到今，又見寶姐姐憂兄思母，今見她悲哀欲絕，心裡更加不忍，也嚎啕大哭起來。

鴛鴦、鶯兒、襲人見他們如此，也各有所思，便都嗚咽。其他丫頭們看得傷心，陪著也哭了，竟無人解慰。滿屋中哭聲驚天動地，將外頭上夜婆子嚇慌，急去報了賈政知道。

賈政遠遠聽得哭聲甚眾，打量老太太不好，急忙進來，見是眾人坐著悲啼，神魂方定。便道：「老太太傷心，你們該勸解，怎麼大夥兒都哭起來了。」眾人急忙止哭，各各對面發怔。

一會兒便見老婆子帶了史侯家的兩個女人進來，請了安道：「我們家老爺、太太、姑娘打發我來，說聽見府裡的事原沒有什麼大事，不過一時受驚。恐怕老爺太太煩惱，叫我們過來告訴一聲，說這裡二老爺是不怕的了。我們姑娘本要自己來的，因不多幾日就要出閣，所以不能來了。」賈母聽了，說：「承妳老爺太太惦記，過一日再去奉謝。妳家姑娘出閣，想來妳們姑爺是不用說的了。他們的家計如何？」兩個女人回道：「家計倒不怎麼著，只是姑爺長得很好，為人又和平。我們見過好幾次，看來與這裡寶二爺差不多，還聽得說才情學問都好的。」賈母聽了，喜歡道：「我前兒還想起我娘家的人來，最疼的就是妳們家姑娘，一年三百六十天，在我跟前的日子倒有兩百多天。我原想給她說個好女婿，她既配了個好姑爺，我也放心了。」

寶玉聽了又發了一回怔，心裡想道：「如今一天一天的都過不得了。為什麼人家養了女兒到大了必要出嫁，一出了嫁就改變。史妹妹這樣一個人又被她叔叔硬壓著配人了，她將來見了我必是又不理我了。我想一個人到了這個沒人理的份兒，還活著做什麼。」想到這裡，又是傷心，又不敢哭泣，只是悶悶的。

等那兩個女人去後，賈政見賈母心裡稍安，便緩緩地把聖恩寬免，只是將兩個世職革去，令賈赦往臺站效力，賈珍往海疆效力贖罪一事給回了。賈母一聽心裡著急，賈政又說了許多寬慰的話。過了半晌，賈母方道：「他兩個起身，也得給他們幾千銀子才好。」賈政正為此事憂慮，心想著：若是說明，又恐老太太著急，若不說明，不用說將來，現在怎樣辦法？想了一下，只能回道：「若老太太不問，兒子也不敢說。如今老太太既問到這裡，現在璉兒也在這裡，昨日兒子已查了，舊庫的銀子早已虛空，不但用盡，外頭還有虧空。現今大哥這件事若不花銀托人，雖說主上寬恩，只怕他們爺兒兩個也不大好。就是這項銀子還無處打算。現在只好盡所有的蒙聖恩沒有動的衣服首飾折變了給大哥珍兒做盤費罷了。以後的事只可再打算。」賈母聽了，說道：「怎麼著，咱們家到了這樣田地了嗎？我雖沒有經過，我想起我家向日比這裡還強十倍。也是擺了幾年虛架子，沒有出這樣事已經塌下來了，不過一兩年就完了。據你說起來，咱們竟一兩年就不能支了。」賈政道：「若是這兩個世職俸祿不動，外頭還有些挪移。如今誰肯接濟？」說著，也淚流滿面：「就是那底下的人也養不起許多了。」

便見賈赦、賈珍、賈蓉一齊進來給賈母請安。賈母看著他們爺兒倆不幾日就要遠行了，一隻手拉著賈赦，一隻手拉著賈珍，便大哭起來。他兩人臉上羞慚，都跪在地下哭著說道：「兒孫們不長進，將祖上功勳丟了，又累老太太傷心，兒孫們是死無葬身之地的了！」老太太含悲忍淚說道：「你兩個且各自同你們媳婦們說說話兒去吧。」又吩咐賈政道：「這件事是不能久待的，想來外面挪移恐不中用，那時誤了欽限怎麼好。只好我替你們打算罷了。再說家中如此亂糟糟的，也不是常法兒。」一面便叫鴛鴦吩咐去了。

次日，賈母叫邢王二夫人同了鴛鴦等，開箱倒籠，將做媳婦到如今積攢的東西都拿出來，又叫賈赦、賈政、賈珍等，一一地分派說：「這裡現有的銀子，交賈赦三千兩，你拿二千兩去做你的盤費使用，留一千給大太太零用。這三千給珍兒，你只許拿一千去，留下二千交你媳婦過日子。房子是在一處，飯食各自吃吧。四丫頭將來的親事還是我的事。只可憐鳳丫頭操心了一輩子，如今弄得精光，也給她三千兩，叫她自己收著，不許叫璉兒用。這是你祖父留下來的衣服，還有我少年穿的衣服首飾。男的呢，叫大老爺、珍兒、璉兒、蓉兒拿去分了，女的呢，叫大太太、珍兒媳婦、鳳丫頭拿了分去。這五百兩銀子交給璉兒，明年將林丫頭的棺材送回南去。」分派定了，又叫賈政道：「你說現在還該著人的使用，這是少不得的。你叫拿這金子變賣償還。寶玉已經成了家，我剩下這些金銀等物，大約還值幾千兩銀子，這是都給寶玉的了。珠兒媳婦向來孝順我，蘭兒也好，我也分給他們些。這便是我的事情完了。」賈政等見母親如此明斷分晰，俱跪下哭著說：「老太太這麼大年紀，兒孫們沒點孝順，承受老祖宗這樣恩典，叫兒孫們更無地自容了！」賈母道：「別瞎說，若不鬧出這個亂兒，我還收著呢。只是現在家人過多，只有二老爺是當差的，留幾個人就夠了。你就吩咐管事的，將人叫齊了，他分派妥當，各家有人便就罷了。譬如一抄盡了，怎麼樣呢？我們裡頭的，該配人的配人，賞去的賞去。如今雖說咱們這房子不入官，你到底把這園子交了才好。那些田地原交璉兒清理，該賣的賣，該留的留，再不要支這虛架子做空頭。我索性說了吧，江南甄家還有幾兩銀子，二太太那裡收著，該叫人就送去吧。或是再有點事出來，可不是他們躲過了風暴又遇了雨嗎？」賈政本是不知當家立計的人，一聽賈母的話，心想：「老太太實在是理家的人，都是我們這些不長進的鬧壞了。」賈母又道：「我所剩的東西也有限，等我死了做結果我的使用。其餘的都給服侍我的丫頭。」

賈政等聽到這裡，更加傷感。大家跪下：「請老太太寬懷，只願兒子們托老太太的福，過了些時都邀了恩眷。那時兢兢業業地治起家來，奉養老太太到一百歲的時候。」賈母道：「但願這樣才好，我死了也好見祖宗。你們別打量我是享得富貴受不得貧窮的人，不過這幾年看看你們轟轟烈烈，我落得都不管，說說笑笑養身子罷了，哪知道家運一敗直到這樣！若說外頭好看裡頭空虛，是我早知道的了，只是一時下不得臺來。如今借此正好收斂，守住這個門頭，不然叫人笑話你──」賈母正自長篇大論地說，只見豐兒慌慌張張地跑來回道：「我們奶奶氣都接不上來了，平兒叫我來回太太。」豐兒沒有說完，賈母聽見，便問：「到底怎麼樣？」王夫人便代回道：「如今說是不大好。」賈母起身道：「唉，這些冤家竟要磨死我了！」說著，叫人扶著，要親自看去。又道：「你們各自出去，等一會兒再進來。我還有話說。」賈政不敢多言，只得出來。

第五十五回　強歡笑蘅蕪慶芳辰　死纏綿瀟湘聞暗泣

到了鳳姐房中，見鳳姐正在氣厥，平兒哭得眼紅。賈母便問：「這會兒怎麼樣了？」平兒恐驚了賈母，便說：「這會兒好些。」鳳姐開眼瞧著，只見賈母進來，滿心慚愧。原以為賈母等惱她，不疼的了，不料賈母親自來瞧，心裡一寬，覺那擁塞的氣略鬆動些，便要掙扎著坐起。賈母叫平兒按著：「不要動，妳好些嗎？」鳳姐含淚道：「我從小過來，老太太、太太怎麼樣疼我。哪知我福氣薄，不但不能夠在老太太跟前盡點孝心，公婆前討個好，還是這樣把我當人，叫我幫著料理家務，被我鬧得七顛八倒，我還有什麼臉兒見老太太、太太呢！今日老太太、太太親自過來，我更當不起了。」說著，一陣悲咽。賈母道：「那些事原是外頭鬧起來的，與妳什麼相干。就是妳的東西被人拿去，這也算不了什麼呀。」說著，叫鴛鴦把帶來的東西拿上來給她瞧瞧。

鳳姐見賈母仍舊疼她，王夫人也沒嗔怪，反過來安慰她，又想著賈璉無事，心下安放好些，便在枕上給賈母磕頭，說道：「請老太太放心。若是我的病托著老太太的福好了些，我情願自己當個粗使丫頭，盡心竭力地服侍老太太、太太吧。」賈母聽她說得傷心，不免掉下淚來。寶玉是從來沒有經過這大風浪的，心下只知安樂，不知憂患的人，如今碰來碰去都是哭泣的事，所以他竟比傻子還傻，見人哭他就哭。鳳姐看見眾人憂悶，反倒勉強說幾句寬慰賈母的話，求著「請老太太，太太回去，我略好些過來磕頭」。賈母叫平兒「好生服侍，短什麼到我那裡要去」。說著，帶了王夫人出來，只聽見兩三處哭聲，賈母實在不忍聞見，便叫王夫人散去。

過了些時候，鳳姐的病也稍好了一些，王夫人便將內事仍交鳳姐辦理。但因被抄以後，諸事拮据，那些房頭上下人等不免怨言不絕。鳳姐也不敢推託，只得扶病承歡賈母。

那一日，卻見史湘雲出嫁回門，來賈母這邊請安來了。又到各家請安問好畢，仍到賈母房中安歇。湘雲道：「這裡那些人的脾氣我都知道的，這一回來了，竟都改了樣子了。就是見了我，瞧他們的意思原要像先前一樣地熱鬧，不知道怎麼，說說就傷心起來了。璉二嫂子連模樣兒都改了，說話也不伶俐了。」便又說起黛玉之死，迎春之苦，探春遠嫁之事，不免悲歎一番。

又說到寶玉和寶釵身上，湘雲便道：「薛家這樣人家被薛大哥鬧得家破人亡。」賈母道：「妳還不知道呢，昨兒蟠兒媳婦死得不明白。為了害香菱，反害了自己。那夏奶奶先還誣賴香菱，幾乎又鬧出一場大事來。還幸虧老佛爺有眼，叫她帶來的丫頭自己供出來了，才沒得鬧了。妳說說，太太娘家舅太爺又死了，鳳丫頭的哥哥也不成人，那二舅太爺也是個小氣的，又是官項不清，也是打饑荒。他們哪裡還會有興致？真真是六親同運！如今這樣日子在我也罷了，你們年輕輕的人還了得！我正要想個法兒叫她們還熱鬧一天才好。」湘雲道：「我想起來了，寶姐姐不是後兒的生日嗎，我多住一天，給她拜過壽，大家熱鬧一天。不知老太太覺得怎麼樣？」賈母道：「我真正氣糊塗了。妳不提我竟忘了，後日可不是她的生日！只可憐妳寶姐姐，自過了門，沒過一天安逸日子。妳二哥哥還是這樣瘋瘋癲癲，如今為著家裡的事不好，把這孩子更弄得話都沒有了。倒是珠兒媳婦還好，她有的時候是這麼著，沒的時候她也是這麼著，帶著蘭兒靜靜地過日子，倒難為她。」說著，便吩咐鴛鴦拿出一百銀子來交給外頭，叫明日起預備兩天的酒飯。又對湘雲說：「後兒熱熱鬧鬧給寶丫頭做個生日，也叫她歡喜這一天。」湘雲答應道：「老太太說得很是。索性把那些姐妹們都請來了，大家敘一敘。」賈母道：「自然要請的。」

次日早起，寶釵便見老太太的丫頭來請，說：「薛姨太太來了，請二奶奶過去呢。」寶釵心裡喜歡，便過去，要見她母親。只見寶琴和香菱都在這裡，又見李嬸娘等人也都來了。還不及細想，便聽湘雲在旁說道：「太太們請都坐下，讓我們姐妹們給姐姐拜壽。」寶釵聽了倒呆了一呆，回頭一想可不明日是自己的生日嗎！便說：「妹妹們過來瞧老太太是該的，若說為我的生日，是斷斷不敢的。」正推讓著，寶玉也來請薛姨媽李嬸娘的安。聽見寶釵自己推讓，他心裡本早打算過寶釵生日，因家中鬧得七顛八倒，也不敢在賈母處提起。今見如此，便喜歡道：「明日才是生日，我正要告訴老太太來。」湘雲笑道：「老太太還等你告訴。你打量這些人為什麼來？是老太太請的！」正說著，小丫頭進來說：「二姑奶奶回來了。」隨後迎春和李紈鳳姐都進來了，大家廝見一番。迎春提起她父親出門，說：「本要趕來見見，只是他攔著不許來，說是咱們家正是晦氣時候，不要沾染在身上。我扭不過，直哭了兩三天。」鳳姐道：「今兒為什麼肯放妳回來？」迎春道：「他又說咱們家二老爺又襲了職，還可以走走，不妨事的，所以才放我來。」說著，又哭起來。賈母道：「我原為氣得慌，今日接妳們來給寶丫頭過生日，說說笑笑解個悶兒。妳們又提起這些事來。」迎春等都不敢做聲了。

賈母心裡要寶釵喜歡，故意地嘔鳳姐說話。鳳姐雖勉強說了幾句有興的話，終不似先前爽利，招人發笑。還是極力張羅，說道：「今兒老太太喜歡些了。你看這些人好幾時沒有聚在一處，今兒齊全。」說著回過頭去，看見婆婆和尤氏不在這裡，又縮住了口。賈母為著「齊全」兩字，也想邢夫人等，叫人請去。邢夫人、尤氏、惜春等聽見老太太叫，不敢不來，心內十分不願意，想著家業零敗，偏又高興給寶釵做生日，到底老太太偏心，便來了也是無精打采的。

賈母道：「如今且坐下大家喝酒，到晚兒再到各處行禮去。若如今行起來了，大家又鬧規矩，把興頭打回去就沒趣了。」寶釵便依言坐下。賈母又叫人來道：「咱們今兒索性灑脫些，各留一兩個人伺候。叫鴛鴦帶了她們到後間，也喝一盅酒去。」鴛鴦等說：「我們還沒有給二奶奶磕頭，怎麼就好喝酒去呢。」賈母道：「我說了，妳們只管去，用得著妳們再來。」這裡賈母才讓薛姨媽等喝酒，見都不是往常的樣子，賈母著急道：「大家高興些才好。」湘雲道：「我們又吃又喝，還要怎樣！」鳳姐道：「她們小的時候兒都高興，如今都礙著臉不敢混說，所以老太太瞧著冷清了。不如我們行個令吧。」

便又去叫了鴛鴦來。鴛鴦想了想道：「倒不如拿出令盤骰子來，大家擲個曲牌名兒賭輸贏酒吧。」賈母道：「這也使得。」便命人取骰盆放在桌上。鴛鴦說：「如今用四個骰子擲去，擲不出名兒來的罰一杯，擲出名兒來，每人喝酒的杯數兒擲出來再定。」眾人聽了道：「這是容易的，我們都隨著。」鴛鴦先喝了一杯，就在她身上數起，恰是薛姨媽先擲。薛姨媽便擲了，卻是四個么。鴛鴦道：「這是有名的，叫做『商山四皓』。有年紀的喝一杯。」於是賈母，李嬸娘，邢、王二夫人都該喝。賈母舉酒要喝，鴛鴦道：「還該姨太太說個曲牌名兒，下家接一句《千家詩》。說不出的罰一杯。」薛姨媽道：「妳又來算計我了，我哪裡說得上來。」賈母道：「不說到底寂寞，還是說一句的好。下家就是我了，若說不出來，我陪姨太太喝一盅就是了。」薛姨媽便道：「我說個『臨老入花叢』。」賈母點點頭兒道：「將謂偷閒學少年。」說完，骰盆過到李紋，便擲了兩個四兩個二。鴛鴦說：「也有名了，這叫做『劉阮入天臺』。」李紋便接著說了個「二士入桃源」。下手兒李紈說道：「尋得桃源好避秦。」大家又喝了一口。賈母便擲了兩個二兩個三。賈母道：「這要喝酒了？」鴛鴦道：「有名兒的，這是『江燕引雛』。眾人都該喝一杯。」鳳姐道：「雛是雛，倒飛了好些了。」眾人瞅了她一眼，鳳姐便不言語。賈母道：「我說什麼呢，『公領孫』吧。」下手是李綺，便說道：「閒看兒童捉柳花。」眾人都說好。寶玉巴不得要說，只是令盆輪不到，正想著，恰好到了跟前，便擲了兩個三一個么，便說道：「這是什麼？」鴛鴦笑道：「這是個『臭』，先喝一杯再擲吧。」寶玉只得喝了又擲，這一擲擲了兩個三兩個四，鴛鴦道：「有了，這叫做『張敞畫眉』。」寶玉明白是打趣他，寶釵的臉也飛紅了。鳳姐說：「二兄弟快說了，再找下家是誰。」寶玉明知難說，自認「罰了吧，我也沒下家」。李紈便擲了一下，鴛鴦道：「大奶奶擲的是『十二金釵』。」寶玉聽了，忽然想起彷彿夢中有過十二釵的說法，便呆呆地退到自己座上，心裡想，這十二釵彷彿記得說是金陵的，怎麼家裡這些人如今七大八小的就剩了這幾個。又看湘雲寶釵，雖說都在，只是不見了黛玉，一時按捺不住，眼淚便要下來。恐人看見，便說身上躁得很，脫脫衣服去，便出席去了。這史湘雲看見寶玉這般光景，以為寶玉擲不出好的，被別人擲了去，心裡不喜歡，便去了，又嫌那個令兒沒趣，便有些煩。只見李紈道：「我不說了，席間的人也不齊，不如罰我一杯。」賈母道：「這個令兒也不熱鬧，不如換了吧。讓鴛鴦再擲一下，看擲出個什麼來。」

襲人看見寶玉出來，便趕了來，問是怎麼了。寶玉道：「不怎麼，只是心裡煩得慌。何不趁她們喝酒咱們隨便走走。」說著便朝大觀園走去，襲人一見，忙拉住道：「不用去，園裡現在沒人住了，冷清得很，再說老太太她們還等著呢，我們回去吧。」寶玉卻似並未聽見，只管往前走，襲人只得跟著。

只見那些花木枯萎，滿目淒涼，只遠遠一叢修竹，倒還茂盛。寶玉一想，說：「我自病時出園住在後邊，一連幾個月不准我到這裡，瞬息荒涼。你看獨有那幾竿翠竹還是那樣，這不是瀟湘館嗎！」襲人道：「天晚了，老太太必是等著吃飯，該回去了。」寶玉不言，找著舊路，竟往前走。

襲人見他往前急走，只得趕上，又見寶玉站著，若有所見，似有所聞，便道：「你聽什麼？」寶玉道：「瀟湘館倒有人住著嗎？」襲人道：「大約沒有人吧。」寶玉道：「我明明聽見有人在內啼哭，怎麼沒有人！」正在疑惑，守門的婆子們趕上說道：「二爺快回去吧。天已晚了，別處我們還敢走走，只是這裡路又隱僻，慣常又沒人，人都不敢走的。」寶玉襲人聽說，都吃了一驚。寶玉道：「可不是。」說著，便滴下淚來，說：「林妹妹，林妹妹，好好兒地是我害了妳了！妳別怨我，只是父母做主，並不是我負心。」越說越痛，便大哭起來。襲人正在沒法，只見秋紋帶著些人趕來對襲人道：「妳好大膽，怎麼領了二爺到這裡來！老太太、太太她們打發人各處都找到了，剛才腰門上有人說是妳同二爺到這裡來了，嚇得老太太、太太們了不得，罵著我，叫我帶人趕來，還不快回去！」寶玉猶自痛哭。襲人也不顧他哭，兩個人拉起來就走了。

賈母便說：「襲人，我平常知妳明白，才把寶玉交給妳，怎麼今兒帶他到園裡去！他的病才好，若撞著什麼，又鬧起來，這便怎麼處？」襲人也不敢分辯，只得低頭不語。寶釵看寶玉臉色不好，心裡也吃驚。倒還是寶玉恐襲人受委屈，說道：「青天白日怕什麼。我因為好些時沒到園裡逛逛，今兒趁著酒興走走。哪裡就撞著什麼了呢！」鳳姐想起那天自己在園中見到的，倒驚出了一身冷汗，便說：「寶兄弟的膽子也太大了。」湘雲道：「不是膽大，倒是心實。不知是會芙蓉神去了，還是尋什麼仙去了。」寶玉聽著，也不答言。

一時人散，寶玉回到房中，便是唉聲歎氣。寶釵明知其故，也不理他。只叫襲人問出緣故，恐寶玉悲傷成疾，便假做閒談，說道：「人生在世，有意有情，到了死後各自幹各自的去了，並不是生前那樣個人死後還是這樣。活人雖有痴心，死的竟不知道。況且林姑娘既說仙去，她便看凡人是個不堪的濁物，哪裡還肯混在世上。只是人自己疑心，所以招些邪魔外祟來纏擾了。」襲人會意，也說是「若說林姑娘的魂靈兒還在園裡，我們也算好的了，怎麼不曾夢見一次？」寶玉在外間聽得，細細想道：「果然也奇。我知道林妹妹死了，哪一日不想幾遍，怎麼從沒夢過？或者現在我從園裡回來，她知道我的心意了，肯與我在夢裡一見也不一定。」心裡想著，便進去對寶釵說：「今夜我就在外間睡了，妳們也不用管我。」寶釵也不勉強，只說：「你不要胡思亂想。你不瞧瞧，太太因你園裡去了急得話都說不出來。若是還不知道保養身子，老太太知道了，又說我們不用心。」寶玉道：「這麼說罷了，我坐一會兒就進來。妳也累了，先睡吧。」

寶玉一夜醒來，坐起來想了一回，並沒有夢，便歎口氣道：「正是『悠悠生死別經年，魂魄不曾來入夢』。」寶釵反一夜沒有睡著，聽寶玉在外邊唸這兩句，便介面道：「這句又說莽撞了，若林妹妹在時，又該生氣了。」寶玉聽了，不好意思起來，只得搭訕著往裡間走來，說：「我原要進來的，不覺得一個盹兒就打著了。」寶釵道：「你進來不進來與我什麼相干。」襲人也是一夜沒睡，見他們兩個說話，忙倒上茶來。一會兒便見老太太那邊打發小丫頭來，問：「寶二爺昨兒睡得安頓嗎？若安頓時，早早地同二奶奶梳洗了就過去。」襲人便說：「妳去回老太太，說寶玉昨夜很安頓，回頭就過來。」

寶玉晚間歸房，因想昨夜黛玉竟不入夢，或者她已經成仙，所以不肯來見我這種濁人；不然就是我的性子太急了，也未可知。畢竟心有不捨，便向寶釵說道：「我昨夜偶然在外間睡著，似乎比在屋裡睡得安穩些，今日起來心裡也覺清靜些。我的意思還要在外間睡兩夜，只怕妳們又來攔我。」寶釵聽了，想來他那個呆性是不能勸的，倒好叫他睡兩夜，索性自己死了心也罷了。便道：「好沒來由，你只管睡去，我們攔你做什麼！但只不要胡思亂想，招出些邪魔外祟來。」寶玉笑道：「誰想什麼！」襲人道：「依我勸二爺竟還是屋裡睡吧，外邊一時照應不到，著了風倒不好。」寶玉未及答言，寶釵卻向襲人使了個眼色。襲人會意，便道：「也罷，叫個人跟著你吧，夜裡好倒茶倒水的。」便叫麝月、秋紋照料著，要茶要水都留點神兒。

這兩人答應著出來，看見寶玉已是端然坐在床上，閉目合掌，居然像個和尚一般，便也不敢言語，只管瞅著他笑。寶釵又命襲人出來照應，襲人看見這般卻也好笑，便輕輕地叫道：「該睡了，怎麼又打起坐來了！」寶玉睜開眼看見襲人，便道：「妳們只管睡吧，我坐一坐就睡。」

哪知寶玉要睡越睡不著，見麝月、秋紋在那裡打鋪，忽然想起那年襲人不在家時，晴雯麝月兩個人服侍，夜間麝月出去，晴雯要嚇她，因為沒穿衣服著了涼，後來還是從這個病上死的。想到這裡，忽又想起那年以「芙蓉女兒誄」致祭晴雯，黛玉從花間出來，又想到「茜紗窗下，我本無緣；黃土壟中，卿何薄命」。當時只道是改動幾個字，沒想到如今反成詩讖！一時間思緒紛紜百感交集，心內早已惆悵至死。至天快亮時，方朦朧睡去。

及寶玉醒來，見眾人早都起來了，揉著眼睛，細想昨夜又不曾夢見，慢慢地下了床，只管發怔。寶釵笑道：「二爺昨夜可真遇見仙了嗎？」寶玉聽了，知道寶釵起了疑心，笑著勉強說道：「這是哪裡的話！」只見寶釵又笑著問麝月道：「妳聽見二爺睡夢中和人說話來著嗎？」寶玉聽了，自己坐不住，搭訕著走開了。

第五十六回　史太君壽終歸地府　王熙鳳力拙失人心

不想賈母自那日給寶釵過生日後，兩日不進飲食，胸口結悶，覺得頭暈目眩，咳嗽。見寶玉、寶釵過來請安，忽然想起一件東西，便叫鴛鴦開了箱子，取出祖上所遺一塊漢玉，對寶玉說：「你過來，我給你一件東西瞧瞧。」寶玉走到床前，賈母便把那塊漢玉遞給寶玉。寶玉見那玉甚是精緻，便口口稱讚。賈母道：「你愛嗎？這是我祖爺爺給我的，我傳了你吧。」寶玉便說道：「這件東西我怎麼從沒見老太太戴過？」賈母道：「你哪裡知道，這塊玉還是祖爺爺給我們老太爺，老太爺疼我，臨出嫁的時候叫了我去，親手遞給我的，說你拿著就像見了我的一樣。我那時還小，拿了來也不當什麼，便撩在箱子裡。到了這裡，我見咱們家的東西也多，這算得什麼？一撩便撩了六十多年。今兒見你孝順，又丟了一塊玉，想著拿出來，也像是祖上給我的意思。」寶玉笑著謝了，又拿了要送給他母親瞧。

哪知賈母這病日重一日，延醫調治不效，過後又添腹瀉。賈政著急，知病難醫，即命人到衙門告假，日夜同王夫人親視湯藥。一日，見賈母略進些飲食，心裡稍寬。只見老婆子在門外探頭，王夫人叫彩雲看去。彩雲看了是陪迎春到孫家去的人，便道：「妳來做什麼？」婆子道：「我來了半日，找不著一個姐姐們，我又不敢冒撞，我心裡又急。」彩雲道：「妳急什麼？又是姑爺作踐姑娘不成？」婆子道：「姑娘不好了。前兒鬧了一場，姑娘哭了一夜，昨日痰堵住了。他們又不請大夫，今日更厲害了。」彩雲道：「老太太病著呢，別大驚小怪的。」王夫人在內已聽見了，恐賈母聽見，忙叫彩雲帶她外頭說去。」豈知賈母問道：「迎丫頭要死了嗎？」王夫人便道：沒有。婆子們不知輕重，說是這兩日有些病，恐不能就好，到這裡問大夫。」賈母道：「瞧我的大夫就好，快請了去。」

豈知那婆子剛到邢夫人那裡，外頭的人已傳進來說：「二姑奶奶死了。」邢夫人聽了，也便哭了一場。現今她父親不在家中，只得叫賈璉快去瞧看。知賈母病重，眾人都不敢回。一時賈母又想起湘雲，便打發人去瞧她。回來的人悄悄地找鴛鴦，告訴她道：「史姑娘哭得了不得，說是姑爺得了暴病，大夫說這病只怕不能好，若變了個癆病，還可挨過四五年。所以史姑娘心裡著急。又知道老太太病，只是不能過來請安，還叫我不要在老太太面前提起。若老太太問起來，務必托妳們變個法兒回老太太才好。」鴛鴦聽了，半日說道：「妳去吧。」正在心裡打算著怎麼著托個詞告訴老太太，誰知剛到賈母床前，只見賈母神色大變，地下站著一屋子的人，喊喊地說「瞧著是不好了」。

賈璉傳齊了現在家的一干家人安排了一番，便回到自己房中，問平兒：「妳奶奶今兒怎麼樣？」平兒把嘴往裡一努說：「你瞧去。」賈璉進內，見鳳姐正要穿衣，一時動不得，暫且靠在炕桌兒上。賈璉道：「妳只怕養不住了。老太太的事今兒明兒就要出來了，妳還脫得過嗎？」鳳姐道：「你先去吧，看老爺叫你。我換件衣裳就來。」

賈璉又回到賈母房中時，眾人都在，一會兒鳳姐也到了。卻見賈母睜眼要茶喝，邢夫人便進了一杯參湯。賈母剛用嘴接著喝，便道：「不要這個，倒一盅茶來我喝。」一口喝了，還要，又喝一口，便說：「我喝了口水，心裡好些，我要坐起來，略靠著和你們說說話。」琥珀等忙用手輕輕地扶起。賈母坐起說道：「我到你們家已經六十多年了。福也享盡了。自你們老爺起，兒子孫子也都算是好的了。就是寶玉呢，我疼了他一場。」說到這裡，拿眼滿下裡瞅著。王夫人便推寶玉走到床前，賈母從被窩裡伸出手來拉著寶玉道：「我的兒，你要爭氣才好！」寶玉嘴裡答應，心裡一酸，那眼淚便要流下來，聽賈母說道：「我想再見一個重孫子我就安心了。我的蘭兒在哪裡呢？」李紈也推賈蘭上去，賈母放了寶玉，拉著賈蘭道：「你母親是要孝順的，將來你成了人，也叫你母親風光風光。鳳丫頭呢？」鳳姐本來站在賈母旁邊，趕忙走到眼前說：「在這裡呢。」賈母道：「我的兒，妳是太聰明了，將來修修福吧。我也沒有修什麼，就是叫人寫了些《金剛經》送送人，不知送完了沒有？」鳳姐道：「沒有呢。」賈母道：「早該施捨完了才好。我們大老爺和珍兒是在外頭罷了，最可惡的是史丫頭沒良心，怎麼總不來瞧我。」鴛鴦等明知其故，都不言語。賈母又瞧了一瞧寶釵，歎了口氣，只見臉上發紅。賈政知是迴光返照，急忙進上參湯。賈母的牙關已經緊了，閤了一回眼，又睜著滿屋裡瞧了一瞧，臉變笑容，竟是去了，一時哭聲大作。

於是仍叫鳳姐總理裡頭的事，鳳姐心想：「這裡的事本是我管的，那些家人更是我手下的人。這項銀子是現成的，外頭的事又是他辦著，雖說我現今身子不好，想來也不致落褒貶，必是比寧府裡還得辦得好些。」心下已定，便叫周瑞家的傳出話去，將花名冊取上來。鳳姐一一的瞧了，統共只有男僕二十一人，女僕十九人，餘者俱是些丫頭，連各房算上，也不過三十多人，難以點派差使。心裡想道：「這回老太太的事倒沒有東府裡的人多。」又將莊上的弄出幾個，也不敷差遣。正在思算，只見一個小丫頭過來說：「鴛鴦姐姐請奶奶。」只見鴛鴦哭得淚人一般，一把拉著鳳姐說道：「二奶奶請坐，我給二奶奶磕個頭。」說著跪下，慌得鳳姐趕忙拉住，說道：「這是什麼禮，有話好好地說。」鴛鴦道：「老太太這一輩子也沒有糟蹋過什麼銀錢，如今臨了這件大事，必得求二奶奶體體面面地辦一辦才好。我方才聽見老爺的意思，老太太的喪事只要悲切才是真孝，不必糜費圖好看的念頭。我想老太太這樣一個人，怎麼不該體面些！我雖是奴才丫頭，敢說什麼呢，只是老太太疼二奶奶和我這一場，臨死了還不叫她風光風光！我想二奶奶是能辦大事的，故此我請二奶奶來求做個主。我生是跟老太太的人，老太太死了我也是跟老太太的，若是瞧不見老太太的事怎麼辦，將來怎麼見老太太呢！」鳳姐聽了這話古怪，一時也顧不得多想，便說：「妳放心，要體面是不難的。況且老爺雖說要省，那勢派也錯不得。便拿這項銀子都花在老太太身上，也是該當的。」鴛鴦道：「老太太的遺言說，所有剩下的東西是給我們的，二奶奶若用著不夠，只管拿這個去折變補上。」鳳姐道：「妳素來最明白的，怎麼這會兒那樣地著急起來了。」鴛鴦道：「不是我著急，為的是大太太是不管事的，老爺是怕招搖的，若是二奶奶心裡也是老爺的想頭，說抄過家的人家喪事還是這麼好，將來又要抄起來，不顧起老太太來，可怎麼處！」鳳姐道：「我知道了，妳只管放心，有我呢！」鴛鴦千恩萬謝地托了鳳姐。

那鳳姐出來想道，鴛鴦這東西好古怪，不知打了什麼主意？當下也不再想，忙去了。看到了第三天了，還是亂烘烘地沒個頭緒，便請了賈璉來道：「銀子發出來了沒有？」賈璉道：「誰見過銀子！現在外頭棚槓上要支幾百銀子，這會兒還沒有發出來。」鳳姐呆了半天，說道：「這還辦什麼！」正說著，見來了一個丫頭說：「大太太的話問二奶奶，今兒第三天了，裡頭還很亂，供了飯還叫親戚們等著嗎？叫了半天，來了菜，短了飯，這是什麼辦事的道理！」鳳姐急忙進去，吆喝人來伺候，胡弄著將早飯打發了。偏偏那日人來的多，裡頭的人都死眉瞪眼的。鳳姐只得在那裡照料了一會兒，又惦記著派人，趕著出來叫了旺兒家的傳齊了家人女人們，一一分派了，眾人都答應著不動。鳳姐道：「什麼時候，還不供飯！」眾人道：「傳飯是容易的，只要將裡頭的東西發出來，我們才好照管去。」鳳姐道：「糊塗東西，派定了你們少不得有的。」眾人只得勉強應著去了。

鳳姐只得又找了鴛鴦來，說要老太太存的這一份傢伙。鴛鴦道：「妳還問我呢，那一年二爺當了贖了來了嗎！」鳳姐道：「不用銀的金的，只要這一份平常使的。」鴛鴦道：「大太太、珍大奶奶屋裡使的是哪裡來的！」鳳姐一想不差，轉身就走，只得到王夫人那邊找了玉釧、彩雲，才拿了一份出來，急忙發與眾人收管。

鴛鴦見鳳姐這樣慌張，又不好叫她回來，心想：「她原來做事何等爽利周到，如今怎麼掣肘得這個樣兒。我看這兩三天連一點頭緒都沒有，不是老太太白疼了她嗎！」哪裡知道邢夫人一聽賈政的話，正想著將來家計艱難，巴不得留一點兒做個收局，所以死拿住那項銀兩不放鬆。鴛鴦只道已交了出去了，見鳳姐掣肘如此，便疑為不肯用心，在賈母靈前嘮嘮叨叨哭個不停。

到了晚上王夫人又叫了鳳姐過來說：「咱們家雖說不濟，外頭的體面是要的。這兩三日人來人往，我瞧著那些人都照應不到，想是妳沒有吩咐。還得妳替我們操點心兒才好。」鳳姐聽了，呆了一會，要將銀兩不湊手的話說出，但是銀錢是外頭管的，王夫人說的是照應不到，鳳姐也不敢辯，只好不言語。邢夫人在旁說道：「論理該是我們做媳婦的操心，本不是孫子媳婦的事。但是我們動不得身，所以托妳的，妳是打不得撒手的。」鳳姐紫漲了臉，正要回說，只聽外頭鼓樂一奏，是燒黃昏紙的時候了，大家舉起哀來，又不得說。鳳姐原想回來再說，王夫人催她出去料理，說道：「這裡有我們的，妳快去料理明兒的事吧。」

鳳姐不敢再言，只得含悲忍泣地出來，又叫傳齊了眾人說：「大娘嬸子們可憐我吧！我上頭挨了好些說，為的是妳們不齊心，叫人笑話。明兒妳們豁出些辛苦來吧。」那些人回道：「奶奶辦事不是今兒個一遭兒了，我們敢違拗嗎？只是這回的事上頭過於累贅，一人一個主意，我們實在難周到的。」鳳姐道：「如今不用說了，眼面前的事大家留些神吧。若鬧得上頭有了什麼說的，我和妳們不依的。」又央告道：「好大娘們！明兒且幫我一天，等過了明兒再說吧。」眾人聽命而去。

鳳姐一肚子的委屈，越想越氣，直一夜沒睡好，到天亮又得上去。要把各處的人整理整理，又恐邢夫人生氣，要和王夫人說，怎奈邢夫人挑唆。幸得平兒替鳳姐排解，說是「二奶奶巴不得要好，只是老爺太太們吩咐了外頭，不許糜費的」。連日王妃誥命也來得不少，鳳姐也不能上去照應，只好在底下張羅，叫了那個，走了這個，發一回急，央及一會，胡弄過了一起，又打發一起。別說鴛鴦等看去不像樣，連鳳姐自己心裡也過不去了。

眾人道：「璉二奶奶這幾天怎麼鬧得像失魂落魄的樣子！」獨有李紈瞧出鳳姐的苦處，也不敢替她說話，只自歎道，若是三姑娘在家還好，如今只有她幾個自己的人瞎張羅。這樣的一件大事，不撒散幾個錢就辦得開了嗎？可憐鳳丫頭鬧了幾年，不想在老太太的事上，只怕保不住臉了。於是抽空兒叫了她的人來吩咐道：「你們別看著人家的樣兒，也糟蹋起璉二奶奶來。看見那些人張羅不開，便插個手兒也未為不可，這也是公事，大家都該出力的。」

史湘雲前一日過來，想起賈母素日疼她，又想到自己命苦，更加悲痛，直哭了半夜。寶玉瞅著也不勝悲傷，又不好上前去勸，見她淡妝素服，不敷脂粉，更比未出嫁的時候猶勝幾分。轉眼又看寶琴等淡素裝飾，自有一種天生丰韻。獨寶釵渾身孝服，哪知道比尋常穿顏色衣服時更具一番雅致。心裡便想道，所以千紅萬紫終讓梅花為魁，竟是潔白清香四字是不可及的了。但只這時候若有林妹妹也是這樣打扮，又不知怎樣的風致了！想到這裡，不覺得心酸起來，那淚珠便直滾滾地下來了，趁著賈母的事，不妨放聲大哭。眾人正勸湘雲不止，外間又添出一個哭的來了。只道是想著賈母疼他的好處，所以傷悲，滿屋的人也不禁下淚。

次日便是坐夜之期，更加熱鬧。鳳姐這日竟支撐不住，只得用盡心力，還是瞻前不能顧後。正在著急，只見一個小丫頭跑來說：「二奶奶在這裡呢，怪不得大太太說，裡頭人多照應不過來，二奶奶是躲著受用去了。」鳳姐聽了，一口氣撞上來，往下一咽，眼淚直流，只覺得眼前一黑，便噴出一口鮮血來，暈了過去。平兒急來靠著，忙叫了人攙扶著，慢慢地送到自己房中，輕輕安放在炕上。便叫豐兒快去回明了二奶奶吐血發暈不能照應等話。

大家鬧到辭靈這天，又見鴛鴦哭得昏了過去，扶住捶鬧了一陣才醒。鴛鴦因想到如今雖然大老爺不在家，大太太的這樣行為我也瞧不上。老爺是不管事的，以後便亂世為王起來，我們這些人不是要叫他們掇弄了嗎？誰收為小老婆，誰配小子，我是受不得這樣折磨的，倒不如死了乾淨。便又哭了，嘴裡說著要跟了老太太去，大家以為一時悲痛之語也不在意。

誰知沒過多久，琥珀哭著進來說：「不好了，鴛鴦姐姐上吊自盡了。」寶玉聽見此信，便兩眼發直起來，襲人等慌忙扶著，說道：「你要哭就哭，別憋著氣。」寶玉死命地才哭出來了，一下子心裡倒清醒了，心想，鴛鴦這樣一個人偏又這樣死法，實在天地間的靈氣獨鍾在這些女子身上了。她算得了死所，我們究竟是一件濁物，還是老太太的兒孫，誰能趕得上她。復又喜歡起來。襲人等忙說：「不好了，又要瘋了。」寶釵道：「不妨事，他有他的意思。」寶玉聽了，心想，倒是她還知道我的心。

第五十七回　落紅塵妙玉遭大劫　歷幻境熙鳳返金陵

發喪的那天，留惜春和鳳姐看家，其餘人都送靈去了鐵檻寺。不料第二天賈璉卻接到家人匆匆來報，說家中失盜。著急著趕回家，急進內查點，見老太太的房門大開，箱櫃一空，便罵那些上夜女人道：「妳們都是死人嗎！賊人進來妳們不知道的嗎？」那些上夜的人啼哭著說道：「我們幾個人輪更上夜，是管二三更的，我們都沒有住腳前後走的。她們是四更五更，我們的下班兒。只聽見她們喊起來，並不見一個人，趕著照看，不知什麼時候把東西早已丟了，求爺們問管四五更的。」林之孝道：「妳們個個要死，回來再說，咱們先到各處看去。」鳳姐氣得眼睛直瞪瞪地便說：「把那些上夜的女人都拴起來，交給外頭營裡審問。」

惜春一句話也沒有，只是哭道：「這些事我從來沒有聽過，為什麼偏偏碰在咱們兩個人身上！明兒老爺太太回來叫我怎麼見人！說把家裡交給咱們，如今鬧到這個份兒，還想活著嗎？」鳳姐道：「咱們願意嗎？現在有上夜的人在那裡。」惜春道：「妳還能說，況且妳又病著，我是沒話說的。這都是我大嫂子害了我的，她攛掇❶著太太派我看家的。如今我的臉擱在哪裡呢？」說著又痛哭起來。鳳姐道：「姑娘，妳快別這麼想，若說沒臉，大家一樣的。妳若有這個糊塗想頭，我更擱不住了。」賈璉本想抱怨幾聲，無奈一個滿臉羞慚，一個又病中帶氣，只得說：「罷了，罷了，還是先查點報官去吧！」

惜春正在悲泣，忽見櫳翠庵的老道姑神色惶遽地來找妙玉。見並沒有在惜春處，便怔住了。惜春忙問緣故，才知原來老道姑早起，見妙玉的房門大開，屋內沒有人，仔細尋了一遍。卻見牆外上架著軟梯，房內有燃斷了的悶香，老道姑知是大事不妙。但想到妙玉平常偶然也去惜春處閒談下棋，便趕來詢問，又誰知這裡也被盜了。那老道姑便說：「這怎麼說，難道真是被賊人劫走了！」惜春一聽，低頭不語，心想，妙玉雖然潔淨，畢竟塵緣未了，故有此劫。我可惜生在公侯之家，若能像她那樣閒雲野鶴……驀然心下一動，頓覺萬慮皆消。

眾人也都知道妙玉突然不見了，便漸漸生出各種猜疑來，也傳到寶玉耳邊，寶玉聽得十分納悶，想來必是被強徒搶去，這個人是必不肯受委屈的，但是一無下落，心下甚不放心，每日長吁短歎：「這樣一個人自稱為『檻外人』，竟遭此結局！」又想到，當日園中何等熱鬧，自從二姐姐出閣以來，死的死，嫁的嫁，我想她一塵不染是保得住的了，豈知今又如此，比林妹妹遭遇更奇！由是一而二，二而三，追思起來，復想到《莊子》上的話，虛無縹緲，人生在世，難免風流雲散，不禁心有觸動，大哭起來。

這一哭，便又想到了黛玉，又想起紫鵑到了這裡，我從沒和她說句知心的話兒，也不知道她心裡究竟如何，見我一來便走開了，想來自然是為林妹妹的緣故。於是悶悶地出來，想要找紫鵑問問去，一邊又想，可歎紫鵑這麼一個聰明女孩兒，難道連我這點苦處都看不出來嗎?正自想著，一抬頭，發現已到了西廂紫鵑住處的窗下，見裡面尚有燈光，便用舌頭舔破窗紙往裡一瞧，見她獨自挑燈，又不是做什麼，呆呆地坐著。寶玉便輕輕地叫道：「紫鵑姐姐還沒有睡嗎?」紫鵑嚇了一跳，怔怔地半日才說：「是誰?」寶玉道：「是我。」紫鵑聽著，似乎是寶玉的聲音，便問：「是寶二爺嗎?」寶玉在外輕輕地答應了一聲。紫鵑問道：「你來做什麼?」寶玉道：「我有一句心裡的話要和妳說說，妳開了門，我到妳屋裡坐坐。」紫鵑停了一會兒說道：「二爺有什麼話?天晚了，請回吧，明日再說吧。」寶玉聽了，寒了半截。自己還要進去，恐紫鵑未必開門，想要就回去，這一肚子的隱情，更被紫鵑這一句話勾起。只是無奈，停了一會兒才說道：「我也沒有多餘的話，只問妳一句。」紫鵑道：「既是一句，就請說。」寶玉半日反不言語。紫鵑在屋裡不見寶玉言語，知他素有痴病，恐怕實在搶白了他，勾起他的舊病倒也不好了，便站起來細聽了一聽，又問道：「是走了，還是傻站著呢?有什麼又不說，盡著在這裡嘔人。已經嘔死了一個，難道還要嘔死一個嗎?這是何苦來呢!」說著，也從寶玉舔破之處往外一看，見寶玉在那裡呆聽。紫鵑不便再說，回身剪了剪燭花。忽聽寶玉歎了一聲道：「紫鵑姐姐，妳從來不是這樣鐵心石腸，怎麼近來連一句好好兒的話都不和我說了?我固然是個濁物，不配妳們理我，但只我有什麼不是，只望姐姐說明了，哪怕姐姐一輩子不理我，我死了也做個明白鬼呀!」紫鵑聽了，冷笑道：「二爺就是這個話呀，還有什麼?若就是這個話呢，我們姑娘在時我也跟著聽膩了!若是我們有什麼不好處呢，我是太太派來的，二爺倒是回太太去，左右我們丫頭們更算不得什麼了。」說到這裡，那聲兒便哽咽起來。寶玉急得跺腳道：「這是怎麼說，我的事情妳在這裡幾個月還有什麼不知道的。便是別人不肯替我告訴妳，難道妳還不叫我說，叫我憋死了不成！」說著，也嗚咽起來了。

寶玉正在這裡傷心，忽聽背後一個人接言道：「你叫誰替你說呢？誰是誰的什麼？自己得罪了人自己央及呀，人家賞臉不賞在人家，何苦來拿我們這些沒要緊的墊背呢？」一句話把裡外兩個人都嚇了一跳。一看，原來卻是麝月，寶玉自覺臉上沒趣。只聽麝月又說道：「到底是怎麼著？一個賠不是，一個人又不理。你倒是快快地央及呀。唉，我們紫鵑姐姐也就太狠心了，外頭這麼怪冷的，人家央及了這半天，總連個活動氣兒也沒有。」又向寶玉道：「剛才二奶奶說了，多早晚了，打量你在哪裡呢，你卻一個人站在這房檐底下做什麼？」紫鵑裡面接著說道：「這可是什麼意思呢？早就請二爺進去，有話明日說，這是何苦來！」寶玉見麝月在那裡，不好再說別的，只得一面同麝月走回，一面說道：「罷了，罷了！我今生今世也難剖白這個心了！唯有老天知道罷了！」說到這裡，那眼淚也不知從何處來的，滔滔不斷了。

紫鵑被寶玉一招，心裡更加難受，直直地哭了一夜。思前想後，明知他病中不能明白，所以眾人弄鬼弄神地辦成了。後來寶玉明白了，舊病復發，常時哭想，並非忘情負義之徒。

今日這種柔情，更叫人難受，只可憐我們林姑娘——如此看來，人生緣分都有一定，在那未到頭時，大家都是痴心妄想。乃至無可如何，那糊塗的也就不理會了，那情深義重的也不過臨風對月，灑淚悲啼。可憐那死的倒未必知道，這活的真真是苦惱傷心，無休無了。算來竟不如草木石頭，無知無覺，倒也心中乾淨！想到此處，倒把一片酸熱之心一時冰冷了。

邢王二夫人發喪回家，見鳳姐臥病不起，只打發人來問問，並不親身來看。除了平兒照料，鳳姐身邊竟是無人，賈璉回來也沒有一句貼心的話，鳳姐心中更加悲苦。恍惚之間，尤二姐從房後走來，漸漸近了床前，說道：「姐姐，許久不見了。做妹妹的想念得很，要見不能，如今好容易進來見見姐姐。姐姐的心機也用盡了，咱們的二爺糊塗，也不領姐姐的情，反倒怨姐姐做事過於苛刻，把他的前程去了，叫他如今見不得人。我替姐姐氣不平。」鳳姐恍惚說道：「我如今也後悔我的心太窄了，妹妹不念舊惡，還來瞧我。」平兒在旁聽見，說道：「奶奶說什麼？」鳳姐一時甦醒，想起尤二姐已死，心裡害怕，又不肯說出，只得勉強說道：「我神魂不定，想是說夢話。妳來給我捶捶吧。」平兒上去捶著，見個小丫頭進來，回道：「劉姥姥來了，婆子們帶著來請奶奶的安。」平兒想鳳姐病裡必是懶待見人，便說道：「奶奶現在養神呢，暫且叫她等著。妳問她來有什麼事嗎？」小丫頭說道：「問過了，沒有事。說知道老太太去世了，因沒有報才來遲了。」鳳姐聽見，便說：「人家好心來瞧，不要冷淡人家。妳去請了劉姥姥進來，我和她說說話兒。」

劉姥姥帶了一個小女孩兒進來，說：「我們姑奶奶在哪裡？」平兒引到炕邊，劉姥姥便說：「請姑奶奶安。」一看鳳姐骨瘦如柴，神情恍惚，心裡先就悲慘起來，說：「我的奶奶，怎麼這些日子不見，就病到這個份兒。我糊塗得要死，怎麼不早來請姑奶奶的安！」說著便叫青兒給姑奶奶請安。青兒只是笑，鳳姐看了倒也十分喜歡，便叫小紅招呼著，帶了和巧姐玩去。劉姥姥道：「我們村裡的人不會病的，若一病了就要求神許願，從不知道吃藥的。我想姑奶奶的病不要撞著什麼了吧？」平兒聽著便在背地裡扯她。劉姥姥會意，便不言語。哪裡知道這句話倒合了鳳姐的意，扎掙著說：「姥姥妳是有年紀的人，說得自然不錯。妳見過的趙姨娘前幾日也死了，聽說死前滿嘴胡話的。」劉姥姥詫異道：「阿彌陀佛！好端端一個人怎麼就死了？我記得她也有一個小哥兒，這便怎麼樣呢？」平兒道：「這怕什麼，她還有老爺太太呢。」劉姥姥道：「姑娘，妳哪裡知道，隔了肚皮子是不中用的。」這句話又招起鳳姐的愁腸，嗚嗚咽咽地哭起來了。巧姐兒聽見她母親悲哭，便走到炕前用手拉著鳳姐的手，也哭起來。鳳姐一面哭著道：「妳見過了姥姥沒有？妳的名字還是她起的呢，就和乾娘一樣，妳給她請個安。」巧姐兒便走到跟前，劉姥姥忙著拉著道：「阿彌陀佛，不要折煞我了！」

平兒恐劉姥姥話多，攪煩了鳳姐，便拉了劉姥姥說：「正是呢，妳還沒有見過太太吧，我出去叫人帶了妳去見見，也不枉來這一趟。」鳳姐道：「忙什麼，妳坐下，我問妳近來的日子還過得去嗎？」劉姥姥千恩萬謝地說道：「這兩年姑奶奶又時常給些衣服布匹，在我們村裡算過得好的了。昨日才聽說老太太沒有了，我在地裡打豆子，聽見了這話，嚇得連豆子都拿不起來了，就狠狠地哭了一大場。不打量姑奶奶也是那麼病。」說著，又掉下淚來。平兒心裡著急，也不等她說完拉著就走，說：「妳老人家說了半天，口乾了，咱們喝碗茶去吧。」拉著劉姥姥到下房坐著，青兒在巧姐兒那邊，兩個人正玩著。劉姥姥道：「茶倒不要。好姑娘，妳叫人帶了我去請太太的安，哭哭老太太去吧。」平兒道：「妳不用忙，今兒也趕不出城的了。方才我是怕妳說話不防頭招得我們奶奶哭，所以催妳出來的。」劉姥姥道：「姑娘是妳多心，我知道。倒是奶奶的病怎麼好呢？」平兒道：「妳瞧去怎麼樣？」劉姥姥道：「說是罪過，我瞧著不好。」

平兒叫小丫鬟帶了劉姥姥去王夫人處了，進來的時候，見鳳姐已經睡著。忽見賈璉進來，向炕上一瞧，也不言語，走到裡間氣哼哼地坐下。叫平兒來問道：「奶奶不吃藥嗎？」平兒道：「不吃藥。怎麼樣呢？」賈璉道：「我知道嗎！妳拿櫃子上的鑰匙來吧。」平兒見賈璉有氣，又不敢問，只得出來在鳳姐耳邊說了一聲。鳳姐不言語，平兒便將一個匣子擱在賈璉那裡就走。賈璉道：「有鬼叫妳嗎？妳擱著叫誰拿呢！」平兒忍氣打開，取了鑰匙開了櫃子，便問道：「拿什麼？」賈璉道：「咱們有什麼嗎？」平兒氣得哭道：「有話明白說，人死了也願意！」賈璉道：「還要說嗎？頭裡的事是妳們鬧的。如今老太太的還短了四五千銀子，老爺叫我拿公中的地帳弄銀子，妳說有嗎？只好把老太太給我的東西折變去罷了。妳不依嗎？」平兒聽了，一句不言語，將櫃裡東西搬出。只見小紅過來說：「平姐姐快走，奶奶不好呢。」平兒也顧不得賈璉，急忙過來，見鳳姐用手空抓，平兒用手攥著哭叫。賈璉也過來一瞧，把腳一跺道：「若是這樣，是要我的命了。」說著，掉下淚來。豐兒進來說：「外頭找二爺呢。」賈璉只得出去。

鳳姐越加不好了，豐兒等不免哭起來，巧姐聽見忙趕來，一見就哭了。劉姥姥也急忙走到炕前，嘴裡唸佛，搗鼓[2]了一回，果然鳳姐好些。此時又覺清楚些，見劉姥姥在這裡，心裡信她求神禱告，便把豐兒等支開，叫劉姥姥坐在旁邊，告訴她心神不寧如見鬼怪的樣。劉姥姥便說我們村裡什麼菩薩靈，什麼廟有感應。鳳姐道：「求妳替我禱告，要用供獻的銀錢我有。」說著便在手腕上褪下一隻金鐲子來交給她。劉姥姥道：「姑奶奶，不用那個。我們村莊人家許了願，好了，花上幾百錢就是了，哪用這些？就是我替姑奶奶求去，也是許願。等姑奶奶好了，要花什麼自己去花吧。」鳳姐明知劉姥姥一片好心，不好勉強，只得留下，說：「姥姥，我的命交給妳了。我的巧姐兒也是千災百病的，也交給妳了。」劉姥姥答應著便說：「這麼著，我看天氣尚早，還趕得出城去，我就去了，給姑奶奶許個願。明兒姑奶奶好了，再請還願去。」青兒因與巧姐兒玩得熟了，巧姐又不願她去，鳳姐便叫暫且留下。

誰知晚間，寶玉寶釵便聽說鳳姐病危了。正要出院去看，只見王夫人那邊打發人來說：「璉二奶奶不好了，還沒有咽氣，二爺二奶奶且慢些過去吧。」寶釵趕緊問是怎麼樣了呢？

那人說：「璉二奶奶的病有些古怪，從三更天起到四更時候，沒有住嘴盡說些胡話，要船要轎的，說到金陵歸入冊子去。眾人不懂，她只是哭哭喊喊的。璉二爺沒有法兒，只得去糊了船轎，還沒拿來，璉二奶奶喘著氣等呢。叫我們過來說，等璉二奶奶去了再過去吧。」寶釵道：「這也奇，她到金陵做什麼？」襲人悄悄和寶玉說道：「你不是那年做夢，我還記得說有多少冊子，不是璉二奶奶也到那裡去嗎？」寶玉聽了點頭道：「是呀，可惜我都不記得那上頭的話了。若再做這個夢時，我得細細地瞧一瞧。」襲人見帶出他的瘋話，便不言語了。

一時便報鳳姐已去了，寶玉寶釵趕緊著過去，只見好些人圍著哭呢。寶釵走到跟前，見鳳姐已經停床，便大放悲聲。寶玉也拉著賈璉的手大哭起來。

賈璉一邊哭著一邊忙著弄銀錢使用，一時實在不能張羅。平兒便叫賈璉道：「二爺也別過於傷了自己的身子。」賈璉道：「什麼身子，現在日用的錢都沒有，妳想有什麼法兒！」平兒道：「二爺也不用著急，若說沒錢使喚，我還有些東西幸虧沒有抄去，在裡頭。二爺要就拿去當了使喚吧。」賈璉聽了，心中感謝道：「等我銀子弄到手了還妳。」平兒道：「我的也是奶奶給的，什麼還不還，只要這件事辦得好看些就是了。」卻嗚咽著說不下去了。

❶ 攛掇：慫恿，從旁唆人去做某事。

❷ 搗鼓：擺弄。

第五十八回　證同類寶玉失相知　重塵緣佳人護通靈

寶玉因想及鳳姐一生風光，如今落到這樣的地步，感慨之餘又是一陣傷心，哪堪更憶及當日時月，竟不知如何過日了。一日忽聽老爺傳見，忙著過去了。原來是江南甄老爺復了官職，來京候旨，帶了其子甄寶玉來拜訪。賈政見甄寶玉相貌果與寶玉一樣，試探他的文才，竟應對如流，甚是心敬，故叫寶玉等三人出來警勵他們。見寶玉等來了，略說了幾句，便與甄老爺到書房去了，這裡令寶玉陪著。

兩人見了面，都不覺一怔，竟是舊相識一般。賈寶玉不覺想到夢中之景，心想甄寶玉為人必是和他同心，以為得了知己。因初次見面，又有賈環、賈蘭在坐，也不便說什麼，只是說些久思渴慕的話。那甄寶玉素來也知賈寶玉的為人，今日一見，果然不差，心想他竟與我同名同貌，這也難得，但我現在既略知了些道理，怎麼不和他講講？也因初見，不知深淺，只好緩緩地來，便道：「世兄是數萬人裡頭選出來最清最雅的，弟乃庸庸碌碌一等愚人，愧為同名，真覺玷辱了這兩個字。」賈寶玉聽了，更加肯定這甄寶玉必是心儀之人了，心想：「這個人果然同我的心是一樣的。但是你我都是男人，不比那女孩兒們清淨，怎麼他拿我當作女孩兒看待起來？」便道：「世兄謬贊，實不敢當。弟是至濁至愚，不過一塊頑石罷了。」甄寶玉道：「弟小時候不知高低，豈知家遭蕭條，雖不敢說歷盡甘苦，但世道人情也領悟了好些。世兄是錦衣玉食，無不遂心的，必是文章經濟高出人上，所以世伯鍾愛。」賈寶玉聽這話頭又近了祿蠹❶的舊套，心中便有些不自在。倒是賈蘭聽了這話甚覺合意，便說道：「世叔所言極是，這文章經濟，實在是從歷練中出來的，方為真才實學。」賈寶玉未及聽完，心裡更加不合，想道這孩子從幾時也學了這一派酸論，便說道：「弟聞得世兄超越俗流，性情中另有一番見解。今日幸會，不想只將世路虛套來敷衍。」甄寶玉心裡曉得，他知我少年的性情，所以懷疑我是假話，我索性把話說明，或者與我做個知心朋友也是好的。於是說道：「世兄高論，固然真切。但弟少時也曾深惡那些舊套陳言，只是一年長似一年，也見過那些大人先生，儘是顯親揚名之人，著書立說，言忠言孝，自有一番立德立言的事業，所以把少時那一派迂想痴情漸漸地淘汰了些。所以我現在所說的並非虛意。」賈寶玉越聽越不耐煩，又不好冷淡，只得將言語支吾。

一會兒裡頭傳出話來說：「請甄少爺裡頭去坐坐呢。」寶玉聽了，趁勢便邀甄寶玉進去。眾人一見兩個寶玉在這裡，便都來看，說道：「真真是奇事，名字同了也罷，怎麼相貌身材都是一樣的。虧得是我們寶玉穿孝，若一樣的衣服穿著，一時也認不出來。」

送走了甄寶玉，賈政又叫了寶玉去：「我叫你來不為別的，現在你穿著孝，不便到學裡去。但你在家裡，必要將你念過的文章溫習溫習。我這幾天倒也閒著，隔兩三日要做幾篇文章我瞧瞧，看你這些時進益了沒有。」寶玉只得答應著，賈政又道：「你環兒弟蘭侄兒我也叫他們溫習去了。若你作的文章不好，反倒不及他們，那可就不成事了。」寶玉不敢言語，只答應了「是」，站著不動。賈政說「去吧」。寶玉才退了出來。

回到房中心裡只覺煩悶，想起與甄寶玉見面，原以為得一知己，豈知談了半天，竟有些冰炭不投。便也不言，也不笑，只管發怔。寶釵便問：「那甄寶玉果真像你嗎？」寶玉道：「相貌倒還是一樣的。只是言談間看起來並不知道什麼，不過也是個祿蠹罷了。」寶釵道：「你又編派人家了。怎麼就見得也是個祿蠹呢？」寶玉道：「他說了半天，並沒個明心見性之談，不過說些什麼文章經濟，又說什麼為忠為孝，這樣人可不是個祿蠹嗎？只可惜他也生了這樣一個相貌。我想來，有了他，我竟要連我這個相貌都不要了。」寶釵說道：「你真真說出句話來叫人發笑，這相貌怎麼能不要呢。況且人家這話是正理，做了一個男人原該要立身揚名的，誰像你一味地柔情私意。不說自己，倒說人家是祿蠹。」

寶玉本聽了甄寶玉的話已甚不耐煩，又被寶釵搶白了一場，心中更加不樂，悶悶昏昏，不覺將舊病又勾起來了，並不言語，只是傻笑。寶釵不知，只道是我的話錯了，他所以冷笑，也不理他。豈知那日寶玉便有些發呆，襲人等嘔他也不言語。過了一夜，也還只是發呆，竟有前番病的樣子。

不想過了幾天，寶玉更糊塗了，甚至於飯食不進，大家便著急起來。過了幾日，竟是人事不醒。王夫人等一面哭著，一面告訴賈政說：「大夫回了，不肯下藥，只好預備後事。」

賈政進去看他果然甚是不好，一邊滿面淚水，一邊出來叫賈璉辦去。賈璉手頭又短，正在為難，只見一個人跑進來說：「二爺，門上來了一個和尚，說是給寶二爺送玉來了。」賈璉照臉啐道：「我打量什麼事，這樣慌張。前番那假的你不知道嗎？就是真的，現在人要死了，要這玉做什麼！」小廝道：「奴才也說了，那和尚說給他一萬兩賞銀，保管寶二爺的病也就好了。」正說著，又聽外頭嚷道：「這和尚撒野跑進來了，眾人攔他攔不住。」賈璉道：「哪裡有這樣怪事，你們還不快打出去呢。」正鬧著，裡頭又哭出來說：「寶二爺不好了！」只見那和尚嚷道：「要命拿銀子來！」一邊就往裡頭跑，賈璉拉著道：「裡頭都是內眷，你這野東西跑什麼！」那和尚道：「遲了就不能救了。」只管一直走到寶玉炕前，寶釵等躲避不及。只見那和尚道：「施主們，我是送玉來的。」說著，把那塊玉擎著道：「快把銀子拿出來，我好救他。」王夫人也不擇真假，便說道：「若是救活了人，銀子是有的。」那和尚笑道：「拿來。」王夫人道：「你放心，橫豎折變得出來。」和尚哈哈大笑，手拿著那玉在寶玉耳邊叫道：「寶玉，寶玉，你的寶玉回來了。」說了這一句，王夫人等見寶玉果然把眼一睜。襲人說道：「好了。」只見寶玉便問道：「在哪裡呢？」那和尚把玉遞到他手裡。寶玉先是緊緊地攥著，後來慢慢地放在自己眼前細細一看說：「哎呀，久違了！」裡外眾人都喜歡得念佛。

那和尚也不言語，趕來拉著賈璉就跑，要那一萬兩銀子。賈政便出來道過謝，問：「寶剎何方？法師大號？這玉是哪裡得的？怎麼小兒一見便會活過來呢？」那和尚微微笑道：「我也不知道，只要拿一萬銀子來就完了。」賈政見這和尚粗魯，也不敢得罪，便說：「有。」和尚道：「有便快拿來吧，我要走了。」賈政道：「略請稍坐，待我進內瞧瞧。」和尚道：「你去快出來才好。」

賈政見寶玉已經醒來，便拿著那玉看了一下，和王夫人道：「寶玉好過來了。這賞銀怎麼樣？」王夫人道：「盡著我所有的折變了給他就是了。」寶玉道：「只怕這和尚不是要銀子的吧。」賈政點頭道：「我也看著古怪，但他口口聲聲地要銀子。」王夫人道：「老爺出去先款留著他再說。」賈政出去了，寶玉漸漸地神氣果然好過來了，便要坐起來，麝月上去輕輕地扶起，因心裡喜歡，忘了情說道：「真是寶貝，才看見了一會兒就好了。虧得當初沒有砸破。」寶玉聽了，神色一變，把玉一撂，身子往後一仰，復又死去。急得王夫人等哭叫不止，也不及罵麝月，便趕著叫人出來找和尚救治。豈知賈政從裡頭出來時，那和尚就已不見了。

寶玉昏死過去，恍恍惚惚似是趕到前廳，見那送玉的和尚坐著，便施了禮。哪知和尚站起身來，拉著寶玉就走。寶玉跟著，只覺得身輕如葉，飄飄搖搖，到了一個荒野地方，遠遠地望見一座牌樓，好像曾到過的，心裡就不免疑惑起來。卻見一間配殿的門半掩半開，心裡正要問那和尚一聲，回過頭來，和尚早已不見了。便自己進去，見有十數個大櫥，櫥門半掩。

寶玉忽然想起，我少時做夢曾到過這個地方。怎地今天又到了這裡？便把那半掩的櫥門打開，見有好幾本冊子，細細回憶起來，但不知這冊子是那個見過的不是？於是在上頭取了一本，見冊子上寫著《金陵十二釵正冊》幾個字。寶玉拿著一想道，我恍惚記得是這個，只恨記不清楚。便打開頭一頁看去，上頭卻有畫，只是畫跡模糊，再瞧不出來。後面有幾行字跡也不清楚，仔細辨認，隱約也能猜出一些。寶玉便急急地將那十二首詩詞都看遍了，也有一看便知的，也有一想便得的，也有不大明白的，心下暗暗記著。一面歎息，一面又取那《金陵又副冊》看，正要往後再看，忽聽見有人說道：「你又發呆了！林妹妹請你呢。」好似晴雯的聲氣，回頭卻不見人。心中正自驚疑，忽見晴雯在門外招手。寶玉一見，悲喜交集，便道：「晴雯姐姐，妳原來在此。」晴雯卻道：「誰是晴雯？」便只管前行，寶玉見她在前面影影綽綽地走，只是趕不上。心想明明是晴雯，為什麼說不是她？沉吟之間，卻又不見了。見自己所在的地方，無數奇花異卉。唯其中一棵青草，葉頭上略有紅色，微風動處，那青草已搖擺不休，雖無花朵，其嫵媚之態，竟能動人心魄。寶玉只管呆呆地看著，突然又似聞得幽幽歎息，宛若黛玉平常輕歎，寶玉驚起卻一抬頭，見有一個人影飄忽而過，果然彷佛黛玉的形容，便不禁說道：「妹妹在這裡！叫我好想。」卻哪有影子？仍是一片荒郊，那和尚正自微笑著看著他。寶玉此時只覺得模糊迷惑，拉著和尚說道：「這到底是什麼地方，我記得是你領我到這裡，你一時又不見了。我看到這麼些姐姐妹妹，竟也好像不認識我似的，突然消失了。我現在心裡竟糊塗得很。」那和尚道：「你見了冊子還不解嗎？只要把經歷過的事情細細記著，將來我與你說明。」說著，便把寶玉狠命地一推，說：「回去吧！」寶玉站不住腳，一跤跌到，口裡喊道「啊喲」便醒了過來。

夫人等正在哭泣，忽見寶玉甦醒過來，自是歡喜。寶玉卻只管心裡細細地記憶，把所經歷的事呆呆地細想了一番，便哈哈笑道：「是了，是了。」王夫人等見他如此，只道舊病復發，便復憂心。寶釵心想，那和尚本來古怪。只是不知這塊玉到底是怎麼著？病也是這塊玉，好也是這塊玉，生也是這塊玉……想到這裡不覺怔怔的，流下淚來。

不想寶玉此後，不僅身體復原，更覺神清氣爽。賈政見此也放心了，因自己要扶賈母的靈柩回原籍，便叫來寶玉囑咐了一番，只道如今家中如此，一定要參加今科的考試，也好取個功名。寶玉只得一一答應。賈政臨行前又再三叮囑，好好用功，時常又有王夫人寶釵勸他念書，他便果真每日用功，倒把原先的性情全改了，即使在女孩兒中間也顯得淡淡的。王夫人見他安靜用功，心裡自是安慰。倒是寶釵終是有些納悶，隱隱約約反覺有些不對頭，但又不知如何。

一日，寶釵正與王夫人在房中講究家中事務，忽見史家打發人來說，湘雲的姑爺患癆病死了。王夫人和寶釵聽了，大吃一驚，倒為湘雲嗟歎了一回。寶玉獨不言語，心裡卻想到冊子中的「湘江水逝楚雲飛」等句，一時只微微點頭。寶釵看了他一眼，見他如此，也不知是何意。

忽然聽外面嚷說：「那和尚又來了，要那一萬銀子呢。」王夫人一聽，正不知怎樣，寶玉卻突然站起來，趕忙獨自一人走到前頭廳裡，嘴裡亂嚷道：「師父在哪裡？」叫了半天，才見那和尚搖搖擺擺地進來。寶玉便上前施禮，連叫：「師父，弟子迎候來遲。」那僧說：「我不要你們接待，只要銀子，拿了來我就走。」寶玉便說道：「師父不必性急，請坐下略等片刻。請問師父可是從『太虛幻境』而來？」那和尚道：「什麼幻境，不過是來處來去處去罷了！我是送還你的玉來的。我且問你，那玉是從哪裡來的？」寶玉一時對答不來。那僧笑道：「你自己的來路還不知，便來問我！」寶玉本來自己的底裡未知，一聞那僧問起玉來，好像當頭一棒，便說道：「你也不用銀子了，我把那玉還你吧。」那僧笑道：「也該還我了。」

寶玉也不答言，往裡就跑，到自己院內，忙向床邊取了那玉便出來。迎面碰見了襲人，撞了一個滿懷，把襲人嚇了一跳，說道：「太太說，你陪著和尚坐著很好，太太在那裡打算送他些銀兩。你又回來做什麼？」寶玉道：「妳快去回太太，說不用張羅銀兩了，我把這玉還了他就是了。」襲人連忙拉住寶玉道：「這斷使不得的！那玉就是你的命，若是他拿去了，你又要病著了。」寶玉道：「我已經有了心了，要那玉何用！」說著甩脫襲人，便要想走。襲人急得趕著嚷道：「你回來，我告訴你一句話。」寶玉回過頭來道：「沒有什麼說的了。」襲人一面嚷道：「上回丟了玉，幾乎沒有把我的命要了！剛剛兒地有了，你拿了去，你也活不成，我也活不成了！你要還他，除非是叫我死了！」說著，趕上一把拉住。寶玉狠命地把襲人一推，抽身便要走。襲人兩隻手繞著寶玉的帶子不放鬆，哭道：「快告訴太太去，寶二爺要把那玉去還和尚呢！」寶玉用手掰開了襲人的手，襲人死命地抱住不放。此時紫鵑正在屋裡，聽見寶玉要把玉還人，這一急把素日冷淡寶玉的主意都忘在九霄雲外了，連忙跑過來幫著抱住寶玉。寶玉嘆口氣道：「為一塊玉這樣死命地不放，若是我一個人走了，又會怎麼樣呢？」襲人紫鵑聽到這裡，不禁嚎啕大哭起來。便見王夫人寶釵急忙趕來，見此便哭著喝道：「寶玉，你又瘋了嗎？」寶玉只得賠笑說道：「這當什麼，又叫太太著急。她們總是這樣大驚小怪的，我說那和尚不近人情，他必要一萬銀子，少一個不能。我生氣進來拿這玉還他。他見我們不稀罕那玉，便隨意給他些就過去了。」王夫人道：「我打量真要還他，這也罷了。為什麼不告訴明白了她們，叫她們哭哭喊喊地像什麼。」寶釵道：「這麼說呢倒還使得。要是真拿那玉給他，那和尚有些古怪，若一給了他，又鬧到家口不寧，豈不是不成事了嗎？至於銀錢呢，就把我的頭面[2]折變了，也還夠了呢。」王夫人聽了道：「也罷了，且就這麼辦吧。」寶玉也不回答。只見寶釵走上來在寶玉手裡拿了這玉，說道：「你也不用出去，我和太太給他錢就是了。」寶玉道：「玉不還他也使得，只是我還得當面見他一見才好。」襲人等仍不肯放手，寶釵說：「放了手由他去就是了。」襲人只得放手。寶玉笑道：「妳們這些人原來重玉不重人哪。妳們既放了我，我便跟著他走了，看妳們就守著那塊玉怎麼樣！」襲人心裡又著急起來，仍要拉他，只礙著王夫人和寶釵的面前，又不好怎樣。恰好寶玉一撒手就走了。襲人忙叫小丫頭在三門口傳了茗煙等，「告訴外頭照應著二爺，他有些瘋了。」小丫頭答應了出去。

王夫人寶釵等進來坐下，問起襲人來由，襲人便將寶玉的話細細說了。王夫人寶釵甚是不放心，又叫人出去吩咐眾人伺候，聽著和尚說些什麼。一會兒，小丫頭進來回王夫人道：「二爺真有些瘋了。外頭小廝們說，他說裡頭不給他玉，他也沒法，如今身子出來了，求著那和尚帶了他去。」王夫人聽了說道：「這還了得！那和尚說什麼來著？」小丫頭回道：「和尚說要玉不要人。」寶釵道：「不要銀子了嗎？」小丫頭道：「沒聽說，後來和尚和二爺兩個人又說著笑著，有好些話外頭小廝們都不大懂。」王夫人道：「糊塗東西，聽不出來，學是自然學得來的。」便叫小丫頭：「妳把那小廝叫進來。」

那小廝站在廊下隔著窗戶請了安。王夫人便問道：「和尚和二爺的話你們不懂，難道學也學不來嗎？」那小廝回道：「我們只聽見說什麼『大荒山』，『青埂峰』的，又說什麼『太虛境』，『斬斷塵緣』這些話。」王夫人也不甚明白。寶釵聽了，嚇得兩眼直瞪，半句話都沒有了。正要叫人出去拉寶玉進來，只見寶玉笑嘻嘻地進來說：「好了，好了。」寶釵仍是發怔。王夫人道：「你瘋瘋癲癲地說的是什麼？」寶玉道：「正經話又說我瘋癲。那和尚與我原是認得的，他不過也是要來見我一見。何嘗是真要銀子呢，也只當化個善緣就是了。所以說明了他自己就飄然而去了。這可不是好了嗎？」王夫人不信，又隔著窗戶問那小廝。那小廝連忙出去問了門上的人，進來回說：「和尚果然走了。說請太太們放心，我原不要銀子，只要寶二爺時常到他那裡去去就是了。諸事只要隨緣，自有一定的道理。」王夫人道：「原來是個好和尚，你們曾問住在哪裡？」門上道：「奴才也問來著，他說我們二爺是知道的。」王夫人問寶玉，寶玉笑道：「這個地方說遠就遠，說近就近。」寶釵不待說完，便道：「你醒醒吧，別盡著迷在裡頭。現在老爺太太就疼你一個人，老爺還吩咐叫你取功名長進呢。」寶玉道：「我說的不是功名嗎?你們不知道，『一子出家，七祖升天』呢。」王夫人聽到那裡才有些明白過來，不覺傷心起來，說：「我們的家運怎麼這麼不好，一個四丫頭口口聲聲要出家，如今又添出一個來了。我這樣個日子過它做什麼！」說著，大哭起來。寶釵見王夫人傷心，只得上前苦勸。寶玉笑道：「我說了這一句玩話，太太又認起真來了。」王夫人止住哭聲道：「這些話也是混說的嗎！」

正說著，只見丫頭來回話：「璉二爺說請太太回去說話。」王夫人便扶了彩霞回去了。

❶ 祿蠹：比喻熱中追求官祿的人。
❷ 頭面：婦女頭上的裝飾物。

第五十九回　皈古佛勘破三春景　出藩籬遁卻紅塵緣

王夫人回到房中，卻見賈璉已等候著，一見王夫人便道：「剛才父親遣來的人說，父親如今病重，讓侄兒快點趕到那裡，若遲了恐怕父子不能見面。」王夫人一聽，也不及多話，便叫準備行裝，馬上動身。賈璉又交托了家事，特意把巧姐托了王夫人，並讓平兒平常關照著，便灑淚而別。

一日，寶釵梳洗了過王夫人處請安，王夫人便與她道，前兒邢夫人等為巧姐尋的那門親事，平兒打聽著此事不太好，巧姐又一心不願意，說都是賈芸賈環和邢大舅王仁他們撮弄的，來求王夫人想個主意。寶釵便道：「那邊大太太不是說原是一個郡王要聘續室嗎？怎麼又不好了？」王夫人道：「我也不是太清楚，當時只說是這樣。並說保管一過了門，大老爺的官也復了，這裡的聲勢又好了，大太太豈有不肯的。現在平兒打聽得，卻又好像是什麼外藩的王爺要買一個丫頭，並不是續室，只恐是做偏房的。我看此事未必妥當。」寶釵道：「不知大太太是怎麼說的？」王夫人道：「大太太還只道是郡王求聘的，說：『孫女兒也大了，現在璉兒不在家，這件事我還做得主，況且是她親舅爺和她親舅舅打聽的，難道還有不好嗎？』我也不便說什麼。只可憐巧姐兒剛死了她母親，父親又去了遠處。」

寶玉聽王夫人說得煩惱，便勸道：「太太別煩惱，這件事我看來是不成的。這也是巧姐命裡所招，只求太太不管就是了。」王夫人道：「你一開口就是瘋話，人家說定了就要接過去。迎丫頭的也是他們找的，結果你看，死得這麼樣；史姑娘也是她叔叔做的主，如今姑爺癆病死了，也就苦了。若是巧姐兒再給錯了人家，你璉二哥哥回來可不抱怨我嗎！」寶玉笑道：「太太只管放心，橫豎這事是不成的。」王夫人見寶玉一臉認真，便驚訝道：「你這話怎麼說？」寶玉正要回答，卻見邢夫人過來了，他們便住了口不再說。

剛說了些家常事，又見尤氏同了惜春進來，尤氏道：「姑娘也不知為什麼，一定要出家，我也勸不了她，現在她索性把頭髮也給絞了。還求大太太、太太做主。」惜春接道：「如今就當我死了似的，放我出了家，乾乾淨淨的一輩子，就是疼我了。況且我又不出門，就是櫳翠庵，妳們也照應得著。妳們依我呢，我就算得了命了；若不依我呢，我也沒法，只有死就完了。」

邢夫人本就自己煩惱，也不顧不管。王夫人見眾人勸了那麼些時候，惜春還是不聽，只得說道：「姑娘要行善，這也是前生的夙根，我們也實在攔不住。我們就把姑娘住的房子便算了姑娘的靜室。所有服侍姑娘的人也得叫她們來問問，若有願意跟的，就跟著。若不願意的，便或是家裡人領了回去，或是配了人。」於是便問彩屏等。彩屏等人回道：「太太們派誰就是誰。」王夫人知道不願意，正在想人。豈知寶玉歎道：「真真難得。」忽見紫鵑走上前去，在王夫人面前跪下，回道：「我有句話回太太們，我服侍林姑娘一場，林姑娘待我如何也是太太們知道的。她死了，我恨不得跟了她去。如今四姑娘既要修行，我就求太太們將我派了跟著姑娘，服侍姑娘一輩子。不知太太們准不准。若准了，就是我的造化了。」寶玉聽到那裡，想起黛玉一陣心酸，眼淚早下來了。復又哈哈地大笑，走上來道：「我不該說的。這紫鵑蒙太太派給我屋裡，我才敢說。求太太准了她吧，全了她的好心。」王夫人道：「你頭裡姐妹出了嫁，還哭得死去活來，如今看見四妹妹要出家，不但不勸，倒說好事，你如今到底是什麼意思，我索性不明白了。」寶玉道：「四妹妹修行是已經一定的了，我唸一首詩給你們聽聽吧！」眾人道：「人家苦得很的時候，你倒來作詩嘔人！」寶玉但微微笑道：

勘破三春景不長，緇衣頓改昔年妝。
可憐繡戶侯門女，獨臥青燈古佛旁！

李紈、寶釵聽了，詫異道：「不好了，這人入了迷了。」便問寶玉：「你到底是哪裡看來的？」寶玉道：「妳們也不必問，我自有見的地方。」寶釵回過味來，細細一想，這個心比刀絞更甚。又見王夫人哭著道：「你說前兒是玩話，怎麼忽然有這首詩？罷了，我也沒有法兒了，也只得由著你們吧！是要等我閤上了眼，各自幹各自的就完了！」寶玉也不啼哭，也不相勸，只不言語。李紈竭力地解說：「總是寶兄弟見四妹妹修行，他想來是痛極了，不顧前後的瘋話，這也做不得準的。獨有紫鵑的事情準不准，好叫她起來。」王夫人道：「什麼依不依，橫豎一個人的主意定了，那也扭不過來的。可是寶玉說的也是一定的了。」紫鵑聽了磕頭，惜春又謝了王夫人。紫鵑又給寶玉、寶釵磕了頭，寶玉說了聲：「難得，難得。不料妳倒先好了！」襲人也顧不得王夫人在上，便痛哭不止，說：「我也願意跟了四姑娘去修行。」寶玉笑道：「妳也是好心，但妳是不能享這個清福的。」寶釵已禁不住淚下，襲人更是哭得死去活來，寶玉見她們這樣，倒覺傷心，只是說不出來。

一時回到房中，因細想惜春的事，不覺點頭暗歎，復又拿了《秋水》一篇在那裡細玩，正看到「放浪於形骸之外」不覺點頭微笑。寶釵從裡間走出，見他看得得意忘言，便走過來一看，見是這個，細想他只顧把這些出世離群的話當作一件正經事，料勸不過來，便坐在寶玉旁邊怔怔地。寶玉見她這般，便道：「妳這又是為什麼？」寶釵道：「我想你我既為夫婦，你便是我終身的倚靠。論起榮華富貴，原不過是過眼雲煙，但自古聖賢，以人品根柢為重……」寶玉也沒聽完，便把那書本擱在旁邊，微微笑道：「據妳說人品根柢，又是什麼古聖賢。妳可知我們生來已陷溺在貪嗔痴愛中，猶如汙泥一般，怎麼能跳出這般塵網。古人雖說了『聚散浮生』四字，到底也不曾提醒一人。既要講到人品根柢，誰是到那太初混沌地位的！」寶釵道：「若你剛才所說，是遁世離群，拋棄天倫而不顧，還成什麼道理？何況那些古代的離群索居之士原是生在難處之世，或有許多難處之事，才藉以逃避。咱們世受國恩，祖父錦衣玉食，況你自有生以來，自去世的老太太以及老爺太太視如珍寶。你方才所說，自己想一想是與不是。」寶玉聽了也不答話，只有仰頭微笑。寶釵便又勸道：「我勸你從此把心收一收，好好地用用功。但能搏得一第，便是從此而止，也不枉天恩祖德了。」寶玉點了點頭，嘆了口氣說道：「一第呢，其實也不是什麼難事，倒是妳這個『從此而止，不枉天恩祖德』卻還差不離。」寶釵未及答言，襲人過來說道：「剛才二爺和二奶奶說的，我們也不懂。我只想著我們這些人從小辛辛苦苦跟著二爺，不知賠了多少小心，論理這也是應該的，但只二爺也該體諒體諒。況二奶奶替二爺在老爺太太跟前行了多少孝道，就是二爺不以夫妻為事，也不可太辜負了人心。」寶玉聽了，低頭不語。

襲人還要說時，只聽外面腳步走響，有人隔著窗戶問道：「二叔在屋裡嗎？」寶玉聽是賈蘭的聲音，便站起來笑道：「你進來吧。」寶釵也站起來。賈蘭進來笑容可掬地給寶玉、寶釵請了安，便說：「爺爺來信，叫二叔看呢。」說著，便把信呈給寶玉。寶玉接在手中看了，便道：「你三姑姑要回來了？」賈蘭道：「爺爺既如此寫，自然是回來的了。」寶玉點頭不語，默默如有所思。賈蘭便問：「二叔看見爺爺後頭寫的考期已近，叫咱們好生念書了？叔叔這一程子只怕總沒作文章吧？」寶玉笑道：「是了，我也要作幾篇熟一熟手，好去誆這個功名。」賈蘭道：「叔叔既這樣，就擬幾個題目，我跟著叔叔作作，別到那時交了白卷惹人笑話。不但笑話我，人家連叔叔都要笑話了。」寶玉道：「你也不至如此。」說著，兩個便坐著談了一回文。

寶釵心中細想寶玉此時光景，或者醒悟過來了，只是剛才說話，他把那「從此而止」四字單單的許可，這又不知是什麼意思了。

賈蘭去後，那寶玉笑嘻嘻走進來，叫麝月將《莊子》等幾部向來最得意的書都搬了擱在一邊。寶釵見他這番舉動，甚為罕異，便試探著問道：「不看就罷了，又何必搬開呢。」寶玉道：「如今才明白過來了。這些書都算不得什麼，我還要一火焚之，方為乾淨。」寶釵聽了更欣喜異常。只聽寶玉口中微吟道：「內典語中無佛性，金丹法外有仙丹。」寶釵也沒很聽真，只聽得「無佛性」、「有仙丹」幾個字，心中轉又狐疑。又見寶玉把那些語錄名稿及應制詩之類都找出來擱在靜室中，自己卻當真靜靜地用起功來，寶釵這才放了心。

襲人此時真是聞所未聞，見所未見，便悄悄地笑著向寶釵道：「到底奶奶說話透徹，只一路講究，就把二爺勸明白了。就只可惜遲了一點兒，臨場太近了。」寶釵點頭微笑道：「功名自有定數，中與不中倒也不在用功的遲早。但願他從此一心巴結正路，把從前的那些都改了才好。」

此後寶玉果然也不出房門，天天只差人去給王夫人請安，每日只在靜室用功。王夫人聽見如此，那一種欣慰之情，更不待言了。

一日，寶玉自在靜室冥心危坐，忽見鶯兒端了一盤瓜果進來說：「太太叫人送來給二爺吃的。」一面放下瓜果一面悄悄向寶玉道：「太太那裡誇二爺呢。二爺這一用功，明兒進場中了出來，明年再中了進士，做了官，老爺太太可就不枉了盼二爺了，那可也是我們姑娘的造化了。」寶玉但點頭微笑。鶯兒忽然想起那年給寶玉編穿玉絡子的時候寶玉說的話，便道：「二爺還記得那年在園子裡，我給二爺打梅花絡子時說，我們姑娘後來不知帶我到哪一個有造化的人家去呢，那如今，二爺可是有造化的吧。」寶玉聽到這裡，只覺心頭驀然一動，連忙斂神定息，微微地笑道：「據妳說來，我是有造化的，妳們姑娘是有造化的，妳呢？」鶯兒把臉飛紅了：「我們不過當一輩子丫頭罷了，有什麼造化呢？」寶玉笑道：「果然能夠一輩子是丫頭，妳這個造化比我們還大呢！」見鶯兒要走，寶玉又說道：「傻丫頭，我告訴妳吧。妳姑娘既是有造化的，妳跟著她自然也是有造化的了，只要往後妳盡心服侍她就是了。妳襲人姐姐是靠不住的。」鶯兒見得似乎又是瘋話了，也不敢多說，便出去了。

再過幾天便是場期，寶釵冷眼看去，寶玉有意無意之間，別有一種冷靜的光景。場期到了的那天，寶玉、賈蘭過來見了王夫人。王夫人加意囑咐了一番，又道：「作完了文章出來，找著家人早些回來，也叫你母親媳婦們放心。」賈蘭聽一句答應一句。只見寶玉一聲不哼，待說完了，走過來給王夫人跪下，滿眼流淚，磕了三個頭，說道：「母親生我一世，我也無可報答，只有這一入場用心作了文章，好好地中個舉人出來。那時太太喜歡喜歡，便是兒子一輩子的事也完了，一輩子的不好也都遮過去了。」王夫人聽了雖不知何意，看這形景卻更覺傷心起來：「你有這個心自然是好的，可惜你老太太不能見你的面了！」一面拉他起來。寶玉卻只管跪著不肯起來，只說道：「老太太見與不見，總是知道的，喜歡的，既如此，便不見也和見了的一樣。」李紈見王夫人和他如此，覺得似乎不大吉祥，連忙過來說道：「太太，這是大喜的事，為什麼這樣傷心？況且寶兄弟近來很知好歹，又肯用功，只要帶了侄兒進去好好地作文章，早早回來，等著爺兒兩個都報了喜就完了。」一面叫人攙起寶玉來。寶玉卻轉過身來給李紈作了個揖，說：「嫂子放心。我們爺兒兩個都是必中的。日後蘭哥還有大出息，大嫂子還要戴鳳冠穿霞帔呢。」李紈笑道：「但願應了叔叔的話，也不枉……」說到這裡，恐怕又惹起王夫人的傷心來，連忙咽住了。寶玉笑道：「只要有了個好兒子能夠接續祖基，就是大哥哥不能見，也算他的後事完了。」此時寶釵聽得早已呆了，這些話不但寶玉，便是王夫人李紈所說，句句都是不祥之兆，卻又不敢認真，只得忍淚無言。又見寶玉走到跟前，深深地作了一個揖。眾人見他行事古怪，不知何意，又不敢笑他。只見寶釵的眼淚直流下來，又聽寶玉說道：「姐姐，我要走了，妳好生跟著太太聽我的喜信兒吧。」寶釵道：「是時候了，你不必說這些嘮叨話了。」寶玉道：「妳倒催得我緊，我自己也知道該走了。」回頭見眾人都在這裡，只沒惜春、紫鵑，便說道：「四妹妹和紫鵑姐姐跟前替我說一句吧，橫豎是再見就完了。」眾人見他的話又像有理，又像瘋話。便說道：「外面有人等你呢，你再鬧就誤了時辰了。」寶玉仰面大笑道：「走了，走了！不用胡鬧了，完了事了！」獨有王夫人和寶釵娘兒兩個倒像生離死別的一般，那眼淚也不知從哪裡來的，直流下來，幾乎失聲哭出。但見寶玉嘻天哈地，大有瘋傻之狀，遂從此出門走了。

第六十回　甄士隱詳說太虛情　賈雨村歸結紅樓夢

看看到了出場的日子，王夫人只盼著寶玉、賈蘭回來。等到晌午，不見回來，王夫人、李紈、寶釵著忙，連去了幾起打聽的人，都沒有回音，心裡更如熱油熬煎。傍晚卻見賈蘭一人進來哭道：「二叔丟了。」王夫人一下便怔了，半天也不言語，虧得眾人下死勁地叫醒轉來哭著。寶釵也是怔忡著，襲人等已哭得淚人一般。賈蘭道：「今兒一早，二叔的卷子早完了，還等我呢。我們一同去交了卷子，一同出來，在龍門口一擠，回頭就不見了。我帶了人各處號裡都找遍了，都沒有，所以這時候才回來。」寶釵聽了，心裡已知八九，一陣痛心，欲哭無淚。

家裡人一連找了數日，還是不見寶玉，王夫人哭得飲食不進。那一夜五更多天，幾個小丫頭亂跑進來，也不及告訴大丫頭了，進了屋子便說：「太太奶奶們大喜。」王夫人打量寶玉找著了，便歡喜地站起身來說：「在哪裡找著的，快叫他進來。」那丫頭道：「寶二爺中了第七名舉人，外頭人來報喜呢。」王夫人道：「寶玉呢？」家人不言語，王夫人仍舊坐下。外頭又嚷道：「蘭哥兒中了。」家人趕忙出去接了報單回稟，見賈蘭中了一百三十名。李紈因王夫人不見了寶玉，也不敢喜形於色。王夫人見賈蘭也中了，心下雖是喜歡，只一想起寶玉，又覺傷心。獨有寶釵心下悲苦，又不好掉淚。眾人道喜道：「既有中的命，自然再不會丟的。況天下哪有迷失了的舉人。」王夫人等想來不錯，才略有笑容。獨惜春道：「這樣大人了，哪裡有走失的，只怕他入了空門，這就難找著他了。」一句話又招得王夫人等大哭起來，寶釵聽了不言語，襲人卻早已忍不住，心裡一疼，頭上一暈便栽倒了，眾人忙扶她進房躺著。

過了幾天，賈璉到家回覆了邢夫人，說老爺的病已好，請太太放心。又說回來路上聽得將有大赦，想來老爺和珍大哥很快便可蒙赦回家了。邢夫人聽了自是歡喜。賈璉便又問起巧姐，卻見邢夫人支支吾吾的，心裡納悶，知有些不妥。匆匆回到房中，不但巧姐，連平兒也都不在，便一驚非小，趕緊去了王夫人處。見王夫人臥病在床，只得先請了安。倒是王夫人見他神色惶惶，也不及細問路上之事，便細細地把巧姐的事告訴了他，「那郡王家都已經說好了，正不知怎麼是好，若不是碰巧劉姥姥來看姐兒，聽說便給出了個主意，現在還不知是如何呢？又虧得平兒瞞了眾人，帶她躲到劉姥姥家裡去。」賈璉這才放下心來。王夫人道：「現在你趕緊去劉姥姥那裡把她們接回來吧。」賈璉自是感激，又聽說寶玉走失的事，便勸解了一番，要自己再去打聽尋找，請太太放心。

寶釵只暗中垂淚，自歎命苦。但因近日薛姨媽也得了赦罪的信，便幫著母親打算，又命薛蝌去各處借貸，並自己湊齊了贖罪銀兩。那一天，薛蟠放了出來，見家中大變，也自後悔，自己賭咒立誓不再犯前病。薛姨媽便說：「只要自己拿定主意，必定還要起這樣惡誓嗎？只是香菱跟了你受了多少的苦處，你媳婦已經自己治死自己了，據我的主意，我便算她是媳婦了，你心裡怎麼樣？」薛蟠連忙點頭稱是。寶釵等也說：「很該這樣。」倒把香菱急得臉漲得通紅，只說：「服侍大爺一樣的，何必如此。」

襲人聽說薛蟠這次回來，香菱扶了正，不由想到自身，便止不住傷心，後又模糊聽見說太太的意思，寶玉若不回來，便要打發屋裡的人都出去，更覺無以自處了。加上生病，一人躺著左思右想，只覺神魂未定。彷彿寶玉在她面前，又像是個和尚，手裡拿著一本冊子揭著看，還說道：「妳別錯了主意，我是不認得你們的了。」襲人似要和他說話，秋紋走來說：「藥好了，姐姐吃吧。」襲人睜眼一瞧，知是個夢。自己細細地想：「寶玉必是跟了和尚去。上回他要拿玉出去，便是要脫身的樣子，被我揪住，看他竟不像往常，把我渾推渾揉的，一點情意都沒有。就是在別的姐妹跟前，也是沒有一點情意。這就是悟道的樣子。但只是他抛了二奶奶怎麼好！我呢，畢竟不是過了明路的，就算了屋裡人。若是老爺太太打發我出去，我若死守著，又叫人笑話，若是我出去，心想當時那樣的情分，實在不忍。」又想到剛才的夢好像是和我無緣的話，倒還不如死了乾淨。

賈政送了賈母的靈柩，從金陵回來，路上接到家書，一行一行地看到寶玉、賈蘭得中，心裡自是喜歡。後來又看到寶玉走失，復又煩惱，只得趕忙回來。一日，行到毗陵驛地方，那天乍寒下雪，又是黃昏，便把船泊在一個清靜去處。自己在船中寫家書，寫到寶玉的事，便停筆。抬頭忽見船頭上微微的雪影裡面一個人，光著頭，赤著腳，身上披著一領大紅猩猩氈的斗篷，向賈政倒身下拜。賈政尚未認清，急忙出船，想要扶住問他是誰。那人已拜了四拜，站起來打了個問訊。賈政才要還揖，迎面一看，不是別人，卻是寶玉。賈政吃一大驚，忙問道：「可是寶玉嗎？」那人只不言語，似喜似悲。賈政又問道：「你如何這樣打扮，跑到這裡？」寶玉未及回言，只見來了一僧一道，夾住寶玉說道：「俗緣已畢，還不快走！」說著，三個人飄然登岸而去。賈政不顧地滑，急忙來趕。見那三人在前，哪裡趕得上。只聽見他們不知是哪個歌道：

我所居兮，青埂之峰。我所游兮，鴻蒙太空。誰與我游兮，吾誰與從。渺渺茫茫兮，歸彼大荒。

忽又轉過一小坡，倏然不見，只是白茫茫一片曠野……

王夫人聽得寶玉如此，痛哭了幾天。賈政回來又拿大道理勸解了一回，心想，到底也是無可奈何之事。又看著寶釵雖是痛哭，她那端莊樣兒一點不走，倒來勸我，這是真真難得的！不想寶玉這樣一個人，紅塵中福分竟沒有一點兒！薛姨媽因勸道：「這是自己命裡一定的，寶玉雖棄了凡塵，幸喜我們姑娘有了胎。我們姑娘的心腸兒，姐姐是知道，日後外孫子長大成人，定有結果的，姐姐倒不必擔憂了。」王夫人想了一回，也覺解了好些。

因又想到襲人身上，若是正配呢理應守的，屋裡人願守的也是有的。只有這襲人，並沒有回過老爺。王夫人想到這裡，也覺兩難。倒是薛姨媽道：「我看姨老爺是再不肯叫守著的。再者姨老爺並不知道襲人的事，想來不過是個丫頭，哪有留的理呢？據我看，只要姐姐叫她本家的人來，配一門正經親事，若果然足衣足食，女婿長得像個樣兒，然後叫她出去，再多多地陪送她些東西。那孩子心腸兒也好，年紀兒又輕，也不枉跟了姐姐會兒，也算姐姐待她不薄了，襲人那裡叫寶丫頭細細勸她，我想她是個明白的孩子，會聽的。」

正說著，賈璉進來回道，巧姐的親事已經定了，那姑爺便是前兒劉姥姥給提的親。王夫人知道，就是同劉姥姥一個村裡的，姓周的一家大戶人家孩子。又見賈璉道：「父親、太太都願意給周家為媳。二老爺也說了，莫說村居不好，只要人家清白，世代耕讀，孩子又肯念書，能夠上進就好，朝裡那些官兒難道都是城裡的人嗎？」王夫人點頭，賈璉自去了。

不幾天，襲人哥哥花自芳也為襲人找好了人家，王夫人又命人去打聽了，都說是好。便告訴了寶釵，仍請了薛姨媽細細地告訴了襲人。襲人悲傷不已，又不敢違命的，心裡想起寶玉那年到她家去，回來說的死也不回去的話，更哭得悲咽難忍。心想，也只能一死罷了。又見薛姨媽寶釵等苦勸，句句好言，回過念頭想道，我若是死在這裡，倒把太太的好心弄壞了，我該死在家裡才是。於是襲人含悲叩辭了眾人，懷著必死的心腸上車回去，見了哥哥嫂子，也是哭泣。花自芳把蔣家的聘禮送給她看，又把自己所辦妝奩一一指給她瞧，說哪是太太賞的，哪是置辦的。襲人此時更難開口，細想起來，若是死在哥哥家裡，豈不又害了哥哥呢。到了成親那一天，只好委委屈屈地上轎而去，心想到那裡再作打算。豈知過了門，見那蔣家辦事極其認真，全都按著正配的規矩。一進了門，丫頭僕婦都稱奶奶。襲人此時想要死在這裡，又恐害了人家，辜負了一番好意。

到了第二天開箱，這姑爺看見一條猩紅汗巾，方知是寶玉的丫頭。便故意將寶玉所換那條松花綠的汗巾拿出來，襲人看了，才知這姓蔣的原來就是蔣玉菡，始信姻緣前定。此時蔣玉菡念著寶玉待他的舊情，又知她便是寶玉身邊的襲人，倒覺滿心惶愧，便更加溫柔體貼了，弄得個襲人真無死所了。

那天賈政正在書房與馮紫英等人閒談，說到宦海沉浮人生不定，家人來回賈雨村門外求見。馮紫英笑道：「聽說這次雨村兄遞解為民，想是辭行來了。」賈政一邊答：「可不是，他雖有才幹，但也是未免太過貪婪之過。」一邊出去迎接了。一見雨村，果然是來辭行的。

賈雨村因犯賄賂貪索的案件，今遇大赦，遞解為民。辭別了眾人，便叫家眷先行，自己則帶了一個小廝隨意行走。一日慢慢行來，到了一個地方，一看卻正是知機縣急流津覺迷渡口，想起上次曾經此地，他不禁悵然。那時正是官場情熱，哪會料到今日的下場。他記得當時相遇故人甄士隱，也曾點化他，而他尚不知覺迷。至於今日，當時的情景猶是歷歷在目。

那個時候，雨村剛升了京兆府尹兼管稅務，出都查勘開墾地畝，經過急流津。正要渡過彼岸，因等待人夫到來，暫且歇轎。見村旁有一座小廟，牆壁坍頹，露出幾株蒼蒼古松。便閒步進廟。廟內荒敗，斷碣殘石，字跡模糊，也看不明白。再進去見一棵翠柏之下蔭著一間茅廬，一個道士闔眼打坐。走近看時，面貌甚熟，倒像是在哪裡見過的，一時再想不出來。雨村便徐步向前叫了一聲：「老道。」那道士雙眼微啟，微微笑道：「貴官何事？」雨村便道：「本府路過此地，見老道靜修自得，不知從何處修來，在此結廬？此廟是何名？真修為何不在名山，結緣何不通於大道？」那道人道：「來自有地，去自有方。葫蘆尚且可以安身，何必名山？形影相隨，又何須通於大道？豈似那『玉在櫝中求善價，釵於奩內待時飛』之輩呢！」雨村聽見「葫蘆」兩字，又聞「玉、釵」一對，忽然便想起葫蘆廟舊事，重新將那道士端詳一回，問道：「君家莫非甄老先生嗎？」那道人從容笑道：「什麼真，什麼假！要知道真即是假，假即是真。」雨村聽說出賈字來，更覺是甄士隱無疑，便重新施禮道：「學生賈雨村，自蒙慷慨相贈，一別經年，後知老先生超悟凡塵，飄舉仙境。今天何幸卻於此處相遇。」那道人也站起來回禮道：「我於蒲團之外，不知天地間還有何物。剛才尊官所言，貧道一概不解。」說畢，依舊坐下。雨村復又心疑，想來如果不是士隱，為什麼容貌如此相似？也許是他已修煉有成，不肯說破前身。正要下禮，只見從人進來說，天色將晚，快請渡河。那道人道：「請尊官速登彼岸，見面有期，遲則風浪頓起。如蒙不棄，貧道他日尚在渡頭候教。」說畢，仍闔眼打坐。雨村只得辭了道人出廟。正要過渡，只見一人飛奔而來，口稱：「老爺，方才進的那廟起火了！」雨村回首看時，只見烈炎燒天，飛灰蔽日。雨村心想，這也奇怪，我才出來，走不多遠，這火從何而來？莫非士隱遭劫於此？想要回去看看，又恐誤了過河，若不回去，心下又不安。心裡雖然狐疑，終究是名利關心的人，便叫那人：「你在這裡等火滅了進去瞧瞧那老道在不在，即來回稟。」

過後衙役回說只有一個蒲團和瓢兒還好好的，本想拿回來做個見證，豈知都成了灰了。賈雨村料想甄士隱必是隨這廟火化了，便也作罷。

雨村今日偶然至此，當時的情景猶歷歷在目。正在感慨之際，忽見一個道者從渡頭過來，執手相迎，一邊說道：「賈先生別來無恙？」雨村一看，卻正是甄士隱，心中又驚又喜，也連忙打躬：「老仙長到底是甄老先生！何以上次相見不認？無奈鄙人愚昧，致使乃有今日。」甄士隱道：「前者老大人高官顯爵，貧道怎敢相認！今日復得相逢，也非偶然。這裡離草庵不遠，我們且進去稍做閒談，不知可否？」說著，便攜了雨村的手，往前走去。

士隱一邊笑道：「老先生從繁華境中來，豈不知溫柔富貴鄉中有一寶玉嗎？」雨村道：「怎麼不知。近聞紛紛傳說，說他遁入空門。我當時也曾與他往來過數次，再不想這人竟有如此的決絕。」士隱道：「這一段奇緣，我已知道。昔年我與先生在仁清巷舊宅門口敘話之前，我已會過他一面。」雨村驚訝道：「京都離貴鄉甚遠，仙長怎麼能見？」士隱道：「神交已久。」雨村道：「既然如此，現今寶玉的下落，仙長也定能知道了？」士隱道：「此玉是天奇地靈之寶，非凡物可比。前經茫茫大士、渺渺真人攜帶下凡，如今塵緣已滿，仍是這二人攜歸本處，這便是寶玉的下落。」雨村雖不能全然明白，卻也十知四五，便點頭歎道：「原來如此。但那寶玉既有如此的來歷，又何以情迷至此，復又豁悟如此？」士隱笑道：「歷歷生平，怎麼能不悟太虛幻境？仙草歸真，哪有通靈不復原的道理呢！」雨村聽著，卻又不明白了。知是仙機也不便再問，便又說道：「為何那園中女子大多結局平常呢？」士隱歎息道：「既來自孽海情天，那結果就不可問了。」雨村不覺拈鬚長歎，便又問道：「請教仙長，那榮寧兩府，尚能如前否？」士隱微微笑道，卻不再言了。半日又道：「老先生草庵暫歇，我還有一段俗緣未了，正當今日完結。」雨村驚訝道：「難道仙長還有什麼俗緣？」士隱道：「也不過是兒女私情罷了。我女英蓮先生難道不知？此時正是塵緣脫盡之時。」說罷拂袖而起飄然去了。

士隱見那茫茫大士、渺渺真人談笑而來。只聽茫茫大士說道：「情緣尚未全部了結，倒是那蠢物已經回來了，還得把他送還原所還他原形。」兩人說笑著，便仍舊攜了那玉到大荒山無稽崖青埂峰下。

這一日空空道人又從青埂峰前經過，見那補天未用的石頭仍然在那裡，上面字跡如故，便又從頭地細細看了一遍，卻見後面又敘了許多收結的話頭，便點頭歎道：「我從前見石兄這段奇文，原說可以聞世傳奇，所以曾經抄錄，但未見石頭返本還原的因由。不如我再抄錄一番，尋個世上無事的人，託他遍傳，知道奇而不奇，俗而不俗，真而不真，假而不假。也未嘗不可。」便又抄了，到那繁華昌盛的地方，遍尋了一番，哪有閒人閒情？直尋到急流津覺迷渡口，見草庵中睡著一個人，因想他必是閒人，便要將這抄錄的《石頭記》給他看看。哪知那人再叫不醒，空空道人又使勁拉他，才慢慢地開眼坐起，草草一看，仍舊擲下道：「這事我早已親見盡知。我只指給你一個人，託他傳去，便可歸結這一公案了。」空空道人忙問何人，那人道：「你要等到某年某月某日到一個悼紅軒中，有個曹雪芹先生，你只說賈雨村言託他如此如此便可了。」說畢，仍舊睡下了。

那空空道人牢牢記著這話，又不知過了幾世幾劫，果然有個悼紅軒，見那曹雪芹先生正在那裡翻閱歷來的古史。空空道人便將賈雨村言了，又把這《石頭記》給他看了。那雪芹先生笑道：「果然是『假語村言』了！」那空空道人聽了，仰天大笑，擲下抄本，口中說道：「可不是敷衍荒唐！」一邊歌道：「說到辛酸處，荒唐越可悲。由來同一夢，休笑世人痴！」一邊飄然而去。

……

天，傷懷日，寂寥時，紅樓人遠，痴夢猶續。唯於星夜霜晨，風清露白之時，或見暗香盈袖。一杯清茶，幾縷輕煙，遙想紅樓外、靈河畔……

GOBOOKS
& SITAK
GROUP ©